ダニエル
リンベルト伯爵家の元嫡男。
心優しく穏やかな性格。
両親の死をきっかけに、
困難に巻き込まれていく。
エドワルド
類まれな美貌を持った
ヴァシュフォード公爵家当主。
ダニエルの元同窓生で、
学生時代はダニエルに
冷たく接していたが……

カリオ
快活な性格をした
ダニエルの友人。
面倒見が良く、気配り上手。
フィルベルテ
ダニエルの同窓生で王太子。
エドワルドの幼馴染。
学生時代のダニエルを
何かと気にかけ、自身の
側近にならないかと誘う。
ジルド
フィルベルテの優秀な側近で
ダニエルと同じ生徒代表。
穏やかだが物言いは率直。
ローザ
ダニエルが売られた先の
娼館のオーナー。
男娼として育て上げるべく、
ダニエルの身体を無垢なまま
調教していく。
フローラ
ダニエルの妹。ダニエルと
共に不幸に見舞われるが、
気丈に振る舞う。
芯のしっかりとした性格で
兄が大好き。

崩れた日常

父と母の訃報が飛び込んできたのは、ダニエルが王立学園の二年生に進級して間もなくのことだった。

「父様と、母様が……？」

リンベルト伯爵家の所有する領地へと夫婦で出かけていた父と母。二人はおしどり夫婦として社交界でも有名で、結婚してから二十年近く経った今でも、新婚のような仲睦まじいやりとりをよくしていた。

子どもの目から見ても仲の良かった両親は、デートと称して、二人だけで領地へ向かうことが度々あった。それはダニエルや妹のフローラにとっては別段珍しいことではなく、ありふれた日常の中で起こる、平和で平穏な『いつものこと』だった。

そんな日常は、ある日突然、あまりにも唐突に終わりを迎えた。

不幸な事故だった。領地からの帰り道、地盤の緩んでいた斜面が崩れ、大量の土砂が雪崩れ落ちた。不運にも、偶然そこを通りかかった父と母の乗った馬車が巻き添えになり、引いていた馬ごと、御者と共に帰らぬ人となった。

物言わぬ骸となって帰った父と母に、ダニエルもフローラも、暫く現実を受け入れることができなかった。損傷が激しく、二目《ふため》と見られない状態だったらしい二人の遺体は、幼い妹やダニエルの心に傷を残すだろうと、家令も馴染みの使用人達も、決して見せてはくれなかった。棺の蓋《ふた》は固く閉じられたまま、最期の別れの瞬間ですら、両親の亡き顔を目にすることは叶わなかった。

「お父様！　お母様ぁ！」

フローラは父と母が帰ってきたその日から、棺に縋りついて泣きじゃくった。

対してダニエルはと言えば、尊敬し、愛していた両親を失った悲しみと喪失感に涙は零《こぼ》れたが、泣きじゃくる妹を抱きしめ、精一杯慰めている内に、気づけば涙は乾いていた。

当主を失い、未成年だけになってしまったことへの不安と、跡継ぎとしての重圧が、ダニエルに重くのし掛かった。これからは両親に代わって、自分が妹と伯爵家を守っていかなければいけない

──どうしようもない現実が、容赦なく襲い掛かった。

それからはあっという間だった。時間というのは残酷なもので、離れ難いほどの悲しみも、逃げ出したくなるほどの焦燥も、すべて無視して流れていく。父と母が伯爵邸に帰ってきた三日後には、葬儀はしめやかに行われ、二人の亡骸は墓の下へと埋葬された。

悲しみに暮れているばかりではいられない無慈悲な現実に、ダニエルが子どもでいられる時間は、容赦なく奪われた。

◇◇◇◇◇

父と母の葬儀を終えた数日後のことだった。少しずつ落ち着きを取り戻し始めた伯爵家に、招かれざる客人が現れた。

「伯父様……」

先触れもなしに突然やって来た人物に、ダニエルは顔を顰《しか》めた。

カッシオ・ドドリエド。父の実兄であり、はっきり言って嫌いな人物だった。

カッシオは自身の妻であるマリエッタと、息子のファブリチオ、娘のジェイミーを連れ、我が物顔で屋敷に入ってきた。

「お待ちください！　突然やって来て、一体なんの真似ですか？」

メイドや従者を押し退けて屋敷に押し入り、サロンで寛ぎ始めた一家。あまりの非常識さに一家を睨《にら》むも、カッシオはせせら嗤うように鼻を鳴らしただけだった。

「お前こそ、伯父に向かってなんだその口の利き方は。跡継ぎというだけで、もう当主にでもなったつもりか？　ここは私の実家だ。帰ってきて何が悪い」

「あなたは既に廃嫡された身です。ここはあなたの帰る場所じゃない」

弟であった父が伯爵家を継いだのには理由がある。当時、本来の跡取りであった兄のカッシオの傲慢さは目に余るものがあり、当主としての素質に欠けていた。それに加え、伯爵家よりも力の弱い家の令嬢に執拗に迫り、乱暴しようとしたことが当時の当主であった祖父の耳に入り、廃嫡を言い渡されたのだ。未遂とはいえ、その所業は品行方正であった祖父には度し難い愚行で、怒り狂った祖父から屋敷を追い出されたのだと聞いていた。

この話は二年前、その祖父が亡くなった時に、葬儀に参列する伯父についての説明として父から聞かされた。一家を引き連れて現れた伯父は葬儀の場で涙を流す訳でも、別れを惜しむ訳でもなく、忌々しげに祖父の棺を睨《にら》んでいた。

その鋭い視線は、父や母、ダニエル達兄妹にも向けられ、本能的に関わってはいけない人物だと察するには十分だった。

「お帰りください。今はあなた方の相手をしているような時間はありません」

「そっちに用は無くても、こっちは用があってわざわざ来てやったんだ」

そう言って投げ捨てるように放り出された紙が、床に落ちた。

「王宮より、当主代行の命を受けた。お前が成人するまでは私がこの家の当主だ」

「なっ……!?」

信じられない発言に慌てて足元に落ちた書状を拾い上げれば、そこには確かに伯父を一時的にリンベルト家の当主として任ずるという内容が書かれていた。

「そんな……私は何も聞いてません！」

「なぜなんの力も持たないガキにわざわざ知らせる必要がある。王命を受けたのは私だ。お前に関係ないだろう」

「くっ……」

ニヤニヤと笑う伯父と、それに便乗して騒ぐ義伯母や従兄妹達の声が室内に木霊した。

「ふぅん、なかなか良い家じゃない」

「今日からここで暮らせるんでしょう？　私このお屋敷に合うドレスが欲しいわ！」

「父さん、僕らも学校に通えるんだろう？」

「ああ、勿論だ。学校にも通わせてやるし、ドレスも買ってやる」

「っ……！　お待ちください！」

ぎゃあぎゃあとはしゃぐ一家に、ダニエルは堪《たま》らず声を張った。

「この家の跡継ぎは私です！　当家の財産まで自由に使える権限はあなたにないはずだ！」

睨《にら》むように伯父を見れば、見下すような目つきで睨《にら》み返された。

「わざわざこの家を守ってやろうと当主代行を引き受けてやったというのに、なんだその言い草は？　何もできないガキのために働いてやるんだ。報酬を受け取るのは当たり前だろう。息子達も社交界に出入りすることになるんだ。学校に通わせて何が悪い」

当然だと言いたげな物言いに唇を噛む。その学校に通うだけで、家の財産がどれだけ食い潰されると思っているのか。言い返したいが、王命での当主代行という大義名分を持つ伯父を追い出すような手立てがない。返す言葉に詰まり、拳を握って立ち尽くしていると、背後から声を掛けられた。

「お兄様……？　どうなさったの？」

「フローラ……」

自分が大きな声を出したので、心配して様子を見に来てくれたのだろう。母譲りの整った顔立ちと真紅の髪をした妹は、兄の目から見ても美少女だ。そんなフローラの介入に、伯父一家も一瞬黙り込むも、従妹のジェイミーが即座に反応した。

「パパ！　私あんな子と一緒に暮らすの嫌！」

「え？」

「なっ……」

突然のことに状況が理解できていないフローラを指差し、甲高い声を発するジェイミーに一気に嫌悪感が増す。

「そうだな。私も弟の遺《のこ》したガキ共と同じ屋根の下で暮らすなんてお断りだ。お前達は今日から離れに移れ。この屋敷は私が管理する」

「なぜ私達が……！」

嫌な笑いを浮かべる伯父がとんでもないことを言い出す。咄嗟《とっさ》に反論するも、ジロリと睨《にら》まれ、口を噤んだ。

「いいか？　私は王命で来てやってるんだ。この家の今の当主は私だ。せめてもの情けで生活に必要な物の持ち出しは許してやろう。ああ、だが宝石やドレスは置いていけよ。もうお前らには必要のない物だからな。妻と娘が代わりに使ってやる」

「あの子のドレスなんて嫌！　新しく買ってよ！」

「ジェイミー、ドレスを作るのにも時間が掛かるんだ。今はある物で我慢しなさい」

腹立たしい会話に怒りが増すも、事実『跡継ぎ』という肩書き以上のものがない自分にはどうすることもできない。なにより、このままではフローラに危害が及びそうで、怒りと悔しさで握った拳を震わせながら、奥歯を噛んで伯父に従うしかなかった。


「ごめん、フローラ。こんなことになって……」

「お兄様のせいじゃないわ！　悪いのはあの人達よ！」

伯爵家の庭の端にある離れは、二階建ての一軒家だ。建物自体は古いが手入れは行き届いており、家具も揃っているので住む分には問題ない。そこに普段使い用の衣服と、両親からの贈り物、父と母の少ない遺品を持ち込み終えたダニエルは、途方に暮れた。

（どうしてあんな奴が当主代行に選ばれるんだ……）

父方の両親は既に亡く、唯一親族と呼べるのがあの男だ。不本意ながら、直系の血縁者ということに間違いはなく、未成年であるダニエルの代行者として白羽の矢が立つこと自体はおかしいことではない。だが、廃嫡された者にもその資格があり、家を追い出されたも同然になるなど、悪夢以外の何者でもなかった。

（こんな時、母様の実家を頼れたら……）

どうしようもないことだと分かっていても、そう考えずにはいられなかった。

母は隣国の出身で、貴族の家柄ということだけは聞いていたが、どこの国の出で、元の家名はなんというのか、一切教えてくれなかった。母曰く「お父様に一目惚れして、家を飛び出してきちゃったから、もう実家には戻れないの」とのことだった。恐らく勘当されたのだろう。事実、母の実家との交流は皆無で、仮に家名が分かったところで、門前払いをされるのがオチだ。

（どうしよう……明日には、学園に帰らなければいけないのに……）

屋敷を追い出されてしまったこと以上に不安なのは、明日にはフローラを置いて、在学中の王立学園の寮に戻らなければいけないことだった。

今回は両親の葬儀のために特別に帰省できたが、そうでない場合、年に二回の長期休暇以外は家に帰れない。二年生に進級したばかりで、卒業までまだ丸三年。その間、フローラを伯父一家の近くに一人残してしまうことになる。

学費については、入学の際に在籍期間の四年分を一括で支払っているため、通おうと思えば通える。けれどこんな危険な所に、まだ十二歳になったばかりの妹を残してなどいけなかった。

「……学園を辞めて、ここから通学できるスクールに編入するよ」

「そんなことしちゃダメよ！　お兄様があの学園に通い続けることが、あの人達への牽制になるわ！」

「フローラ……」

国内には高等教育機関である王立学園の他に、同じく高等教育機関である女学院、平民も入学が可能な一般教育機関の男女共同スクールがある。

学園は誰でも入学できる訳ではなく、成績優秀、品行方正、四年分の学費を一括で支払えるだけの財力等、一定の基準値を満たした貴族子息でないと入学することができない。一学年に在籍できる生徒の数も三十人前後と少なく、学園に在籍、卒業したというだけでも、貴族社会の中では一目置かれる存在になる。

「でも、寮に戻ってしまったら半年は帰ってこれない。フローラをここに一人残していくなんてできないよ」

「私なら大丈夫。そんなにか弱くないから、心配しないで」

明るい性格の母によく似た妹。ニコリと笑《え》んだその顔には、数日前まで両親の死に泣きじゃくり、瞼《まぶた》を腫らしていた面影はなく、懸命に今を耐えようという強い意志が宿っていた。

「お兄様は私の自慢の兄よ。お兄様の優秀さを、あの馬鹿な人達に見せつけてやって！」

「……ありがとう。フローラも、可愛くて、強くて、優しい、私の自慢の妹だ」

「ふふ、ありがとう」

本当に、自慢の妹だ。そう思いながら細い体を抱き締め、はたとあることを思い出す。

（そうだ……フローラだって、三年後には女学院に通う年になる）

貴族の子である限り、いずれかの学校を卒業するのは義務のようなものだ。その中でフローラは女学院への入学を志望していた。あえて口にはしていないが、フローラも今の状況で女学院に入学できるのか、不安に思っているはずだ。

フローラが入学する三年後はダニエルが成人し、爵位を継ぐ権利を得る年でもある。だが無事に爵位を得られたとして、伯父達に財産を食い潰されたあとでは、入学すら危ういだろう。

（そもそも、家の財産を伯父に押さえられている状況で、これからどうやって生活していけば……）

ゾッとするような現実に、フローラの肩を抱く指先に力が籠ったその時、玄関の扉を叩く音が聞こえた。

訪ねて来る者など限られる中、思いがけないノックの音に、二人で顔を見合わせる。一体誰がやって来たのか、恐る恐る玄関へと向かえば、そこには大きなボストンバッグを持った家令のセバスと、フローラの専属侍女のシンディの姿があった。

「セバス！」

「シンディ！」

「お嬢様！」

「ダニエル様、フローラ様、ご無事で……！」

幼い頃から側にいる二人の顔を目にした途端、肩の力が抜けた。そのまま二人を離れの中へと招き入れれば、信じられない話を聞かされた。

「私は解雇されました」

「そんな、どうして……」

「亡き旦那様に仕えていた執事はいらないそうです」

あまりのことに、フローラと共に絶句する。セバスは父にとって兄のような存在で、右腕としてリンベルト家のためにずっと尽くしてきてくれた人だ。そんな人を追い出すなど、信じられなくて言葉が出てこなかった。

「シンディは？」

「私はお嬢様の専属侍女だとお伝えしたら、好きにしろ、その代わり給金は無しだと言われました」

「シンディ、まさかそれで了承してしまったの⁉」

「勿論です。お嬢様をお一人にすることなんてできませんもの」

シンディは元は子爵家の娘で、年は二十代中頃になる。子爵家が没落し、路頭に迷っていた所を母に救われ、フローラの専属侍女として雇われたのだそうだ。結婚せずに一生をリンベルト家に尽くすのだと、いつだったか本人から聞いたことがあった。幼少の頃から世話をしているフローラのことも、本当の妹のように可愛がり、フローラもシンディのことを姉のように慕っていた。

「でも無給だなんて……これからの生活はどうするの？」

「ご安心ください、お嬢様。今までたくさんお給金をいただいて、蓄えもあります。奥様に拾っていただいた御恩をようやくお返しできます」

「シンディ……」

「私めも、お二人を残して屋敷を去ることなどできません」

「セバス……二人とも、ありがとう。すごく心強いけど、金銭的な負担を二人に強いる訳にはいかないよ」

たった数時間の間に目まぐるしく変わってしまった現状に、頭が追いつかない。それでも冷静な部分では、このままセバスとシンディに養ってもらうのはいけないと、どうにかして資金を捻出できないかと考え始めていた。その時、セバスがある物をそっと差し出した。

「ダニエル様、こちらはダニエル様名義の貸し金庫の口座証明書と鍵でございます」

「え？」

差し出された予想外のそれに、驚きつつも受け取れば、それは確かに自分の名義で作られた口座だった。国の運営する貸し金庫は、個人資産の預け先として有償で貸し出されているものだ。本人にしか開けることのできない特殊な鍵を用いて金を出し入れする金庫。その口座が自分の名で作られていることを、ダニエルは今の今まで知らなかった。

「旦那様と奥様が、お二人にもしものことがあった時のためにと預けられていたお金です。十五歳からしか口座を作れないため、フローラ様の分は残念ながらご用意ができませんでしたが、それでも当面の生活を維持するには十分な額を預けたと、口座をお作りになられた時に仰っていました。これはお二人の個人資産になります。誰かに取り上げられることはございません」

「これは、どこに？」

「旦那様がお作りになった隠し棚の中から持ち出して参りました。棚の存在は旦那様と奥様、私しか知りませんのでご安心ください」

「ありがとう、セバス……！」

まるでこうなることを予測していたかのような両親の優しさに瞳が潤んだ。だが今は泣いている時間などない。伯父の目を盗み、急いで馬車を出してもらうと、王都の中心街にある金庫へと向かった。窓口で本人であることの証明がされ、金額を確認すれば、金貨二百枚が預けられていた。

（ありがとうございます！　父様、母様……！）

これだけあれば、贅沢しなければ三年間は生活できる。フローラの入学のための支度金もなんとかなるだろう。ただ問題は、自分の今後の学生生活だ。学費は問題ないにしても、諸々の諸経費はどうしても掛かる。簡単に見積もっても、残り三年間で金貨百枚は必要なはずだ。学園に通っている生徒の家柄を考えれば微々たる額でも、今のダニエルには到底支払えない額だった。

（……スカラー制度の申請をしてみようかな）

王立学園には、入学時に学費の何割かを減額される特待生制度の他に、学費以外の諸経費が免除されるスカラー制度がある。入学はできても、その後の家の経済状況で在籍することが難しくなってしまった生徒の救済措置として設けられている制度だ。但し、それ相応の成績を維持することが条件で、条件を満たせなければその時点で退学となる。

（どっちにしろ、このままじゃ通い続けることはできないんだ）

ダメで元々、やるだけやってみよう。決意を胸に、いくらかの金貨を引き出すと、急いで離れへと引き返した。

「スカラー制度の申請をしようと思うんだ」

離れに戻り、ダニエルはフローラ達と今後のことについて話し合った。幸い、セバスとシンディがフローラと共に離れに住み、彼女を守ってくれると言う。部屋は十分に足りているし、住む場所の問題はない。下ろした金貨十枚は渋るセバスを説得し、当面の生活費として預けた。

「スカラー制度って、条件がとても厳しいんじゃ……」

「それなりにね。でも、きちんと勉強していればなんとかなるよ。私はそれより、ここに残していくことになるフローラが心配だよ。もしも何かあったら……」

「大丈夫よ、お兄様。シンディもセバスもいてくれるんだもの」

「ええ、お嬢様のことはお任せください、ダニエル様」

「ダニエル様はどうか安心して、勉学に励んでくださいませ」

「フローラ……二人も、ありがとう」

これからどうなるのだろう、と一時は絶望感しかなかったが、ようやく見えた希望に四人で笑い合った。

和やかな雰囲気にゆるりと気が緩んだその時、ふとある考えが浮かび、それがそのまま声になってポツリと零《こぼ》れた。

「プレジデントを目指してみようかな……」

最終学年から選ばれる生徒代表――プレジデント。成績優秀者の四人が教師達の総評によって選出され、生徒代表として学園内を取りまとめる役目を担うのだ。

プレジデントに選ばれるだけでも素晴らしいことだが、なにより卒業式の日、卒業生代表として、国王陛下から直々に祝いと誉れの言葉を賜るのだ。国王陛下から誉れの言葉をいただける機会などそうそうなく、大変名誉なこととして知られていた。

（頑張ってプレジデントになって、それで卒業式の日に、陛下からお褒めの言葉をいただけたら……）

そうしたら、亡き父と母も、天国で喜んでくれるのではないか。よく頑張ったと、褒めてくれるのではないか。次期当主として、息子として、誇りに思ってくれるのではないか……込み上げた願望に、ぐっと胸が詰まった。

「プレジデントって、学園の生徒代表のこと？」

「うん。簡単になれるものじゃないけど、選ばれること自体、とても名誉なことだし……こんな時だからこそ、もっと高い目標に向かって頑張りたいなって」

願望混じりの目標に、少しばかり自信なさげに答えるも、対照的にフローラは瞳を輝かせた。

「お兄様なら絶対なれるわ！　それにプレジデントに選ばれれば、お兄様が跡継ぎとして相応しいって、周囲の方にも分かってもらえるし、あの人達だって文句が言えなくなるはずよ！」

小さな手で拳を作り、熱く語るフローラに苦笑しながら、元気と勇気をくれる可愛い妹の頭をそっと撫でた。

「頑張ってね、お兄様！　私のお兄様はすごいのよって、あの人達にも自慢してやるわ！」

「ふっ、ありがとう、フローラ。フローラが胸を張って自慢できるように、いっぱい頑張るよ」

父と母のため、妹のため、自分自身のため、一つでいいから誇れるものが欲しい。そのために懸命に努力しよう、と静かに決意を固めた。

目標を決めたその日の夕飯は、四人で一緒に食卓を囲んだ。明日からは当分、ここには帰ってこれない。両親を亡くした傷も癒えぬまま、慣れ親しんだ屋敷を追い出され、心細いであろう妹と離れ離れになる。

不安も、悲しみも、苦しみも、全部飲み込み、精一杯笑ってみせた。

◇◇◇◇◇

学園に戻る朝、使用人に頼み、伯父達が起きてくる前にこっそりと馬車を出してもらった。

「何かあったら手紙を書いてくれ。学園には殿下もいらっしゃるし、ご相談くらいはできるかもしれない」

「承知致しました。ダニエル様もお体にお気をつけて」

「うん、ありがとう」

「お兄様、大変だと思うけれど、お勉強頑張ってくださいね」

「ありがとう、頑張るよ。フローラも、無理しないようにね」

ゆっくりと走り出した馬車の中から、小さくなっていく妹達の姿を見つめる。不安も心配も、残されるフローラのほうが何倍も大きいだろう。一人離れなければいけないことに、怖気づいてはいけない。膨らむ不安を必死に飲み込むと、漏れそうになる弱音を喉の奥で殺した。

馬車に揺られること半日。学園に着いたダニエルはその足で教員棟へと向かうと、クラス担当の教師にスカラー制度の申請を願い出た。両親の急逝に胸を痛めてくれた教師は、制度を申し込むことに渋い顔をした。

スカラー制度の申請、それは裏を返せば、家が困窮しているということだ。貴族として家の衰退は恥ずべきことであり、よほどのことがなければスカラー制度を申し込む者はいない。救済措置と銘打ってはいるものの、この制度を活用する者は非常に少ないのだ。

人によっては「貧しい姿を見せるのは恥ずべきこと」と眉を顰《ひそ》める者もいるが、彼がそういった感情で顔を顰《しか》めたのではないことは分かっていた。

「何があった？　いくらご両親が亡くなったとはいえ、いきなり家が傾くなんてことはないだろう？」

純粋に自分と家のことを案じてくれている。その優しさが、今は身に沁みるほど嬉しかった。

「家のことなので、詳しくお答えできませんが、当主代行としていらっしゃった方があまり……その、協力的ではなくて……」

本当は包み隠さず現状を話してしまいたい。だが家の事情を誰彼構わず話すべきではないことくらい分かる。言葉を濁して俯けば、事情を察してくれたのか、それ以上の追求をされることはなかった。

スカラー制度の適用は、前期と後期毎に行われる試験で、常に上位五位以内の成績を維持することが条件だ。一度でも条件を満たせなければ、それまでの諸経費用を支払うか、支払えなければ退学――リスクは高いぞ、と沈痛な面持ちで語る教師の思い遣りに、深く頭を下げた。

「分かっています。それでも、お願いします」

「……分かった。すまんな。力になってやりたいが、教師である以上、特定の生徒にだけ肩入れしてやることができん。ただ、どうしようもない状態になるまで耐えるな。そうなる前に、話に来い」

「そのお言葉だけで十分です。ありがとうございます、先生」

彼の言葉に嘘偽りはない。本当に、それだけで十分だった。

(あとは自分が頑張るだけだ)

申請書にサインをし、必要な手続きを済ませると、ダニエルは寮の自室へと向かった。

「ダニエル！　戻ってたんだな」

「カリオ……ただいま」

荷解きを終え、休んでいた分の遅れを取り戻そうと教科書を開いていると、同室のカリオが授業を終えて帰ってきた。

カリオ・マルティネス。辺境伯の三男で、赤茶色の短髪に鋭い目つき、自分よりも少しばかり逞しい体格の彼は、一見すると威圧感があり、怖がられることも多いが、実際は気さくで気配り上手だ。

学園の寮は二年生までは二人部屋だ。カリオとは入学して知り合った仲だが、お互い社交界に疎く、領地でのんびり過ごすほうが性に合うという共通点から、自然と仲良くなった。二年で同室になったことでその仲は更に深まり、今では親友と呼べる仲になった。

「大丈夫……じゃないよな。親御さんのことは本当に、なんて言ったらいいか……」

「心配してくれてありがとう。でももう、十分悲しんだから……」

「悲しいに十分も何もないだろう。今だろうが、一年後だろうが十年後だろうが、悲しければ悲しいって言って泣けばいい。俺の胸でよければいつでも貸すぞ」

「ふふ、ありがとう」

両手を広げる彼に、自然と頬が緩む。そうして少しだけ気持ちが軽くなったところで、休んでいた間の授業についてカリオに確認しながら、予習と復習に手を付けた。

「そういえば、家のほうはどうなってるんだ？　ダニエルが長男で、あとは妹さんしかいなかっただろう？　親戚とかが見に来てくれてるのか？」

突然の核心を突く質問にドキリとする。カリオとはこれまでにも家族の話をする機会があり、お互いの家族構成も知っていた。不思議に思うのは当然だろう。一瞬、話すべきか迷ったが、カリオのことは信用していた。なにより、これからは成績向上のため、プレジデントを目指すために、毎日必死で勉強する必要がある。同室のカリオには、遅かれ早かれ何かあったとバレるだろう。

躊躇《ためら》いながらもペンを置くと、ダニエルは体ごとカリオに向き直った。

「カリオ、ちょっとだけ、愚痴を聞いてもらってもいいかな？」

真剣な表情に変わった彼を見据え、両親の葬儀後に起こったことを話した。

伯父一家の襲来、屋敷を乗っ取られ、妹と共に離れに追いやられてしまったこと。伯爵家の財産も奪われ、信頼していた使用人まで巻き添えになってしまったこと。金銭的に逼迫《ひっぱく》した状況でスカラー制度を申請したこと、すべての事情を赤裸々に語れば、彼の顔はみるみる内に赤く染まっていった。

「なんだよそれ……っ!!　そんな輩追い出しちまえ!!　ダニエル達がそんな目に遭うなんておかしいだろう!!」

「怒ってくれてありがとう。でも、王命でやって来たって言われて、追い出すに追い出せなくて……実際、私は跡継ぎっていう肩書き以上の力を持ってないし、もし歯向かって、フローラに何かされたらと思うと、言い返すこともできなくて……」

「確かに妹さんは心配だけど……他に頼れる親族とかいないのか？　母君の実家は？」

「母の実家は……その、母は駆け落ち同然で父を追って家を出たみたいで、頼れないんだ」

「………情熱的な母君だったんだな」

言葉を選んでくれたのだろうが、微妙に恥ずかしい。少しだけ空気が和らぐも、未だ険しい表情のままのカリオに、できる限り明るい声で返事をした。

「大丈夫。伯父はあくまで当主代行だ。私が成人して、家を継げるようになるまでの辛抱だと思って、今はできることを頑張るよ」

「何かあれば言えよ？　俺にできることも少ないけど、力になるからな。いざとなれば、親父に相談することだってできる」

「ありがとう。すごく心強いよ。もしもの時は頼らせてくれ。……今の目標は、プレジデントになることなんだ。それで少しでも、次期当主として、周りに認めてもらえればと思って……」

「おう！　応援するぞ！」

カリオの明るく力強い声に励まされ、やる気と気合いが湧いてくる。

「しかし、なんだってそんな奴が当主代行になったんだ」

「……伯父が血縁者であることは事実だしね。リンベルト家の血筋の中で、成人している者が伯父しかいないせいだと思う」

国からすれば、その血筋の者が領地を管理すべき、という考えなのだろう。内情までは加味されない。一応〝代行〟ということで、正式な当主としては認められていないようだが、これが自分よりもっと幼い未成年の跡継ぎだった場合、赤子の手を捻るより容易く当主の座を奪われるだろう。

（自分だって、似たようなものだけれど……）

未成年というただそれだけで、こんなにも不利なのかと、悔しさが滲《にじ》んだ。


翌日、教室に向かうと、多くのクラスメイト達から声を掛けられた。

「リンベルト、あまり無理をするなよ？」

「ありがとう。大丈夫だよ」

「なんて言ったらいいか分からないけれど……何かできることがあれば、いくらでも力になるからね！」

「私も、お話を聞くくらいしかできないかもしれませんが……」

「皆も心配してくれてありがとう。そう言ってくれるだけで嬉しいよ」

労《いた》わるような声と心配してくれる級友達の言葉に、胸が熱くなった。流石に皆にまでリンベルト家の実状を話すことはできず、やんわりと言葉を濁すと、「大丈夫」という顔をしてみせた。

ほどなくして授業が始まり、昨日までの怒涛の日々が嘘のように、今までと変わらない日常が訪れた。自分が当たり前の日常の中へ溶け込んでいく——それを堪《たま》らなく不思議に思いながら、現実逃避のように意識はどこか遠い所へと逸れていった。

シュエルヴァーズ・カレッジ。シュヴェリア王国の高等教育機関である全寮制の男子校で、優秀な人材を輩出することで有名な王立学園だ。

在学期間は十五歳から十八歳までの四年間。十八歳で成人となるこの国では、卒業と同時に成人として認められる。

貴族階級の家の中でも、更に財力と優秀者だけが入学できる最高教育機関で、入学すると高度な教養を身につけると共に、集団での寮生活を通して多くのことを学ぶ。それによって貴族の子も平民や使用人達と変わらぬ、ただの人の子であるという意識を育てるのだそうだ。

一昔前の高位貴族の中には、使用人や平民を同じ人間と思わない者がいた。それを嘆いた数百年前の国王が『役目や役割は違えど皆等しく国民である』という考えの元、貴族達に自分達の傲慢さと無力さを学ばせるために作ったのがこの学園の始まりだと、入学式の際に説明を受けた。

今の時代にそこまで偏った選民意識の者は少なく、貴族と平民、主人と使用人というそれぞれの線引き、価値観の違いはあるものの、平民だから何をしてもいい、使用人だから好きに使っていい、という悪習はほとんど無くなった。そのおかげか、王国は昔以上に栄え、学園の在り方は更に洗練されたものへと変わっていった。

とはいえ貴族学校であることに変わりはなく、広大な敷地には校舎の他に、生徒達の生活スペースである寮、馬場、教会、音楽ホール、サロン、各種専門店等、娯楽施設が多数備えられていた。

教科は語学、歴史、算術、魔法学等の基礎科目八種に加え、選択科目で音楽、美術、剣術等を学び、自身の才能を伸ばしていく。

（魔法学だけは、教科書に書かれていることを学ぶだけだけど）

今正にめくっている教科書に目を落としつつ、文字を目で追った。

この世界には魔法や魔術が存在するが、この国で扱える者は少ない。隣国である魔法大国には、祖となる人種の違いか、土地柄か、多くの魔法使いや魔術師が存在する。同じく魔物と呼ばれる生き物も生息しているが、どういう訳か魔物が他国に流れることはなく、同じように魔力を持つ者もほとんどいない。

ただ完全にいないということはなく、婚姻や移住などで他国に流れる者の血脈か、時たまシュヴェリア王国でも魔法を扱える者が現れた。そういった者は貴族や平民といった階級に関係なく、特別な教育機関で力の扱い方を学ぶことになる。大抵の場合は危険性はなく、極々一部の特別な契約に関わる執務に携わる魔術師以外は、特に制限もなく普通に生活していると聞く。この国では、魔法や魔術は近くて遠い存在なのだ。

魔法学の授業が終わり、次の授業が始まる前に教科書をパラパラとめくりながら、物思いに耽った。

（今の私の成績だと、もう少し頑張らないと五位以内に入るのは難しいな）

現在の成績は学年七位。決して悪くはないが、二位分の差を埋め、更にはプレジデントという目標のため、より高みを目指さなければならない。

（学年主席はフィルベルテ殿下で、次席が殿下の側近のメロディウス様……三位がヴァシュフォー

ド様だったよな）

成績上位五名までは、試験後にその結果が公表される。前回の結果を思い出しながら、「う～ん」と唸った。

（殿下とメロディウス様がプレジデントに選ばれるのは確実だろうな。ヴァシュフォード様も……）

プレジデントは成績優秀であることは勿論だが、他にも品行方正で規律違反がないこと等、様々な能力が足し算方式で加算され選ばれる。

（ヴァシュフォード様は、生活態度は規則的で、模範的な優等生という感じなんだよな）

そんなことを考えながら、同じ教室内にいるその人に視線を向けた。

エドワルド・ヴァシュフォード。公爵家の次男で、次期当主としての未来が決まっていると小耳に挟んだことがある。蜂蜜のように濃い金の髪と、アメジストの瞳。体は細身だが背は高く、自分より拳一つ分低いかどうかという差だ。陶器のように白い肌と整った顔立ちは美しいが、その顔は常に無表情で、精巧な人形のようだ。常に一人で過ごしており、非常に近寄り難い雰囲気だが、生活態度や成績は非の打ち所がない優等生だ。プレジデントに選ばれるのは確実だろう。

（ヴァシュフォード様に並ぶくらいの気持ちでいれば、上位五位以内は間違いない……）

流石に主席の殿下に並べるとは思えないが、せめて三位以内を目指すつもりで頑張れば……そう人知れず決意をすると、小さく気合いを入れた。

この日から、規則正しいエドワルドの行動を目で追い、それと同時に、目標に近づくため、追いかける対象として、その背を意識するようになった。

目標が決まってからは、必死になって勉強に取り組んだ。少しでも分からない箇所があれば直接教員棟に赴き、担当教諭に教えを請うた。寮専門の教師にも積極的に声を掛け、苦手な教科を無くすべく、無我夢中で勉強した。

自室にいる間はずっと机に齧《かじ》りつき、予習と復習を繰り返しながら、教科書の中身を完全に覚えるまで読み返す。これまでにないほどの勉強量に、頭は今にも破裂してしまいそうだった。

プレジデントを目指す以前に『成績上位五位以内に入れなければ退学』というプレッシャーは、ダニエルが思っていた以上に重く、寝付きが悪くなったり、ふとした時にもう両親がいないのだと いう現実を思い出して涙が溢れたりと、精神的に不安定になることもあった。だが自分のため、リンベルト家のため、応援してくれる妹のために頑張らなければと、グラつきそうになる心を懸命に叱咤した。

そんな生活も、毎日続けていれば慣れるもので、少しずつだが気持ちにもゆとりが出始めた。これなら試験も上手くいくはず……そう希望が見え始めた時だった。

◇◇◇◇◇

家を離れ、三ヶ月が過ぎようとした頃、カリオと自室で過ごしていると、セバスからの手紙を受け取った。寮母《メイトロン》が自室まで届けてくれたそれに嫌な予感がしつつ、封を切って中身を確認すれば、その内容に怒りから手紙を持つ手が震えた。

屋敷の使用人は、あれから全員解雇され、新しく入った使用人達は伯父の言いなりだということ。セバスとシンディも追い出されそうになり、居座るつもりなら金を払えと金銭を要求されたこと。馴染みの料理長が解雇されたことで、食事も満足に与えられなくなったこと。伯父の妻であるマリエッタと娘のジェイミーが、これ見よがしに母やフローラのドレスを身につけ、わざわざフローラに嫌味を言いに来ること。フローラがセバスとシンディを心配して、二人だけでも屋敷を離れてほしいと言い出し、心を痛めていること——切羽詰まった内容が、乱れた文字で書かれていた。

「ふざけるな……っ！」

フツフツと湧く怒りに眩暈《めまい》がした。こんなに強い激情を抱いたのは初めてで、手にした手紙がグシャリと潰れた。

「ダニエル、大丈夫か？」

「……あんまり大丈夫じゃないかも」

怒りを抑え、横で心配そうに見つめるカリオに潰れた手紙を渡す。受け取ったカリオはそれに目を通すと、ダニエルと同じように手紙を握り潰した。

「なんだこの胸糞の悪い連中は……!!」

我がことのように怒ってくれるカリオに少しだけ激情が和らぐが、それで問題が解決した訳じゃない。今になって胸に湧くのは、家を離れてしまった後悔だけだった。

「やっぱり、スクールに編入するべきだった……」

自分が側にいれば、理不尽な要求に対して言い返すくらいはできたかもしれない。そうでなくても、フローラの盾になることくらいはできた。ようやく落ち着き始めた精神が乱れる中、カリオはぐしゃぐしゃになった手紙を机に叩きつけた。

「ダニエル、家のことで頼りたくないのは分かるが、殿下に話くらい聞いてもらえ。王命のせいでこうなってるんだ。多少文句を言ったってていいはずだ」

「カリオ、その言い方は良くない。それに、殿下には関係ないことだ」

カリオの言葉は、ずっと胸の内に押し込めていた『頼ってはいけない』という考えを大きく揺らした。

殿下に責任がないのは分かっている。文句を言うつもりもない。なにより、ただのクラスメイトでしかない殿下の権力に頼るのはいけないことだと、ずっと己に言い聞かせていた。

「関係なくても、話を聞いて、助言くらいはしてくれるだろう！　何もしないで諦めるより、ダメで元々でいいから話してこい！」

カリオに肩を掴まれ、手の平から伝わる温もりと強い眼差しに、少しだけ気持ちが前向きになる。

「……そうだね。殿下に、お話だけしてみるよ」

「ああ、そうしろ。それでダメだったら、お前んちの事情を話すことになるが、俺の親父に手紙を書いて知恵を借りる。ただ領地が遠いせいで、手紙の往復だけでも三週間掛かっちまうけど……」

「ありがとう、カリオ。そう言ってくれるだけで心強いよ」

カリオが本気で心配してくれているのが伝わり、気持ちが落ち着き始める。せめてこれ以上の心配をさせないように、やれることはやるべきだ。大きく息を吸い込むと、不安ごと体から押し出すように、深く息を吐き出した。

翌日、選択科目として受講するようになった騎士科の授業に向かいながら、殿下の姿を探した。

騎士科を選択したのは、父も学園の卒業者で、同じく騎士科を受講していたからだ。父の面影を追いかけるように始めた騎士としての鍛錬だが、元々体を動かすのが好きなこともあり、今は純粋に授業を楽しんでいた。

この科目は殿下も受講している。なんとか話す機会をいただけないだろうかと辺りを見回せば、離れた場所に殿下の姿を見つけた。柔らかなミルクティー色の髪を靡《なび》かせて歩く姿に目を留めた瞬間、殿下の澄んだ青色の瞳と目が合い――なぜか微笑まれた。

「……？」

なぜ笑顔を向けられたのか分からず、戸惑いながらもその身に近寄れば、殿下もこちらに近づいてきた。

（え？　え？　なんで？）

状況が飲み込めず、混乱から足が止まった。ダニエルがその場で立ち竦《すく》んでいると、目の前まで来た殿下の声が涼やかに響いた。

「僕に何かお話かな、ダニエル君」

声を掛けようとしていたのを見透かしていたかのような発言に、驚きから目を見張れば、殿下が人差し指を口元でそっと立てた。

「授業が終わったら、お茶に付き合っておくれ。僕のサロンで待ち合わせでもいいかな？」

『そこで話を聞こう』という意味の発言に動揺するも、体は反射的にコクリと頷いていた。

思わぬ展開に、心ここに在らずのまま授業を終えると、ダニエルは急いで殿下のプライベートサロンへと向かった。扉の前には付き人がいて、通されるまま中に入れば、窓際の席には既に殿下の姿があった。

「遅れて申し訳ありません！」

「いや、僕も今来たところだよ。掛けてくれ」

「失礼致します」

促されるまま殿下と向かい合う形で椅子に腰掛ければ、殿下の従者であるジルドがワゴンを押して現れた。温かな紅茶が注がれたカップをダニエル達の前に置くと、彼は静かに退室していった。

（まさか、殿下と一対一でお話することになるなんて……）

シュヴェリア王国の第一王子を目の前に、脳みそが遅れて現実を理解する。豊かな紅茶の香りが漂う中、一瞬の沈黙が流れたあと、殿下がおもむろに口を開いた。

「最近、リンベルト家を名乗る者達があちこちの社交界に参加しているらしい。……あまり良い噂は聞かないよ」

瞬間、自分でも表情が崩れたのが分かった。膝の上に置いた手をキツく握り締めれば、殿下が困ったように微笑んだ。

「僕の耳にまで届くぐらいだから、かなりのことだろう。何か話したそうにしていたのも、そのことだろう？　よければ話を聞かせてくれないかな？」

どうにか話を聞いてもらおうと思っていたのに、わざわざ殿下から声を掛けてくださった。ただのクラスメイトでしかないと思っていたダニエルにとって、それは信じ難いことであり、同時に救いの光が見えたようで、緊張の糸がフツリと切れた。

そこからは両親が亡くなってからの出来事から、セバスの手紙に書かれていた内容まで、すべて包み隠さず話した。逼迫《ひっぱく》した経済状況も問題だが、なにより妹に食事すらまともに与えてもらえないこと、妹を守るために残ってくれた使用人達にまで金銭を要求していること等、恥などと言っていられない伯爵家の現状について、堰《せき》を切ったように言葉が溢れ出した。

殿下はその間、口を挟むことなく、静かに相槌を打ちながら耳を傾けてくれた。ようやく話し終え、喉がカラカラになる頃には、カップから立ち昇っていた湯気は消えていた。

「話しにくいことを話してくれてありがとう。辛い思いをさせたね」

「いいえ。お耳を汚すようなことを申し上げ、大変申し訳ございませんでした。……殿下のお力に頼るつもりはありませんでしたが、何かお知恵を貸していただければと、期待してしまいました」

「ダニエル君は真面目だね。まぁ実際、僕に頼るのはいつも正解とは限らないけれど、今回の件では話してくれて正解だよ」

「え?」

「当主代行というのはね、その名の通り、〝代行〟なんだ」

含みのある言に、疑問を混ぜて殿下を見遣れば、殿下が『当主代行』について改めて説明してくれた。

当主代行とは、代行者として一時的に当主の権利を得るが、同時に正式な後継者に対して、保護者としての務めを果たす義務が課せられる。保護者としての義務を怠り、後継者に対してなんらかの損害を与えた場合、当主代行としての役目は剥奪される。王命だからこそ、権利があれば義務があるのだと殿下は語った。

「……知りませんでした」

「まぁ、あまり無いことだからね。大抵は当主が亡くなっても奥方は健在か、子が成人しているか、もしくは幼い跡取りしかいなくて、自然と他者の手に渡ってしまうものだ。だけどダニエル君は、この学園に通っていて、次期当主として能力的に問題ないと判断されたんだろう。だからこそ、特例として一時的に代行者を立てて、君が成人するのを待とうというんだ」

サラリと言われたが、自分が次期当主として評価されているのだと知り、こんな時だというのに嬉しくなる。と同時に、伯父をこのまま伯爵家から追い出せるのでは、という淡い期待を抱いたが、それには難しい顔をされてしまった。

「リンベルト家には、他に成人している血縁者がいないからね。そうなると一時的に爵位を他家に預けることになる。母方で頼れる親族があって、信用できる者であれば問題ないけれど、母君は他国の出身で、出自も分からないのだろう？　代行者を排しても預かる家が無いとなると、最悪爵位を国へ返上することになるね」

「そう、ですか……」

流石にそこまで上手くいく話ではないらしい。再び落ち込むも、そんなダニエルを励ますように、殿下の明るい声が場を和ませた。

「ひとまず、当主代行としての務めが果たされていないのは分かった。妹君も、ダニエル君と同じく後継者候補だからね。その子にご飯も食べさせないなんて、立派な王命違反だよ。世話人をつけるのは保護者の義務だし、給金を支払わないまま使用人に労働をさせるのも違法だ。本当なら一発でお払い箱だけど、それはそれで君達が困るだろう？　抜き打ち監査の名目で使いの者を送ろう。王命違反で代行者としての権利を剥奪するぞ、と言って脅せば、少なからず妹君の生活は保証されるはずだよ」

「ありがとうございます……！」

「お礼はいらないよ。これは王命に対して、違反があったから咎《とが》めるんだ。君が僕を頼った訳じゃないし、僕は知った事実に対し、当たり前のことをしただけだ」

「……それでも、結果的に私達は救われました」

「うん。結果的にね。良かったね」

殿下の言わんとすることと、自分への気遣いに、目頭が熱くなる。ああ、話して良かった……安《あん》堵《ど》から滲《にじ》んだ視界を隠すように、そっと瞳を伏せた。

「しかし、当主代行の誓約書にはその辺りのこともきちんと書いてあって、納得した上でサインをしてもらうんだけどね。君の伯父上とやらは、文字が読めないのかな？」

冷めてしまった紅茶に口を付けながら、直球で伯父を馬鹿にする殿下に、胸がすっとする。不安が消え、軽くなった胸に改めて希望を宿すと、先ほどは言えなかった自身の目標を殿下に告げた。

「本当に、ありがとうございます。殿下のおかげで、このまま学園に通い続けることが……プレジデントになりたいという目標のために、まだ頑張ることができます」

「ダニエル君は、プレジデントを目指しているのかい？」

「はい。自分自身のためでもありますが、父と母と……あとは屋敷に残してきてしまった妹にとって、せめて誇れるような兄になりたくて……」

ほんの少しの気恥ずかしさを混ぜて伝えれば、殿下は目を丸くしたあと、ふわりと表情を和らげた。

「素敵な目標だね。僕も応援するよ。二年後、共にプレジデントに選ばれたら嬉しく思うよ」

殿下からの温かな励ましの言葉を最後に、和やかに対談の時間は終わりを迎えた。

数日後、セバスから再び手紙が届いた。王宮の使いの者がどうやって伯父を脅したのかは不明だが、シンディは改めてフローラ付きの侍女として雇われ、食事も問題なく用意されるようになったという。綴られた文字から伝わってくる安堵《あんど》の念に胸を撫で下ろすと、カリオと一緒になって届いた手紙を手に喜び合った。

心配事が減り、幾分心穏やかに過ごせるようになって暫く、ついに前期試験の結果が発表される日を迎えた。

試験当日は、直前まで緊張で胃が痛かったが、スラスラと問題が解けるにつれ緊張は消え、途中からは楽しくなってきたほどだった。多少躓《つまづ》く部分もあり、悔しい思いもしたが、それでも確実な手応えがあった。

目一杯努力した。きっと結果は悪くないはずだ。そう己に言い聞かせると、暴れる胸の鼓動を手で押さえ、祈るような気持ちで成績上位者五名の名前が張り出される掲示板の前に立った。

もしここに名前が無かったら、その時点でスカラー制度の適用対象外となり、通学し続けるのは困難になる。緊張と恐怖でなかなか顔を上げることができない中、大きく息を吸い込むと、意を決して顔を上げた。

（……あ……）

痛いほど脈打つ心臓が、ドクン、と一際大きく跳ねた。

（……あった）

『五位　ダニエル・リンベルト』

自分の名前が、そこにあった。

瞬間、緊張から冷たくなっていた指先に、ジンと熱が戻ったのが分かった。体内を駆け巡った歓喜と安堵《あんど》は凄まじく、強張っていた体から力が抜け、フラリと足元がふわついた。

僅かに蹌踉《よろ》めいたその時、傍らを通り過ぎる人影に気づき、咄嗟《とっさ》に踏ん張った。慌てて身を引けば、そこにいたのはエドワルド・ヴァシュフォードだった。

接点がある訳ではない。関わりもない。ただ一方的に目標として意識していた彼がそこにいたことに、なんとも言えない気まずさからギクリとした。

「……」

エドワルドから、何か言われることはなかった。だが互いの視線が絡んだほんの一瞬、無表情の冷たい瞳に射抜くように見つめられ、緊張が走った。

「っ……」

反射的に身を固くしたが、絡んだ視線は瞬きの内に解け、エドワルドは無言のままその場を立ち去った。予想外の接触に驚きつつ、体の強張りを解くと、ホッと息を吐いた。

(……ヴァシュフォード様は、今回も三位だったな)

自分とは約二十点差の三位。届きそうで届かないもどかしさと、未だ落ち着かない胸を押さえながら、去っていく彼の背を見つめた。

その後、心配してくれていた担当教師からは労《ねぎら》いの言葉を、殿下からも「よく頑張ったね」とこっそりお褒めの言葉をもらった。

努力してきた日々が報われた。そんな喜びと、誇らしい気持ちでいっぱいで、次の試験も頑張ろうという意欲と活力が自然と湧いた。

満たされるような達成感と充実感を胸に宿したまま、学園は長期休暇を迎えた。

◇◇◇◇◇

「お兄様、おかえりなさい!」

「ただいま、フローラ」

「おかえりなさいませ、ダニエル様」

「セバス、シンディもただいま。留守をありがとう」

帰省当日、学園まで迎えが来るのか心配だったが、セバス自らが御者となり、馬車で迎えに来てくれた。

馬車は伯爵家の紋章が入った物で、よく伯父が何も言わなかったなと思えば「紋章無しのボロ馬車で迎えに行ったと知れれば、今度こそ咎《とが》めを受けますよ」と、忠告したら「勝手にしろ！」と言われたので勝手にしたらしい。大丈夫かと心配になったが、セバスが問題ないと言うので信じることにした。

そうして半年ぶりに帰ってきた屋敷の離れは、学園に戻る前日に一日過ごしただけなのに妙に懐かしく、「帰ってきた」と感じられた。

扉を開けると同時に腕の中に飛び込んできたフローラを抱き締め、再会の喜びを分かち合う。

「フローラ、ご飯はちゃんと食べられているかい？　酷いことをされたり、言われたりしていない？」

「大丈夫よ。ご飯もきちんと食べているし、心配なさらないで。それより、お兄様はお勉強はどう？」

「ちゃんと目標以内に入れたよ。今の成績を維持できれば、プレジデントも夢じゃない」

「本当!?　すごいわ、お兄様！」

嬉しそうに声を弾ませるフローラの様子に、自然と笑みが零《こぼ》れた。今日から三週間は、フローラやセバス、シンディと共に過ごせる。それがとても嬉しかった。

食事は変わらず皆で一緒に食べているようで、四人で共に食卓を囲んだ。メインの卵料理とパンとスープが並んだ食卓は、心配していたほど質素ではなく、きちんと腹が満たされるだけの量を食べられている様子にホッとした。

和やかに食事をとりながら、自分が不在にしていた間の過ごし方についてフローラに尋ねた。

「最近はシンディに習って、家事や料理をするようになったの。今日のお夕飯も、少しお手伝いしたのよ」

「え？」

思ってもみなかった発言に、フローラを見つめた。

「どうして？　食事は用意されてるんじゃ……」

「実はね、お兄様がいない間、何度もここを追い出されそうになったの。あ、今は大丈夫よ。王宮の人が来てくれて、ここに住む権利が私にちゃんとあるって仰ってくれて、それからはとっても平和。でもその時に、もしここを追い出されたら平民になるんだって、初めて実感したの。考えたくはないけど、万が一に備えて、私も自分にできることは身につけようって思って……お料理もできるように、今は食材だけもらって、食事はここで作ってるの。色々勉強中なのよ」

「そんな……ごめん。フローラにばかり、辛い思いをさせて……」

見れば、フローラの白くすべらかな手は以前よりも荒れていた。妹にばかり負担を掛けている不甲斐なさから、手にしたスプーンが下がる。だがそんなダニエルに対して返ってきたのは、凛としたフローラの声だった。

「お兄様、そこは謝らないで褒めてくださいませ！」

「……偉いね、フローラ。いっぱい頑張ってくれたんだね。兄様は誇らしいよ」

「ありがとう、お兄様。嬉しいわ」

フローラの眩《まぶ》しいほどの笑顔を前に、なんとか笑い返すも、不安は拭えない。無理して強がっているのではないか、そんな心配が顔を出すも、それを悟られまいと、努めて明るい声で話を続けた。

「頑張っているフローラに、ご褒美をあげないと。何か欲しい物はある？　ドレスとかは難しいけど、用意できる物なら……」

「お兄様、何もいらないわ。大切なお金でしょう？　無駄遣いは良くないわ」

「フローラ、これは無駄遣いじゃないよ」

「いいの。ご褒美なら、お兄様がお勉強を教えてくださいな。家庭教師の先生にも会えなくなってしまったから、お勉強ができなくて……お兄様がお休みの間、私の家庭教師になって？」

「分かった。たくさんお勉強しような。ついでにダンスの練習もしようか」

「私、まだステップを覚えていないの……」

「お嬢様、女性パートのステップなら私がお教えできます。一緒にお稽古しましょう」

しょんぼりと俯くフローラに、すかさずシンディが助け舟を出す。元子爵令嬢のシンディなら、貴族子女としての作法もフローラに教えてくれるだろう。シンディの言葉にパッと表情を明るくしたフローラが、嬉しげに頷いた。

翌日からはフローラに勉強を教えたり、ダンスの練習をしたり、遊ぶように学びながら、毎日楽しい時間を過ごした。フローラのいない所で、セバスとシンディにも自分が不在にしている間の話を聞いたが、特に問題は起きていないようだった。

「伯父には、あれから理不尽な要求はされていないか？」

「ご安心ください。監査官の方がいらっしゃってからは、あちらも大人しいものです。何かあれば、改めてご報告致します」

「良かった。二人にも、たくさん迷惑を掛けてすまない」

「ダニエル様、そのように仰らないでくださいませ。私もセバスも、自らの意志で、好んでお二人のお側にいるのです」

「……ありがとう。本当に、二人がいてくれて助かったよ」

自分一人では、フローラを守ってやることもできなかった。当たり前のように側にいてくれるセバスとシンディの存在が、今は何よりも心強かった。

それから一度街に出かけると、ハンドクリームと大量の菓子を購入した。菓子はフローラが勉強を頑張ったご褒美として一緒に食べ、ハンドクリームは荒れてしまった小さな手を労《いた》わるように、丁寧に塗り込んだ。

「お兄様ったら、クリームくらい自分で塗れるわ」

「私がしたいんだ。付き合っておくれ、レディ」

「ふふ、はーい」

可愛らしい返事だが、その目は僅《わず》かに潤んでいた。今よりもっと幼い頃、母はよく自分やフローラの手に、こうしてクリームを塗ってくれた。母の両手が優しく手や頬を包み込む感触も、温もりも、まだ鮮明に覚えている。フローラと二人、無言になりながら、もう二度と戻らない懐かしい思い出をなぞり、目を赤くした。

(早く、大人になりたいな……)

成人まであと二年半。早く大人になって、フローラも、父と母が残してくれたものも、セバスやシンディも、守れるようになりたい。心底そう願った。

楽しい時間はあっという間に過ぎ、長期休暇を終え、学園へと戻る日を迎えた。フローラを残していく不安は拭えなかったが、セバスやシンディを信じ、案じる言葉は飲み込んだ。

「いってらっしゃい、お兄様。お体に気をつけて」

「いってきます、フローラ。あまり無理をしないように、何かあったら、すぐに手紙を書くんだよ」

街に出かけた際、ハンドクリームや菓子と一緒に、便箋も購入した。春色の美しい花が描かれたそれを、フローラは「綺麗」と言って喜んでくれた。できることなら、その美しい花模様の中に、悲しい言葉が書かれることがありませんように、と祈りを込めて贈った。

抱擁を交わし、離れ難い気持ちをなんとか振り切ると、馬車に乗り込んだ。セバスの手配してくれた御者がゆっくりと走らせる馬車に揺られ、小さくなっていく三人の影を見つめる。こうして離れる瞬間が、一番苦しい。切なく軋《きし》む胸を誤魔化すように、無理やり気持ちを切り替えた。

（学園に戻ったら、もっと勉強を頑張ろう）

自分にできることはそれだけだ。無力さに押し潰されそうになりながら、その唯一さえ手離してしまうことがないようにと、ダニエルは痛いほど拳を握り締めた。

◇◇◇◇◇

学園に帰ってきた翌日から、すぐに授業が始まった。休暇気分が抜け、学生としての感覚が戻ってくると、放課後は図書館へ通うようになった。

既に基本問題や基礎知識は身につけた。あとは応用問題への対応力や、より深い知識を増やすことが大切だろう。そう思い、資料や知識の宝庫である図書館へと足を運んだ。

掲げた目標のためには、今までと同じように過ごしているだけでは足りないのだ。奥まった席の一番端に腰掛けてノートを開くと、ダニエルは一心不乱にペンを走らせた。

その日から、来る日も来る日も、放課後は図書館へと向かった。教科書には書かれていない範囲のことも、専門書の中には書かれている。特に他国の文化や魔法についての知識を得るのは純粋に楽しく、夢中になって本を読み漁りながら、自身の糧にしていった。

そうして図書館へ通うようになって一月《ひとつき》が過ぎた頃、気になって手にした本の中に、他国の言語で書かれている物があった。

（これも読めるようになりたいな）

外国語は選択科目として受講できたのだが、ダニエルは騎士科と領地経営科を選択していたため選べなかった。試験には関係ないが、他国の言語を身につけることで、何かの役に立つこともあるはずだ。まずは翻訳するところから始めてみよう、そう思い立つと、辞書を求めて室内を彷徨った。

人気のない奥まった書棚の間、辞書の類が揃えられた区画を見つけると、ダニエルは本の背表紙に目をすべらせた。自身の目線よりも高い書棚を見上げ、端から端へと視線を動かす。流れ作業のような動作に集中するあまり、周囲への注意力が散漫になっていた。

（あ、あった）

目的の本を見つけ、手に取ろうとした瞬間、掠めるように何かが腕に触れ、初めてそこに人がいることに気がついた。

「あ、すみません――」

慌ててそちらに顔を向けた瞬間、驚きのあまり、つい大袈裟に後退ってしまった。

「……不注意だな」

「申し訳ございません！」

不機嫌さを隠そうともしない声に頭を下げながら、思わぬ人物との邂逅に、頭は混乱していた。

（なんで、こんな場所に……）

エドワルド・ヴァシュフォード――優秀な彼にはおよそ無用と言えるであろう書物ばかりが並んだ図書館の一角での接触に、萎縮よりも驚きが勝った。

「大変失礼致しました」

未だに胸の鼓動は落ち着かなかったが、それでも身についた礼儀から、きっちりと頭を下げ直す。同級生という以外の接点はなく、言葉を交わした記憶もない。そんな中で、目標として一方的にライバル視してしまっている引け目から、そっとその場を離れようとした時だった。

「随分と必死だな」

「……え？」

踵《きびす》を返そうとした背に掛けられた声に、ピタリと足を止める。言葉の意味よりも、話し掛けられたことが信じられなくて、呆けた返事をしてしまった。振り返れば、普段と変わらぬ無表情で、手元の本に視線を落としたままのエドワルドが言葉を続けた。

「そんなにプレジデントになりたいのか？」

（……なぜ、そのことを）

接点のないエドワルドが、なぜ自分の目標を知っているのか？

不自然極まりない発言に対する不信感に加え、秘め事を無理やり暴かれたような恥ずかしさと、どこか馬鹿にするような物言いに、返す言葉には棘が混じった。

「……私が勝手に目標としているだけです。何か、ご迷惑をお掛けしましたでしょうか？」

「お前が何を目標にしようとどうでもいいが、一方的にライバル視されているのは気持ち悪い。不愉快だ」

無遠慮な言葉の刃が胸を刺した。言葉を交わしたのは今日が初めてのはずだが、どうやら自分は彼に嫌われているらしい。

今まで他者からあからさまに嫌われたことがなかっただけに、多少傷つくものはあった。だが、自分が彼に対して一方的な敵対心を向けていたのがそもそもの原因なら、返す言葉もなかった。

「……大変申し訳ございませんでした。今後はヴァシュフォード様のご不快にならぬよう、気をつけます」

再度頭を下げ、一刻でも早くこの場を立ち去ろうと、彼に対して背を向けた。

「たかだかプレジデントになったところで、なんの自慢にもならないだろうに」

踵《きびす》を返した背に、追い討ちをかけるように投げつけられた言葉。些細な一言だと分かっていた。それでも、亡き両親のため、妹のため、自分自身のために抱いた目標を馬鹿にされたようで、気づけば振り返って反論していた。

「そうですね、優秀な公爵様にとっては『たかだか』でしょう。なんの自慢にもならない些事でしょう。ですが、私個人の目標を馬鹿にされる筋合いはありません」

昂る感情を押し殺し、平静を保とうとするも、発する声は微かに震えていた。

「大切な家族のために頑張って、何が悪いのですか？　見苦しいと思うのであれば、お目汚しをして大変申し訳ございませんでした。今後はなるべく公爵様の視界に入らぬよう努めますので、公爵様も私のことはいない者としてお考えください」

嫌味ったらしく『公爵様』と呼んでしまったが、後悔はない。胸に渦巻いた憤りを一気に吐き出すと、足早にその場を立ち去った。

エドワルドがなぜ自分の目標について知っていたのかは、この際どうでもいい。だが、せめて一つでも誇れるものを、と掲げた自身の目標を否定された憤りは、どうしても抑えることができなかった。

（……今日はもう帰ろう）

自習机に戻り、広げていた資料やノートを手早くまとめると、エドワルドとまた鉢合わせてしまう前に図書館をあとにした。

この日を境に、ダニエルはエドワルドを明確に避けるようになった。とはいえ、元々接点がなかったこともあり、傍目《はため》には何も変わったようには見えなかっただろう。その上で、なるべくエドワルドの視界に入らぬよう努め、彼のことをライバル視し、意識するのもやめた。

エドワルドの物言いにはカチンときたが、そもそも競うような気持ちでいたのがいけなかったのだと反省し、純粋に目標のために努力しようと考えを改めた。

それから数週間後、エドワルドに対して蟠《わだかま》りを残したまま過ごしていたある日のこと、ダニエルは再び殿下から声を掛けられた。

「すまない、ダニエル君。君のことをエドワルドに話したのは僕だ」

以前も訪れたプライベートサロンに呼び出され、席に着いて早々、殿下から謝罪され、ダニエルは固まった。

「え、と……？」

あまりにも予想外の謝罪に返事に困っていると、殿下が表情を曇らせた。

「エドワルドに、嫌なことを言われただろう?」

「え……いえ……え?」

「いいんだ。何があったのかは、アイツから聞いているよ」

殿下がエドワルドとの間に起きたことを知っていることもそうだが、彼のことを親しげに『アイツ』と呼んでいることに驚く。それが顔に出ていたのだろう。殿下が苦笑混じりに教えてくれた。

「僕とエドワルドは幼馴染みなんだ。あれがあんまり人前で話さないものだから、知らない者も多いけどね」

「左様でございましたか……」

言われてみれば、エドワルドの家は公爵の位で、王家に近しい存在だ。幼馴染みという関係もおかしくはないが、常に無表情のエドワルドと、いつもにこやかな殿下の組み合わせというのは、なかなか想像しづらいものがあった。

「今回のことは僕が軽率だった。会話の弾みで君の話題になったんだが、アイツが他者に興味を示したのが初めてだったものでね。物珍しさから、つい君の家の事情について話してしまったんだ。本当にすまなかった」

「あの、恐れながら、一体どのような弾みで私の話に……?」

「お詫びと言ってはなんだが、エドワルドのことを教えてあげよう」

「え? いえ、結構で……」

質問に答えてもらえぬまま、話がどんどん進む。詫びとしてそれはおかしい、と止めようとする間もなく、殿下からエドワルドの家の事情について聞かされることとなってしまった。

エドワルドには、五歳年上の兄がいた。だが生まれた時から病弱で、このままでは爵位を継ぐのは難しいだろうと心配した公爵夫妻は、兄の代わりとするべく、エドワルドを産んだ。

生まれた時から次期公爵となるべく育てられたエドワルドに、両親は厳しく接した。『兄の代わり』でしかなかったエドワルドは、その役目を強要されるだけ。両親の愛情は、すべて病弱な兄へと注がれた。そんな家庭環境は、エドワルドの子どもらしい思考を著《いちじる》しく歪め、感情を奪った。

殿下と交流を持ったことで多少は改善されたものの、他者への興味や関心は薄く、エドワルドの『兄の代用品として生きるだけ』という考え方は変わらないままだったそうだ。

「エドワルドを庇うつもりはないんだが、あれは不器用で、少しばかり人と関わるのが下手なんだ。経験がない分、君が妹君やご両親のために頑張りたいという気持ちを、理解できないんだろう。エドワルドにとって、兄や家のために努力することは、生まれた時から課せられた義務で、やりたくもないことを生涯やらされるだけの鎖でしかなかったからね」

「……」

「先にも言ったが、エドワルドを庇うつもりはないよ。誰が何を大切にしているかなんてものは人それぞれだ。自分が理解できないからといって否定してはいけないと、今までも散々言ってきたんだが……本当にすまなかった」

「いえ、殿下に謝っていただくことではございません」

「原因を作ってしまったのは僕だからね、謝らせておくれ。嫌な思いをさせて本当にごめんよ。

まぁ、アイツも一応悪いことをしたとは思っているみたいなんだ。でなければ、僕の質問に正直に答えたりしないだろうからね」

「質問？」

「ここ最近、ダニエル君がエドワルドを避けているようだったからね。アイツが何かしたんだろうと思って問いただしたら、案の定だった訳だ」

なんでもないことのように言って、優雅に紅茶に口を付ける殿下に僅《わず》かに目を見開く。そもそもエドワルドを露骨に避けていたつもりはない。あからさまに避けなければいけないほどの接点すらなかったからだ。

それにも関わらず気づいた殿下の観察眼の高さに驚かされる。その上で、わざわざこうして声を掛けてくださったのは、殿下なりの償いであり、自分とエドワルド、双方に対する思い遣りだろう。

「……ヴァシュフォード様の家のご事情について、私が聞いてもよろしかったのでしょうか？」

「構わないよ。公言している訳ではないけれど、公爵家としても隠していることではないからね」

「そう、ですか……」

各家庭には、大なり小なり問題があるものだ。それが貴族の跡継ぎ問題ともなれば尚更だ。

エドワルドの生い立ちや課せられた使命に対し、自分が同情するなど烏滸がましいことだろうし、あえてどうと思うことはない。

ただ、波立っていた感情は凪ぎ、エドワルドに対する頑《かたく》なな気持ちは和らいでいた。

「お心を配っていただき、ありがとうございます」

「こちらこそ、聞いてくれてありがとう」

殿下からの謝罪を受け取り、互いに相好を崩すと、この一件については静かに終息を迎えた。

これ以降も、エドワルドとの関係は良くも悪くも変化が起きることはなく、緩やかに彼を意識する前の状態へと戻っていった。

そうして季節は巡り、授業や課題に必死に取り組みながら毎日を過ごしている内に、気づけば最終学年に進級するまで残り三ヶ月を切っていた。

(あっという間だったな)

スカラー制度を申し込んでから成績は常に五位以内を維持し、今期ではようやく四位になった。三位以内にはやはりあと一歩届かないが、それでも最終目標であるプレジデントに選ばれるには十分な成績を残せたと思う。生活態度も模範的に過ごしてきたつもりだ。

両親が亡くなってから二年。ようやく迎える最終学年と、ずっと目標として掲げてきた未来がすぐ目の前まで迫っていることに、不安と緊張は日毎《ひごと》募っていった。

「なんでそんな思い詰めた顔してるんだよ」

「なんだか落ち着かなくて……」

「そんな心配すんなって。ダニエルなら間違いなくプレジデントに選ばれるよ」

「……うん。ありがとう」

家の事情や、自身の目標を知っているカリオの明るい声に、ほわりと不安が和らぐ。彼の前向きで明るい性格には、これまでもずっと励まされ、助けられてきた。

プレジデントは教師陣からの総評で選出されるが、今年は王族である殿下と、その側近である侯爵家のジルド、公爵家のエドワルドで四枠ある内の三枠は実質埋まっている状態だ。残りの一枠に誰が収まるか、期待と緊張、羨望を混ぜたような浮ついた空気が、学園のそこかしこに漂っていた。

カリオはああ言ってくれたが、そもそもこの学園に入学できている時点で、皆優秀なのだ。その中で更に優秀であることを証明しなければいけないというのは、並大抵のことではない。

重い気持ちを振り払うように、胸元に飾られたエンブレムをそっと撫でる。各課題、科目において、成績優秀と認められた者に与えられるエンブレム。今ではいくつものエンブレムが、ダニエルの黒い制服の胸元を鮮やかに飾っていた。

（……大丈夫）

今まで努力してきた証が、ここにある――そう思うのに、胸の内は中々晴れなかった。

「ダニエル君、ちょっといいかな？」

放課後、寮に戻る途中の廊下で背後から声を掛けられ、足を止めた。

「殿下、いかがなさいましたか？」

「急に呼び止めてごめんよ。今、時間はあるかい？　少しだけ付き合ってもらえないかな」

唐突な誘いに首を傾げつつ、殿下に連れられて向かった先は、なんと殿下の寮の自室だった。

王族である殿下の部屋は、他の生徒達とは異なる区画にあり、一般生徒がおいそれと近づける場所ではない。思ってもみなかった空間に通されただけでも狼狽えるというのに、人払いがされたことで更に緊張が上乗せされた。

予想外の事態と豪華な室内の雰囲気に呑まれ、身構えていると、立ったままの殿下がくるりとこちらを振り返った。

「おめでとう、ダニエル君。今期のプレジデントに、共に選ばれたよ」

「……え？」

微笑みと共に告げられた殿下の言葉に、すぐに反応することができなかった。

「え……あの……発表は、明後日では……」

「他の生徒の皆にはね。プレジデントに選ばれた者は、それより先に通達されているものだよ。でなければ、当日の打ち合わせもできないだろう？」

至極当然とでも言うような口調に唖然とするも、よくよく考えてみればその通りだった。

プレジデントに選ばれると、次代の生徒代表として、当日の内に全生徒の前に立つことになる。その時が来て、突然その場で発表されても、心の準備も何もできていないようでは、まともに反応することもできないだろう。改めて考えれば当然のことに、まったく考えが及んでいなかった。

「殿下からのご報告というのも、何かの決まりがあってのことでしょうか？」

「いいや。本来は選ばれた者が一堂に会した場で、学園長から通達されるはずだよ」

「では、なぜ今……」

「それより、目標だったプレジデントに選ばれたのに、ダニエル君は喜ばないんだね？」

「ッ……」

核心を突くような一言に、息を呑む。言葉に詰まってしまったのがなによりの証拠で、思わず目が泳いだ。

「僕からプレジデントに選ばれたことを伝えたのは、君の本心を聞いておきたかったからだ。最近のダニエル君は、あんまり元気がないようだったからね。何か気になることがあるなら、教えてくれないかな？　恐らく、今しか聞けないことだ」

「……」

ああ、本当によく見ていらっしゃる。ただの同級生という立場でしかない自分を、王族である殿下が気に掛けてくださっているだけでも名誉なことだ。

そう思えばこそ、きっとここで黙ったままでいるのも失礼に当たる。妙に張り付く喉を潤すように、コクリと喉を鳴らすと、意を決して口を開いた。

「……プレジデントに選ばれた方の中に、ヴァシュフォード様もいらっしゃいますよね？」

「そうだね。僕とジルドとエドワルド、それと君の四人だ。……まさか、エドワルドがいるから嫌だと？」

「いえっ！　……いいえ、違います。ですが、私がいることでメンバー内の空気が悪くなる可能性があります。生徒の代表であるプレジデント同士の仲が悪いのは、他の生徒達を不安にさせます。余計な不穏を生むのは、望ましくないのではと……」

ずっと悩んでいたのはこの点だった。

『プレジデントになりたい』

それは両親にとって誇れる息子でありたい、妹にとって自慢の兄でありたいという、自分のための目標だった。その目標を叶えるために、これまでずっと努力してきた。だがいざ選ばれるか否かの瀬戸際になった時、ふとエドワルドの存在が気になってしまった。

彼との関係は、恐らく不仲と言われる類のものだろう。生徒の代表であるプレジデントがギスギスとした雰囲気でいるのは、決して誉められたものではない。ましてや今代には殿下もいるのだ。王族と共にプレジデントに選ばれるということは名誉なことでもあるが、同時にそれ相応のプレッシャーも負うことになる。

エドワルドと自分の不和によって、プレジデントという存在の評価を下げるようなことがあってはならないのだ。プレジデントになることが目標だったのに、いざその願いが叶った時、心の底から喜べないのでは……そんな不安から、ここ最近は気持ちが沈んでいた。

万が一、エドワルドから邪険にされた場合、学園内では身分は関係ないとはいえ、他のメンバーを考えれば、自分が辞退するのが適切な判断だろうと考えていた。

だが、冷静な思考に反し、本心は諦めたくないと抵抗していて、自分自身の気持ちもグラグラと揺れていた。

「君は本当に真面目さんだね。……確認だが、エドワルドが嫌いかい？」

「……いいえ。ですが、ヴァシュフォード様は、私をお嫌いかと思います」

「そんなことはないよ。君がアイツを嫌いでないなら、些細なことは気にせず、胸を張っているんだ。それに学園を卒業したら、どんなに嫌な相手でも笑顔で接しなければいけない場面が嫌というほど溢れているんだよ？　予行練習にはちょうどいいじゃないか」

「殿下……」

「妹君も、応援してくれたのだろう？　こんな小さなことで諦めたら、今まで頑張ってきた君自身と、妹君に対して失礼だよ」

　こちらを見据える力強い眼差しと、それに反して柔らかな声音が、励ますように背中を押した。

「……ありがとうございます。殿下と共にプレジデントとして選ばれた光栄に感謝し、より一層励みたいと思います」

「うん。君は頑張りすぎるから、ほどほどの励みでいいけど、よろしくね」

　ポンポンと肩を叩く殿下の手は温かく、それだけで大丈夫だと思わせてくれる安心感に、今更ながらにこの方は未来の国王なのだと実感した。


　翌々日、改めてプレジデントルームに呼び出され、学園長や統括教諭、理事長などが勢揃いした中で、今代のプレジデントとして選ばれたことが告げられた。

「生徒代表として、これからは今まで以上に人の目を集めることになるだろう。君達は皆の手本であり、目標だ。プレジデントとして過ごす一年が、君達にとって実りある日々と、誇りとなる未来へと繋がることを祈っているよ」

　目尻に皺《しわ》を刻みながら贈られた学園長の言葉に、四人揃って礼を返すと、その場でプレジデントの証である制服と同色の黒いケープを渡された。

手にしたケープは思いのほか重く、その重みを感じた時、初めてプレジデントに選ばれたのだという感動と喜びが湧き、不覚にも泣いてしまいそうになった。

「さて、互いに名前も顔も知ってる仲だが、こういう時は場の雰囲気に則《のっと》って自己紹介からするべきだろう」

学園長達が部屋をあとにすると、殿下の唐突な一言により、自己紹介が始まった。

「ではまずは僕から。フィルベルテ＝グラン・ディ・シュヴェリアだ。まずは共にプレジデントに選ばれたことを嬉しく思う。王子という立場上、僕が代表として前に立つことが多くなると思うけど、皆の手助けがあってこその代表だ。大変なことも多いだろうけれど、共に頑張っていこうね。ああ、ダニエル君も、これを機に僕のことは名前で呼んでおくれ」

「はい？」

「これからは生徒代表として共に支え合う仲間だ。エドワルドもジルドも名前呼びなのに、君だけ殿下呼びなのもおかしいだろう？　フィルでもグランでも、好きに呼んでいいからね」

「え、いえ、あの……」

形ばかりの自己紹介からとんでもないことを言われて狼狽するも、返事をする前に自己紹介は次の人物へと移った。

「次、エドワルドだぞ」

「……エドワルド・ヴァシュフォードだ」

「おい、それで終わりか？」

「名前だけ言えば十分だろう」

嫌々という感情を隠しもしない、いっそ清々しいほどの短い自己紹介に殿下は眉を顰《ひそ》めた。一方でダニエルは、こちらを見向きもしないエドワルドに少しだけホッとしていた。

(睨《にら》まれたり、嫌味を言われなかっただけでも十分だ)

もっと居心地の悪いことになるかと思ったが、ある意味いつも通りの彼の態度に、幾分安心した。

「仕方ないな。次、ジルド」

「ジルド・メロディウスです。リンベルト様とは、こうしてきちんとお話するのは初めてですね」

「は、はい。あの、メロディウス様、恐れながら私に敬称は不要でございます」

ジルド・メロディウス。殿下の側近であり、メロディウス侯爵家の次男だ。彼の祖父はまだ宰相として現役で、厳格かつ切れ者として有名な方なのだが、目の前で翠色の瞳を細めて微笑むジルドは、とても穏やかな雰囲気だ。殿下の従者らしいきっちりとした態度に慌てれば、彼の視線が一瞬だけ殿下のほうに逸れた。

「あの……?」

「いえ、失礼しました。ではお言葉に甘えて、ダニエルと呼ばせていただいても?」

「は、はい」

「ありがとうございます。私のことはジルドとお呼びください。敬称も不要ですよ」

「あ、ありがとうございます」

なんだかいきなり距離が縮んだような気がしないでもないが、有無を言わさぬジルドの微笑みに素直に頷くことしかできなかった。

「ジルド、お前……まぁいいや。最後、ダニエル君、どうぞ」

「はい。……ダニエル・リンベルトです。皆様と共にプレジデントとして選ばれたこと、大変嬉しく思います。これからよろしくお願い致します」

「うん、よろしくね」

「よろしくお願いします」

殿下とジルドからは返事があったが、エドワルドからはなんの反応もなかった。ただ、今の態度が彼にとっての普通なのだと思えば特に気になるほどでもなく、プレジデントとしての顔合わせは何事もなく終わった。

その後、全生徒の前で殿下達と共に、正式にプレジデントとして発表された。不安と緊張で心臓がどうにかなりそうだったが、カリオが我がことのように喜んでくれたり、多くの同級生達からも快く受け入れてもらえたことで、ようやく自信を持ってプレジデントの証であるケープを纏えるようになった。

先代からの引き継ぎ業務から始まった生徒代表としての務めも、日を追うごとに慣れていき、慌ただしく過ごす内に、いつしかそれらも日常の一部へと溶け込んでいった。

◇◇◇◇◇

「すごいわ、お兄様！　本当にプレジデントに選ばれるなんて！」

三年生を修了し、長期休暇で屋敷の離れに帰ると、真っ先にプレジデントに選ばれたことを報告した。

喜びを全身で表すように飛び跳ねるフローラは、最近では帰るたびに背が伸びていて、子供っぽい仕草とは裏腹に少女らしさが少しずつ薄れてきていた。一層美しくなった面立ちは、きっと父が生きていたら縁談を片っ端から断っていただろうと安易に想像することができて、浮かんだ光景にクスリとする。

最近では、父や母のことを思い出しても、懐かしいと思うことはあっても、悲しいと思うことはなくなった。喪《うしな》ってしまった寂しさは残っているが、フローラも、そして自分も、二人が安心して安らかに眠っていられるように、前向きに生きていこうという気持ちが強くなり、両親との思い出も笑って語れるようになっていた。

「あと一年、一年頑張れば、爵位を継げる」

あと一年。短くも長い時間に拳を握れば、フローラの手がその上からそっと重なった。

「たくさん頑張ってくださって、ありがとう、お兄様。お兄様の優秀さは、私達が知っているし、学園の方達だって証明してくださるわ。伯父《あの人》だって、文句の付けようがないはずよ。本当に、本当に自慢のお兄様よ」

「ありがとう、フローラ。フローラも、こんなに手が荒れるまで頑張ってくれてありがとう。もうこれ以上、頑張らなくていいんだよ」

「ううん。お兄様が卒業するまでは、私も頑張る。また、クリームを塗ってくださるでしょう？」

「……お安い御用ですよ、レディ」

荒れたままのフローラの手が心配だったが、本人が頑張ると言っていることを無理に止めることもできない。せめて少しでも良くなるように、と小さなその手に念入りにクリームを塗り込んだ。

長期休暇中はこれまでと変わらず、勉強やダンスの練習をしながら、のんびりと過ごした。そんな中、ダニエルはフローラの着ている服が小さくなっていることに気づき、遠慮する彼女を引きずるようにして街へと向かった。

乗合馬車に乗り、平民向けのブティックに入ると、フローラの服を何着か購入した。ドレスが買えないことを詫びれば、フローラは鮮やかな真紅の髪を揺らして首を横に振った。

「このお洋服も可愛くて好きよ。それに、離れでドレスで生活するのは窮屈だから、あっても困っちゃうわ。それよりお金が……」

「フローラの服を買うのは無駄遣いじゃないよ」

「じゃあ、お兄様のお洋服も買いましょう？　お父様の服じゃ、ぶかぶかだもの」

「私はいいよ。学園に戻れば制服以外は着ないし。帰ってきた時は、父様の服を借りれば十分だから」

ダニエルの身長は二年の内に十五センチほど伸び、騎士科の鍛錬のせいか、体付きもだいぶ逞しくなっていた。恐らく父の遺伝だろうと思いつつ、フローラは母似で良かった、と内心ホッとしていた。

「お兄様のかっこいいお姿が見たいわ」

「一年後に見せてあげるよ」

可愛らしくむくれるフローラを宥めながら、街で他の買い物も済ませると、帰路についた。夕飯は何を食べようか、そんな会話をしながら乗合馬車を降り、裏門から離れへ向かう途中、聞きたくもない声が聞こえてきた。

「乗合馬車に乗ってわざわざ買い出しとか、惨めだな～」

「本当。その足で敷地まで入ってくるなんて、恥ずかしいからやめてほしいわ」

耳障りな声に顔を顰《しか》めて振り返れば、背後に従兄妹のファブリチオとジェイミーの姿があった。

ゴテゴテと着飾った服は見るに耐えないほど悪趣味で、それ一着のために両親が堅実に積み上げてきた資産をどれほど食い潰されたのかと思うと、腹立たしくて仕方なかった。

「やだ、見てよあの服！　だっさい平民の服なんて、私絶対に着れないわ～」

「うわっ、なんだその古臭い服！　よくそれで外を歩けたな！」

ギャハハという下品な笑い声に不快感が膨れ上がる。姿を見かけることがなかったおかげで、これまでは目を背けてこられた怒りが、フツフツと再熱した。

伯父一家のせいで余儀なくされた苦しい生活。自分を馬鹿にされるのはまだいい。だが年頃の少女であるフローラにまで我慢を強いながら嘲る醜さに、怒りが込み上げた。

言い返したくて堪《たま》らなかったが、ここで言い返して彼らの反感を買い、辛い思いをするのは離れに残すことになるフローラだ。煮え立つような憤りを無理やり押し殺すと、二人に背を向けた。

「行こう、フローラ。早く戻らないと、シンディが心配するよ」

「おいおい、逃げるのかよ軟弱野郎。それとも、また殿下に泣きついて王家の力に縋るか？」

（……軟弱なのは、そっちだと思うけど）

ファブリチオのヒョロヒョロの体躯にチラリと視線を流すと、無視を決め込み、フローラの肩に手を置いた。瞬間、華奢な肩が震えていることに気づいたが、咄嗟《とっさ》のことに反応が遅れた。

「お兄様を馬鹿にしないでっ!!」

「っ……！」

初めて聞くフローラの大きな声に、驚きから肩が跳ねた。それは二人も同じだったようで、ビクリと後退ったのが分かった。

「恥ずかしい人達……！　お兄様がどれだけすごいかも知らないクセに！　あなた達に何を言われようが、お兄様の素晴らしさは周りの方達が認めてくださっているわ！　あなた達こそ、何も知らずにそうやって馬鹿にしている姿を皆に笑われてなさいよ!!」

「なんだと!?」

「フローラ!!」

フーッ、フーッと子猫が毛を逆立てて威嚇するようなフローラを慌てて引き寄せ、包み込むように抱き締める。ダニエルは顔を真っ赤にする従兄妹達の視線からフローラを隠すと、睨《にら》み付けるように二人を見据えた。

「ファブリチオ殿、あなたの言うように、殿下に泣きついてもいいんだぞ」

「ふ、ふんっ！　たかが同じ学園に通っているというだけで、何を……」

「殿下とは個人的に親しくさせていただいている。愛称で呼ぶことを許されるくらいにはな」

「は……？」

半分本当で半分嘘だが、従兄妹達を牽制するためだ。殿下の名を借りてしまったことを心の中で詫びつつ、ファブリチオを睨《にら》み返した。

「王宮の監査が入ったのは、伯父が義務を果たさなかったことへの王家からの警告だと殿下からも聞いている。離れに住むことは受け入れるが、だからと言って馬鹿にされる筋合いはない。リンベルト家の正当な後継者は私だ。それは国が証明している。これ以上何か言うようなら、今すぐに伯父の持つ当主代行の権利を剥奪してもらうよう、殿下に願い出てもいいんだぞ」

「くっ……！」

勿論、その場合はダニエルもフローラも、最悪爵位を手放すことになるが、この二人はそんなことは知らないだろう。ハッタリで告げれば、顔色を悪くした二人が更に後退った。

「もうっ、なんなのよ！　お兄様があの学園に編入できてたら、私も殿下とお近づきになれてたのに！　馬鹿にされて恥ずかしくないの!?」

「うるさいっ！　お前だって女学院に入学するには品位が足りないって、茶会で馬鹿にされてたクセに！」

「なんですって⁉」

ぎゃあぎゃあと互いに罵《ののし》り合いながら去っていく二人の後ろ姿を見つめながら、張り詰めていた気を緩めた。あの様子で茶会に参加していれば、周囲の者からはさぞ白い目で見られていることだろう。いつか殿下に言われた「いい噂は聞かないよ」という言葉が、非常に優しい表現であったことを痛感していると、腕の中から啜り泣く声が聞こえてきて、慌てて下を向いた。

「ああ、フローラ、そんなに泣かないで」

「だって……っ、悔しい……！　あんな人達に、お兄様を馬鹿にされて……っ」

顔を真っ赤に染め、ポロポロと涙を流す姿は痛々しくて、同時に堪《たま》らなく愛しくて、小さな体をもう一度抱き締めた。

「私のために怒ってくれてありがとう。でも、あんな風に言い返したら、フローラが酷い目に遭うかもしれない。ああいう連中には、言わせたいように言わせておけばいいんだ」

サラサラの髪を撫でながら、ぎゅうっと抱き締めれば、背中にフローラの手が回った。

「ありがとう、フローラ。フローラが頑張ってくれるから、私も頑張れるんだ。兄様はこれ以上、フローラが辛い思いをしないか、そっちのほうが心配だよ」

「ふふ……、ありがとう。私なら平気よ、お兄様。それにしても、軟弱野郎って、自己紹介かと思ったわ」

「はは、確かに」

涙が残る瞳で笑うフローラにホッとしながら、服の袖で頬を濡らす雫を拭った。

「さぁ、帰ろう」

「うん」

互いに自然と手を伸ばし、幼い頃のように手を繋ぐと、離れまで続く道を二人並んで歩いた。

（あと一年か……）

たった一年という時間の重さに、細い手を握る指先に、力が籠った。

◇◇◇◇◇

不安を残したままの長期休暇が明け、慌ただしく新入生の入学準備に追われている内に、気づけば最終学年へと進級していた。

プレジデントの主な役目は学園内の平穏と調和を調整することだ。そのため、学園側との話し合いや、生徒同士の諍いの仲裁等、日々細々《こまごま》とした業務が発生した。他にも各行事の準備や当日の進行確認もあったり等、とにかく忙しい。とはいえ今代は殿下がプレジデントとして在籍しているためか、生徒達も行儀が良く、比較的負担が少ないのが救いだった。

充実した日々を過ごす一方で、エドワルドとの関係は相変わらずだった。事務的なことであれば多少は言葉を交わすこともあったが、それ以外での会話は一切なく、エドワルドから家名で名を呼ばれることすらなかった。

一方で、殿下やジルドとは談笑する機会が増えた。他の生徒達のいない所では殿下のことは『フィル様』、ジルドのことは『ジルド』と呼ぶようになり、プレジデント専用サロンで寛いでいる時だけは、少しだけ肩の力を抜いて二人とも付き合えるようになった。

「別に皆の前でフィル様って呼んでもいいんだよ？」

「そういう訳にはいきません。ジルドも、皆の前では殿下とお呼びしているのですから」

「ダニエルの言う通りですよ。何事も公私の区別というのは大切です」

「……お前はダニエル君の前では猫を被ったままなんだな」

「教育衛生上、よろしくないことは控えているのですよ」

今日も今日とて、束の間のティータイムを三人で楽しんでいた。庭園に面したサロンの窓際は暖かな陽の光が燦々と差し込み、柔らかなソファーの座り心地は、気を抜くと居眠りをしてしまいそうなほど心地良い。

エドワルドと同じく幼馴染みらしいジルドと殿下の会話は気兼ねのないもので、最初こそ戸惑いもしたが、今では午後のこの一時《ひととき》が、ダニエルにとって癒しの時間でもあった。

「お、エドワルドだ」

和やかに会話をしていたその時、殿下が口にしたその名に僅《わず》かに体が強張った。殿下の視線の先を辿れば、エドワルドがサロンに入ってくる姿が見えた。そのまま殿下が手招きするのを無視して、離れた席に腰を下ろした彼に、ついソワソワとしてしまう。

「あの、私はこれで失礼を……」

「ダニエル君が気にすることじゃないよ。君がいてもいなくても、アイツの行動は変わらないよ」

「そうですよ。あなたは気を遣いすぎです。堂々としていなさい」

「あ……」

そう言って、ジルドがカップになみなみと紅茶を注いだ。恐らくこれは、飲み終わるまでは席を立つなということだろう。彼らの優しさと心遣いに苦笑しつつ、ダニエルは中身が零《こぼ》れ落ちそうなカップを慎重に持ち上げると、その縁にそっと口を付けた。


それから暫く経ち、学生として過ごす日々も残り半年に差し掛かった頃、担当教師から呼び出された。

「リンベルト、よく頑張ったな」

「ありがとうございます。先生方のご指導のおかげです」

にこやかな笑みを浮かべる教師につられ、ダニエルの頬も緩んだ。スカラー制度の適用において、最終学年の後期も試験順位四位を維持したことで、無事卒業までの諸経費を免除されることが約束された。

両親が亡くなってからの二年半、必死で勉強した。プレジデントになってからは特に他の生徒達の手本となるよう、行動すべてに気を配った。努力してきた日々が報われ、繋がった今に、安堵《あんど》と同時に湧いた喜びが全身を満たした。

にやけてしまいそうになるのを堪《こら》えながら、教員室をあとにすると、軽い足取りで廊下を進んだ。

（父様と母様が残してくれたお金は、半分は残すことができた。これなら、フローラの入学も問題ないはずだ）

多少金額的にギリギリなところはあるが、それでも学園を卒業すれば、正式に当主として爵位を継げる。そうすれば、フローラが在学中には、ドレスを揃えてやれるくらいの余裕はできるはずだ。

（本当に良かった……！）

頑張り屋の妹に随分と多くの我慢をさせてしまったが、それもあと半年の辛抱だ。達成感から、ふわふわとした気持ちで一日を過ごしながら迎えた放課後、ダニエルは殿下から呼び出された。

プレジデント専用サロンではなく、久しぶりとなる殿下のプライベートサロンへと向かえば、椅子に腰掛けた殿下と、その背後に立つジルドが待っていた。

いつもは共にテーブルを囲むジルドが、『従者』という立場で殿下の後ろに控えている姿に戸惑うも、促されるまま席に着いた。ジルドの淹《い》れてくれた紅茶を目の前に置かれ、彼が殿下の背後に戻ると、一呼吸置いて殿下が口を開いた。

「急に呼び出してごめんよ。実は、改めてダニエル君にお願いしたいことがあってね。ああ、悪い話じゃないから、そんなに緊張しないで」

「は、はい」

微笑む殿下になんとか返事をすれば、向かい合った青色の瞳が真っ直ぐにダニエルを見つめた。

「ダニエル君、もし卒業後の予定が空いているなら、このまま僕の元で働かないか？」

「…………え？」

あまりにも突然の申し出に、間の抜けた声が口から漏れた。

(このままって……だって、殿下は……)

思考が追いつかず、至極当然の考えが浮かんでは消える。そのまま固まっていると、殿下の朗らかな声が聞こえてきた。

「そんなに驚かなくてもいいだろう? これでもただの同級生と呼ぶには足りないくらい、仲良くしてきたつもりだったんだけどな」

「そ、それは勿論です! 殿下には、たくさんご心配をしていただき、本当に感謝しております。ですがその、これからも……ということは……」

「そうだね。私の側近として、王城に上がってほしい」

「……！」

サラリと告げられた言葉に、息を呑む。

王宮仕え、それも王族の側近となれば、就ける役職としてこれ以上のものはないだろう。ましてや殿下は王国の第一王子であり、学園を卒業すれば王太子に即位することが決まっている。その先は国王陛下――ダニエルは今、未来の君主の側近として誘われていることになるのだ。

だがいくら共に学び、プレジデントとして共に活動した時間があったとはいえ、自分はただの伯爵家の長男に過ぎない。殿下からの申し出が、果たして自分に対する正しい評価なのか、判断ができなかった。

返す言葉に迷い、答えあぐねていると、殿下が言葉を続けた。

「本来、私の側近になる子はもっと幼少の頃に選んでおくべきなんだけどね。どうにもしっくりくる子がいなくて。ジルド以外を側に置けなかったんだ。優秀という点では相応しい子も何人かいたけれど、側近として常に行動を共にすることを考えると、どの子もイマイチでね」

「……その上で、私にお声を掛けてくださったのは、家のことがあるからでしょうか？」

「まさか。同情で側近に誘うほど、私は優しくないよ。君がこれまで努力してきた姿を知っているからこそだ。誠実で、頑張り屋さんで、いつも一生懸命で、とても好ましい人格だと思っている。側近として引き立てる上での能力に申し分がないことは、プレジデントに選ばれたことで君自身が証明してくれた。できることなら、僕は僕の気に入った子に、これからも側にいてほしいし、支えてほしいと思うんだ。そう考えるのは、おかしいことかな？」

まるで愛を告げるような発言に、澄んだ青い瞳を見ていられず目を泳がせれば、殿下の背後に立つジルドが小さく溜め息を零《こぼ》した。

「フィル、それでは告白のようですよ」

「一応告白のつもりだったんだけどね」

「間違いではないのでしょうけれど……ダニエル」

「は、はい！」

「私もフィルと同じ気持ちですよ。あなたと共に仕事をするのはとても気持ちが良く、楽しかったです。少しばかり素直すぎる点は、王城では苦労をすることもあるかもしれませんが、叶うならば、今後は同僚として、共に殿下を支えていける友となれれば嬉しく思います」

「っ……」

「お前も大概告白しているようなものじゃないか」

「貴重な天然由来の人材ですからね。確実に確保するためにも、真心を込めた言葉で勧誘するのは必須です」

軽口を言い合う二人の雰囲気は幼馴染みのそれで、突然の大役に固くなっていた体から、ゆるりと力が抜けた。

自身に対する評価を、過分だとも思う。期待に見合った仕事ができる自信もない。それでも自分という個を認められ、望んでもらえたことは素直に嬉しかった。なにより、殿下の側近として王城に上がることになれば、努力次第では伯爵家の未来は約束されたものになる。

純粋な喜びと、ほんの少しの淡い期待。ダニエルは静かに席を立つと、殿下の側に寄り、その足元へと跪いた。

「過分なお言葉をいただき、ありがとうございます。未熟な我が身ではございますが、今後も殿下の支えとなるべく、尽力したく存じます」

「ありがとう。そう言ってもらえて嬉しいよ。これからもよろしくね、ダニエル」

「はい」

呼ばれた名の変化は、己の立場が変化したことを告げていた。少しだけ気恥ずかしく、それでいて身が引き締まるような響きに顔を上げると、仕えることになった主と共に笑い合った。

その日以降、プレジデントとして活動する以外にも、殿下達と共に行動する時間が増えた。周囲の者にもその変化が伝わったのか、面と向かって聞かれることはなかったが、ダニエルもジルドと同じ立場として扱われる機会が増えた。

カリオにだけは内密に殿下から誘われたことを伝えれば、彼は驚きながらも「良かったな！」と言って喜んでくれた。

「これで卒業後の心配もなくなったんじゃないか？」

「うん。本当に、本当に良かったよ」

リンベルト領は豊かな資源に恵まれているとはいえ、この数年間、伯父がどのような領地経営をしてきたのか、それすら把握《はあく》できていない状況だ。十中八九、父が治めていた時よりも悪化しているであろう領地の状態を考えると頭が痛いが、それもあと半年で奪い返せると思えば、なんとか前向きになれた。

「卒業したらダニエルもリンベルト伯爵様か～。なんか遠くに感じちまうな～」

「なに言ってるんだ。そんなこと言ったら、殿下は未来の国王陛下だぞ」

「……なんだろうな。そう言われると一気に現実味がなくなるな」

（こうして学生でいられるのも、あと半年なのか……）

変わりなく過ぎる時間の中に、長かったようで短かった学生生活の終わりが見える。友とこうして過ごす日々も残り僅《わず》かなのだと思うと、何気ない会話にも哀愁が混じった。

それからは本当にあっという間だった。卒業まで好成績を保ちながら、殿下の側近としての立ち居振る舞いや王城での作法をジルドから教わり、プレジデントとしての務めも果たさなければいけない。目が回るほどの忙しさだったが、必死にこなしている内に季節は巡り、気づけば卒業する日も間近に迫っていた。

(あっという間だったな……)

一人残ったプレジデントルームで最後の仕事を終え、感慨に耽る。殿下達には一年間共に過ごせたことの感謝の気持ちを伝え、区切りとして最後の挨拶を済ませた。

卒業生は卒業式の一週前に寮を出て、一度家に帰される。そうして卒業式の日に改めて登校し、卒業式と卒業パーティーに参加するのだ。パーティーは自由参加とはいえ、卒業生全員が参加するのが常だったが、場に相応しい正装を用意するのも難しく、殿下には先立って不参加の意志を伝えた。殿下は「服ならいくらでも貸すよ?」と言ってくれたが、厚意に甘えてばかりではいけない、と丁重にお断りした。

両親が健在の頃から、煌《きら》びやかなパーティーに参加する機会は少なく、今更参加してもきっと気後れしてしまう。学友達とは卒業式で挨拶ができるし、それで十分だ。そんなことを考えながら馴染んだ室内を見渡すと、充実感と少しの寂しさを胸に部屋を出た。

夕暮れに照らされた人気のない廊下を進んでいくと、その先に見覚えのある人影を見つけ、ダニエルは歩く速度を緩めた。

(まだいらっしゃったのか……)

広い廊下の先には、窓の外を眺めるエドワルドの姿があった。エドワルドにも、形ばかりとはいえ既に挨拶を済ませている。それでなんとなく今までの蟠り（わだかま）も解消されたようなつもりでいたのだが……もしかしたら、彼のほうは最後に何か言いたかったのかもしれない。

（結局、最後まで態度も変わらなかったからなぁ）

そのまま横を通り過ぎるのも気が引けてしまい、側まで寄ると足を止めた。

互いの間に流れた沈黙。だがいくら待てどもエドワルドからの反応はなく、もしや自分を待ち構えていた訳ではないのだろうかと思い直す。とはいえ足を止めてしまった以上、黙って立ち去ることもできず、内心焦りながらも当たり障りのない言葉を探した。

「……卒業後も、私は殿下のお側におります。お顔を合わせる機会もあるかと存じますが、今後ともよろしくお願い致します」

それ以上の言葉が見つからず、続けて浅く礼をする。いつも通り反応のない彼の脇を抜け、そのまま立ち去ろうとすると、背後から声を掛けられ、歩みを止めた。

「随分と上手くフィルベルテに取り入ったな」

「……は？」

「お気に入りのお前のことだ。アイツに泣きつけば、ドレスの一つや二つ、買ってもらえただろうに」

あまりにも唐突なエドワルドの言に、すぐに言葉の意味を理解することができなかった。だが『ドレス』という単語から、遠回しに侮辱されているのだと気づき、カッと頭に血が昇るも、湧いた感情は即座に抑えこんだ。

「……恐れながら、殿下はそのような方ではございません。最後までお見苦しい姿を晒し、申し訳ありませんでした。今後も、私はなるべく公爵様と関わることがないよう気をつけます。失礼致します」

きっと彼にとって、自分は何をしても気に食わない存在なのだろう。清々しい気持ちで部屋を出たのが嘘だったかのような重苦しさを抱え、苦い気持ちから逃げるように、足早にその場を立ち去った。

卒業してしまえば、今までのように毎日顔を合わせることもなくなる。蟠《わだかま》りを残してしまうことにはなるが、いつかこんなやるせない記憶や感情でも、苦く懐かしい思い出に変わるはずだ、と未来に思いを馳せた。

(いつか、そう思える日が来たらいいけれど……)

願望にも似た未来を想いつつ、憂いを払うように頭《かぶり》を振ると、意識を切り替えた。

これでようやく、伯父一家を我が家から追い出し、フローラも安心して生活できるようになる。卒業後の職も得て、最大の悩みだった資金難も解消される見通しが立った。やっと迎えた成人と共に開けた明るい未来に、達成感から足取りは次第に軽くなった。

残す卒業式の日に、陛下から直々にお褒めの言葉をもらえれば、天国の両親もきっと喜んでくれる。安心してもらえる。誇らしい気持ちで、リンベルト家を継げる——学園を離れた翌日、晴れやかな気持ちで向かった実家で待ち構えていたのは、そんな希望を踏み躙るような絶望だった。

◇◇◇◇◇

学園から帰ったその日、ささやかながら卒業祝いをしようかとフローラ達と話していると、突然伯父に呼び出された。

『兄妹揃って来い』という言い方に不穏を感じ、セバスとシンディを連れ立って向かえば、屋敷の居間には伯父と伯母、従兄妹達が揃っていた。

「見ろ」

なんの前置きもなく、テーブルの上に放り投げられた一枚の書類。訝しみながらその紙を手に取り、ダニエルは目を見開いた。

それは、父の名義で作られた金の借用書だった。その額、金貨三百枚。

あまりにも突然のことに一瞬思考が停止したが、即座に頭を切り替え、伯父を見据えた。

「……これがなんです？　父がこのような借金を作るはずがない」

「何を根拠に言っている？　現にここにお前の父親のサインがあるだろう？」

「それくらい、いくらでも捏造《ねつぞう》できる」

「……相変わらずクソ生意気なガキだ。借用書の証明印を見ろ。王城の財務部の者が証人として契約の場に立ち会った証拠だ」

「だとしても、これがなんだと言うんです。父の借金であるなら、爵位を継いでから私が返済します」

「はは、もう当主になったつもりか？」

「伯爵家の次期当主は私だと、国から正式に認められています。あなたはただの〝代行〟だ」

「本当にムカつくガキだな。いいか？　元々爵位は私のものだったんだ。それをあのクソ親父のせいで、私は廃嫡され、弟の奴が当主になったんだ。正当な後継者は私だ」

「祖父が廃嫡を言い渡した時点で、あなたは後継者ではありません」

「黙れっ!!　その澄ました顔も、でかいナリも、弟そっくりで腹が立つ!!　たかだか格下貴族の女に手を出したぐらいでなんだ!!　ゴチャゴチャとうるさいんだよ!!」

激昂する伯父をフローラに見せぬよう、小さな体を背後に隠しながら眉を顰《ひそ》める。女性を貶《おとし》めるような伯父の発言もこの上なく不快だが、同じ女性でありながら、下品な笑みを浮かべるだけのマリエッタやジェイミーにも嫌悪感が増した。

「はぁ……まぁいい。借金返済の目処はもう立ってるんだ。フローラ、お前を嫁にやる代わりに、借金を肩代わりしてくれる家が見つかった」

「なんだと？」

信じられない発言に、一瞬で頭に血が昇る。背後ではフローラとセバス、シンディが絶句していた。

「ふざけるな!!　お前になんの権利があると思ってるんだ!?」

「父の負債を娘がその身で返して何がおかしい？　持参金なしの女を受け入れて、借金まで返してくれると言うんだ。感謝すべきだろう」

返ってきた言葉に怒りで眩暈《めまい》がする。今すぐにでも殴り倒してやりたい衝動から、手の平に爪が食い込むほど強く拳を握り締めた。

「学園を卒業すれば私が当主だ！　借金はそのあとで返済する！　そんなふざけた婚姻が認められるか！」

「残念だったな。返済期日は明日だ。明日までに満額用意できていなければ、そのまま嫁ぎ先にフローラを送る手筈で話がまとまっている。ああ、嫁ぎ先は金持ちの爺の後妻だ。結婚は二年先でも、それまでの間、たっぷり可愛がってもらえるだろうよ」

――ああ、吐き気がする。

伯父の言葉に一緒になって品のない笑い声を上げる一家に、殺意すら湧いた。沸騰しそうな頭のせいで視界は真っ赤に染まり、思考が上手くまとまらない。

明日が返済期日だなんて、どう考えてもおかしい。明らかに捏造《ねつぞう》された借金だ。そう思考を巡らせていると、背後でシンディが声を荒げた。

「お嬢様に触らないで！」

振り返れば、下働きと思しき二人の男がフローラに向けて手を伸ばし、それをシンディとセバスが必死になって止めていた。

「逃げられても面倒だからな。フローラは明日までこちらで預かる」

「ふざけるなよ……っ!!」

即座にフローラを引き寄せ、守るように細い体を抱き締める。その顔面は蒼白で、今にも倒れてしまいそうなほど震えていた。

（ああ、怖いよな、ごめん……ごめんな……っ！）

まだ十四歳の妹に、これ以上この汚い空間にいてほしくなかった。苦痛を与えたくなかった。どうにかして、フローラだけでも逃げてほしかった。

追い込まれた状況で、まともに頭が動かない。王城の財務部の証明印のついた借用書ということは、『リンベルト家』が国から金を借りたということになる。それが返せないとなれば、貴族界でのリンベルト家の信用は一気に失われ、財産は強制的に差し押さえられるだろう。

明日返済期日の借金をどう返したらいい？　金貨三百枚なんてどこにも無い。手元に残っている金はおよそ金貨百枚。手持ちの物を売っても到底足りない。誰かに知恵を借りるにしても、誰を頼ればいい？　大金を貸してくれと頼めるか？　その間にフローラがどこかに連れ去られたら？　そのせいで、もしもフローラが傷を負うことになったら――？

ぐるぐると巡る思考に、恐ろしい『もしも』が混ざり合い、どんどん動きが鈍くなる。

もしかしたら、こんな状況でなければ、もっと良い解決策が思い浮かんだかもしれない。

もしかしたら、フローラも自分も傷つかず、伯父の策を打ち負かし、屋敷から追い出せたかもしれない。

だが今の自分には、そのどれも思い浮かばず、あんなに必死になって勉強してきたのに、何一つ己の力で解決できない。あまりにも無力だった。

王命だから、自分が正当な跡継ぎだから、成人さえすれば――どうしてなんの疑いもなくそう思えたのか、今となっては自分の考えの甘さを呪うばかりだった。

「……爵位を譲れば満足か？」

「お兄様⁉」

フローラが驚いたような声を上げるが、引き下がることはできなかった。

「フンッ、ようやく理解したか。だが借金はどうする？　まさか父親の借金を私に押し付けるつもりじゃないだろうな？」

見下すような目で嘲笑う伯父を睨《にら》みつけ、覚悟を決めて、口を開いた。

「……私が借金奴隷になる。金貨三百枚で売ればいい」

「お兄様‼　やめて‼」

「借金は私が返す。爵位を譲渡する書面にもサインしよう。その代わり、フローラには手を出すな」

「まさかそのまま、私にその娘の面倒を見ろとでも？」

「フローラをこんな所に残す訳がないだろう」

「お兄様‼　待って！　私なら大丈夫だから！」

腕の中でもがくフローラを強く抱き締め、その耳元で小さく呟いた。

「ごめんね、フローラ。たくさん頑張ってくれたのに、愚かな兄でごめん。平民として生きるのは、きっと大変だと思うけど、こうする以外、どうすればいいか分からないんだ」

「嫌……っ！　嫌よ、お兄様……！」

「セバス、シンディ、フローラを頼んでもいいかな？」

「ダニエル様……」

セバスとシンディを見つめてから、その背後に立つ下働きの男達を睨《にら》んだ。こういう時、背が高いと有利だ。相手が勝手に怯んでくれる。

「フローラに指一本触れてみろ。その腕を折るぞ」

「ひっ……」

後退りする男達を一瞥《いちべつ》したあとで、伯父を振り返った。

「借金は私が奴隷になって返済する。フローラはこの家を出て平民になる。爵位は譲渡する。まだ文句があるか？」

声を凛と張り、射抜くように伯父一家を睨《にら》みつければ、見下すような視線が返ってきた。

「目障りな小娘なんてどうでもいい。その代わり、二度とリンベルトの姓を名乗るなよ」

「嫌っ!!　嫌よお兄様！　私が借金を返すから！　お兄様はここに残って……！」

「ごめんね、フローラ。ちゃんと守ってあげられなくて、ごめん。大丈夫だよ。借金を返せば、奴隷でなくなるんだから。フローラが無理やり嫁がされるよりも、うんと良い。……家を守れなくて、ごめんね」

「いや……嫌ぁ……っ、お兄様、お願い……っ」

ボロボロと泣き出したフローラを、もう一度抱き締める。その背後で耳障りな笑い声が響いた。

「感動の兄妹愛はよそでやれよ〜。笑えるからさ〜」

「いや〜って、なに悲劇のヒロインぶってんの？　馬っ鹿みたい」

嘲るようなファブリチオとジェイミーの言葉に、伯父と伯母が笑い出す。

ああ、本当になんて醜い一家だろう……心の中で蔑《さげす》みながら、今にも飛び出していって掴みかかりそうな勢いで暴れるフローラを一層強く抱き留めた。

「我慢ばっかりさせてごめん！　でも今刺激したら、本当にフローラの身が危ないかもしれない。不甲斐ない兄のことを、憎んでいい。罵《ののし》ってくれていいから……どうか元気で。セバス、シンディ」

「……はい、ダニエル様」

「本当にすまない。こんなことを頼むのは……」

「承知しております。それ以上は、仰らないでください」

「……ありがとう」

しがみつくフローラを引き剥《は》がし、二人に預けると、伯父一家に気取られないよう、声のトーンを落とした。

「私の学校鞄の中に、金庫の証明書と鍵と一緒に、名義変更のための書類が入ってる。私のサインは書いてあるから、持っていってくれ。……フローラが十五歳になったら渡してほしい」

「……、畏《かしこ》まりました」

「待って！　嫌っ！　お願い！　お兄様！」

「……大好きだよ、フローラ」

「嫌っ！　嫌よっ、お兄様……!!」

セバスとシンディに引きずられ、遠くなっていくフローラの声。悲痛な叫び声を聞いても、不思議と涙は流れなかった。

その後は、フローラを借金のカタに嫁がせる予定だった家との契約書を伯父から奪い取り、その場で破り捨てた。フローラが無事、屋敷を出ていくのを見届けるまでは書類へのサインを拒み、彼女達が離れから出ていく姿を遠くから見守った。もう十分遠くまで行っただろうかと窓の外を眺めている間に、伯父が呼んだのか、奴隷商らしき男がやって来た。

伯父と商人の男の会話を遠くに聞きながら、爵位を放棄し、伯父へ譲渡する旨の書面にサインをする。たった数文字ですべてを失ってしまうサインを書き終えるのと同時に、奴隷商の下働きと思しき男達に囲まれ、無理やり部屋から連れ出された。

「お前みたいなガキが一番腹が立つんだよ。そのまま惨めな奴隷人生を歩むんだな」

吐き捨てるように背中に投げつけられた言葉に、傷つくことはなかった。

奴隷という名の

馬車に押し込められたあと、連れて来られたのは、王都の端にある建物だった。

大きなレンガ造りのその建物は、表から見ただけでは奴隷売買が行われているとは思えないような整然とした見た目で、これからどれほど劣悪な環境に放り込まれるのだろうと戦々恐々としていた気持ちは少しだけ和らいだ。

男達に囲まれたまま建物の中に入ると、その足で執務室のような部屋へと通された。

「お前はこっちに来い。他のヤツらは下がれ」

背後にいた男に背を押され、机の前まで向かえば、伯父と話していた男が机を挟んだ向かい側の椅子に腰を下ろした。

「もう分かってるだろうが、俺はこの奴隷商のオーナーで、お前は売られた側だ。この意味が分かるな？」

「……はい」

短く告げられた言葉は、ただ現実を語っているだけなのに残酷で、返事をするだけで自分の中にある何かが削れていくようだった。

「甘ったれたボンボン共とは違って、物分かりが早くて助かるな。早速だが奴隷契約を結ぶ。これに目を通せ」

そう言って渡された書類には、紙全体に施された術式と共に、借金奴隷としての契約内容が書かれていた。

（契約者は、主人となる者の不利益となる一切の行為、言動を禁ず……命に従うものとし、これに反した場合は……）

書面に記された文字を目で追うも、これが今から自分に適用されるのだという実感が湧かず、どこか他人事のように感じていた。

契約書には、主人となる者に逆らえば苦痛を伴う罰が課せられること、何度も反抗すれば苦痛は大きくなり、最悪死に至ること等が書かれていた。但し、過度な肉体的苦痛を伴ったり、生死に関わるような命令はこの限りではなく、契約者の一定の権限が守られなかった場合、逆に主人となる者が違反を犯した罪で罰金が課せられる等、細々《こまごま》とした誓約が書かれていた。

最後の一文に、ダニエルはホッと胸を撫で下ろした。この国では、奴隷は借金奴隷、軽犯罪奴隷、重犯罪奴隷の三つに分けられ、それぞれ待遇も異なる。

借金奴隷は救済措置も兼ねているため、人権を著《いちじる》しく傷つけられることはなく、場合によっては主人側にもペナルティが課せられる比較的安全な奴隷で、借金を完済すれば解放される。対して犯罪奴隷は、軽犯罪であれば過酷な環境での生活にはなるが、それもあくまで犯した罪に対する罰と更生の目的程度で、刑期を終えれば解放される。重犯罪であれば、待っているのは劣悪な環境での過酷な労働であり、死ぬまで解放されることはない。

不幸中の幸いなのは、ダニエルに課せられる契約は借金奴隷であり、最低限の尊厳は守られるということだ。今こうして自分の目で契約内容を確認できているのが何よりの証拠だろう。

「内容は理解できたな」

「はい」

「手を出せ」

契約書を男に返し、言われた通り片手を差し出せば、男が手にするナイフで指の先を浅く切られた。痛みに眉を顰《ひそ》めている間に、溢れた鮮血が先ほどの書類にポタリと垂れた。瞬間、契約書に施された術式が淡く光り、白い紙に溶けるように消えていった。

「うっ……！」

同時に心臓を締め付けるような痛みに襲われ、堪《たま》らず胸元を押さえたが、その痛みはすぐに消えた。

「問題なく契約できたようだな」

表情を変えることのない男に布切れを渡される。それで血を止めながら、たった今起こった不思議な現象を思い返した。

（今のが、魔術……？）

魔法使いが稀有な存在であるシュヴェリア王国では、基本的には魔法の類を目にすることはない。ただ重要な契約等においては、魔術が施された特別な契約書が用意される。それは奴隷契約においても一緒で、自分の肉体は今、魔術契約によって縛られたということになる。

数少ない魔法使いが、魔力を込め、魔術を施した特別な契約。それに初めて触れたのが奴隷契約というやるせなさに、先ほどとは異なる種の苦しさが胸を締め付けた。

「早速だが、お前にはこのまま王都を出てもらう」

「え？」

やるせなさに暮れる暇もなく告げられた言葉に、反射的に声が漏れ、目の前の男を見つめ返した。

「王都を出るって、なぜ……」

「本当なら教えてやる義理はないんだがな、お前は素直だから特別に教えてやる。お前を売ったどこぞの貴族たっての希望でな、お前を他国に売り飛ばせと言われたんだ」

「っ……！」

どこぞの貴族。それが伯父であることは明白だ。伯爵家を乗っ取り、フローラの未来を奪い、自分を奴隷の身に落とした。それだけに飽き足らず、国外に追い出そうとしている醜悪さに顔を顰《しか》めれば、男はニヤリと唇の端を上げた。

「こちとら商売だ。他国に売り飛ばすなんてことしてみろ、違法取引で俺が一発で犯罪奴隷落ちだ。それは無理だ、どこの奴隷商でも答えは同じだと伝えたら、『役立たず』というお褒めの言葉をもらったぞ。本当に貴族なのか疑わしくなるほどの頭の良さだったたな」

嫌味を多分に含んだ言葉に、改めて男を見る。言葉遣いはやや乱暴だが、所作は丁寧で、整った身なりからもそれなりの教育を受けた者だということが見て取れた。建物や室内を見る限り、奴隷商の中でも大店に分類されるだろう。店が大きければ、顧客も多い。目上の者に対する知識やマナーを身につけているのは一目瞭然だった。

そんな者からすれば、一般常識とも言える奴隷制度をまるで理解していない伯父は、さぞ頭の悪い人間に見えたことだろう。

「とはいえ、腐っても貴族じゃ完全に無視することもできない。あちらさんとしては、お前に王都に居続けられると都合が悪いらしいからな。お前にはこのまま王都を出て、村や町を回りながら売り買いする行商に同行してもらう」

売り買い、というのは『人』のことだろう。分かっていてもドキリとする響きに思わず怯むも、男は構わず話を続けた。

「聞けば、お前はなかなかに能力が高いらしいからな。まぁ、でなければ金貨三百枚も出せないいんだが。同行中、お前には下働きの仕事を与える。本当ならすぐにでも売っちまいたいが、面倒事に巻き込まれるのはご免だからな。暫くは王都の外で働いてもらうぞ。勿論、出先で買い手が見つかればそこで売る。いいな」

「……はい」

「いいな」と言われたところで、こちらに拒否権などない。静かに俯けば、男が溜め息を吐いた。

「お利口すぎて嫌になるな。まぁいい。まずはお前のできることを教えろ」

「できること、ですか？」

「お前はもう、うちの『商品』だ。商品の価値が分からなけりゃ売り値も決められん。聞けば、王立学園に在学していたそうだな？　それだけでもう価値がある。あの学園で何を学んだ？　何ができきる？　お前の持ってる価値をすべて話せ。これは『命令』だ」

「ッ……！」

『命令』という単語に、体が反応したのが分かった。拒めば罰せられる、奴隷としての証明。嫌でも理解させられた現実に拳をキツく握り締め、ダニエルは求められている答えをすべて吐き出した。

「……なるほど。こいつはまぁ、随分とでかい買い物だったな」

唸るように息を吐きながら、男はガシガシと頭を掻いた。

命じられた通り、学園に四年間在学していたことから始まり、成績上位、騎士課を受講していたこと、貴族として身につけるべき知識やマナーの保持、日常会話程度の外国語や馬術等、一通りのことはこなせると言ったら、男は頭を抱えてしまった。

「安く買えたのは上々だが、売るには高すぎる買い物だったな」

金貨三百枚が安いというのはどういう計算だろうかと思いつつも口を噤む。それと同時に、この一瞬にふと殿下のことが脳裏を過《よぎ》った。

もしここで殿下の名を出せば、この男はどうするだろう？　同級生として親しくさせてもらっていた、卒業後は殿下の側近として仕えるはずだった、そう伝えれば、男も慌てて見逃すのではないだろうか——願望のように浮かんだ淡い期待は、すぐに胸の奥底へと押し込めた。

この男が伯父と繋がっていないという保証はない。まして、万が一解放されたとして、男が払った金はどうなる？　伯爵家の借金は？　まさか殿下に立て替えてもらう訳にもいかないだろう。

解放されたところで、為す術もなく爵位を譲渡し、奴隷として売られた自分にできることなど皆無だ。借金も伯爵家の問題も、殿下を頼ればきっと助けてはくれるだろう。だがそれは、将来仕えるべき主に助けてもらわなければ何もできない無能と証明するのと同義で、助けてもらえたところで、側近としての資格を失うに等しい。

なにより、友として接してくれた殿下に対し、その権力に縋ってしまえば、友という関係さえ失いそうで恐ろしかったのだ。

(あんなに良くしていただいたのに……)

せめてフローラだけでも保護してもらえないだろうか、とついそんなことを考えてしまうが、やはりそれも王族相手に願うものではない。

結局、頼ることも、頼らないことも、どちらを選んでも殿下に対する裏切りになりそうで、臆病者の自分は、ただ黙ることしかできなかった。

昨日まで同じ教室で、同級生として、友として、仕える主として、穏やかに過ごしていた日々が、信じられないほど遠くに感じた。

「仕方ない。王都でないと売れないだろうが、どっちにしろ王都の外に出すって約束しちまったんだ。一年はうちの下働きとして働け。その間に売り先を探しておくからな」

「はい……」

頭の中をどうしようもない考えがぐるぐると巡るも、それが声になることはなかった。

その後、下働き用の服を渡され、有無を言わさず着替えさせられた。その時初めて、胸元に刻まれた金貨大の奴隷紋の存在に気づき、ようやく自分は奴隷となり、買われるのを待つだけの『商品』になったのだと実感させられ、足元から地面が崩れていくような絶望を味わった。

心の準備をする情けも与えられないまま、粗末な造りの荷馬車の荷台に乗せられ、その日の内に王都から出された。ガタガタと揺れる荷台の中、茫然と一点を見つめながら、これまでのこと、これからのことが目まぐるしく脳内を駆け巡った。

学園の卒業式まで、あと一週間。その日を迎えれば、今までの努力が報われると信じていた。そのために三年間必死に努力してきた。それがすべて、無駄になってしまった。

卒業式の日、父と母の墓前で、陛下からお褒めの言葉をもらったのだと、胸を張って報告するつもりだった。今まで我慢ばかりさせてしまった妹に、これからは我が儘を言って甘えてほしかった。自慢の兄だと言って笑ってくれたあの子の幸せだけは、両親に代わって守ろうと誓ったのに……その誓いを、守れなかった。

「――……」

たった数時間の間に、今まで積み重ねてきた希望は踏み躙られ、家も財産も奪われ、まだ十四歳の妹は家を追われ、自分は借金奴隷となってしまった。

一気に押し寄せた現実は、一人で耐えきるには大きすぎて、気づけばポタリと涙が零《こぼ》れていた。

「ふ……っ」

許されるなら、大声で喚き散らしたい。感情のままに泣き叫んで暴れたい。だがそれが許されない立場になってしまった今、声を殺して泣くことしかできなかった。

（せめて、フローラは無事でいますように……！）

セバスやシンディのことも心配だが、彼らが側にいてくれれば、フローラが生きていくための手助けはしてくれるだろう。何もできなかった自分に代わり、今までもずっと彼らの優しさに頼ってしまった。死にたくなるほどの情けなさを押し殺し、せめて妹や彼らがこれ以上の苦労や悲しみを背負うことがないように、祈ることしかできなかった。

あまりにも無力で、愚かで、蹲《うずくま》って泣くことしかできない。そんな己が心底嫌で、悔しくて、キツく噛み締めた唇からは鉄の味が広がった。

◇◇◇◇◇

奴隷商の下働きとして過ごす日々は、想像以上に過酷だった。

粗末な馬車での移動は体を痛め、連日の野宿も当たり前。身なりを整えるどころか、汚れた体を洗うことすらままならない。元々体を鍛えていたのが幸いして、下働きとしての肉体労働はそれほど苦痛ではなかったが、野営時の寝ずの番等で睡眠不足が加わると辛かった。

食事に関しても、今まで食べたことがないような固いパンや干した肉ばかりで、飲み込むのも苦しかった。だが食べなければ体が保たず、胃の中に無理やり詰め込むようにして飲み込んだ。体を休める時間は短く、自由な時間はない。ただ奴隷商の商人にこき使われる毎日だったが、人間というのは逞しいもので、三ヶ月もすればそんな生活にも慣れてしまった。

幸い、商人からすれば自分は高額な『商品』な訳で、それほど粗雑に扱われることはなく、味や栄養さえ考慮しなければ、飢えることもなかった。そうして言われた仕事に真面目に取り組んでいる内に、商人達の態度は軟化していった。任される仕事も事務的な作業が含まれるようになったことで、身体的負担は多少軽くなった。

ただ、奴隷として売られ、買われていく人達を見ると、自分自身の姿を見ているようで辛かった。貧しい家から奉公という名目で借金奴隷として売られていく少年や少女。借金を返済すれば解放されるとはいえ、家族から引き離される十歳前後の幼い子達を見ていられず、商人達に断って彼らに最低限の礼を教えた。

教えられたのは、本当に最低限の言葉遣いや主人に対する接し方、仕事への取り組み方だけだったが、どの子も一生懸命覚えてくれた。

「大丈夫だよ。時間は掛かるかもしれないけれど、きちんと働いて、お金を返せたら、またお家に帰れるからね」

幼い子ども達に言い聞かせる言葉は、自分に対する慰めでもあった。泣くのを必死に我慢している子の頭を撫で、互いに励まし合いながら買われていく姿を見るのは胸が苦しかったが、それでも自分よりずっと幼い子どもも家族のために頑張っているのだと、勇気をもらえた。

行商に同行するようになって数日の内は、学園やフローラのことを思い出すこともあった。

卒業式に出てこない自分を、友人達はどう思っただろう？　カリオや殿下、ジルドには心配させてしまっただろうか？　……エドワルドは、何か思っただろうか？

フローラは無事に過ごしているだろうか？　伯父一家から、余計な手出しをされていないだろうか？

不安が尽きることはなかったが、今のダニエルにはどうすることもできず、忙殺される毎日に、いつしか恵まれていた日々は夢幻のような過去になっていった。

自分はもう、彼らと生きる道を違《たが》えてしまったのだ。諦めるのは容易く、ただ皆が平穏無事であればそれでいいと自分を慰めるのにも慣れた頃、約一年ぶりに行商一行が王都へ帰ることになった。

一年ぶりに帰ってきた王都は変わらず栄えていて、遠くに見える大きな王城がやけに眩《まぶ》しく見えた。奴隷商に到着すると、着くなり身なりを整えるようにと命じられ、湯殿に放り込まれた。

なぜ、と思いつつ、命令に従うことに慣れた体は従順で、久方ぶりの温かい湯に浸かりながら、溜まった体の汚れを落としていく。伸ばしっぱなしだった髪の毛も短く切り揃え、サッパリした気持ちで湯殿から出れば、そこに用意されていたのは薄汚れた下働き用の服ではなく、清潔な白いシャツと黒いスラックスだった。

「……っ」

それだけで、湯浴みをさせられた意味に気づいてしまった。

一年前、奴隷商のオーナーは『一年の間に売り先を決めておく』と言っていた。恐らくは、買い手が決まったのだろう。

いよいよこの時が来てしまった……腹の底が重くなるのを感じながら、逃げ出したくなる気持ちを必死に抑え、真新しい服の袖に腕を通した。

「随分と男前になったたな」

着替えた足で通されたいつかと同じ部屋で、オーナーと一年ぶりに顔を合わせた。

「だいぶ日焼けしちまったが、そうして綺麗な服を着てると、良いとこの坊ちゃんだって分かるな。これなら問題ないだろう」

満足気に頷くオーナーの様子から、やはり買い手が決まったのだと確信する。「ついて来い」と顎《あご》で呼ばれ、彼のあとに続くように来客室へと向かった。

初めて通されたその部屋は、明らかに上客向けだと分かる一室だった。広さこそ控えめなものの、床にはふかふかとした絨毯が敷かれ、綺麗に磨かれた机は艶《つや》やかな光沢を放つ。照明器具は眩《まぶ》しく輝き、飾られている花瓶や絵画はすべて高級品だ。まるで貴族が買い物をする高級店のような部屋の造りに、一気に緊張感が増す。

なんとも言えない不安に身を固くしていると、部屋の正面に位置する扉からノックの音が聞こえた。オーナーが自らそちらへ向かい、扉を開くと、そこには一人の男が立っていた。

「ローザ様、大変お待たせ致しました」

「……ほぅ、彼が例の子ですか」

ローザと呼ばれた男は、部屋に入ってくるなり、隅で立ち竦《すく》んでいるダニエルに視線を向けた。年の頃は三十代半ばだろうか。銀色の髪を軽く撫で付け、ダークブルーの三つ揃えに身を包んだ姿は、上流階級の人間であることが一目で分かった。整った甘い顔立ちは一見優しそうだが、こちらを品定めするように細められた瞳に、背筋にゾクリとしたものが走った。

オーナーの様子から、奴隷商の主人自ら接待する上客であることは分かった。貴族なのかそうでないのかは判別できないが、間違いなく金持ちであり、オーナーとしてはこの人に自分を売りたいらしい。

「こちらへ」

ローザの正面に座った主に呼ばれ、重い足取りでその隣に立つ。

「お話していた者です。貴族の出ですので言葉遣いも礼儀正しく、所作も美しいです。性格は穏やかで従順ですし、能力については以前お渡しした資料の通りですので、申し分ないかと思われます。多少逞しい体付きではありますが、顔立ちについてはご覧の通りです。いかがでしょうか？」

穏やかな口調で自分を褒めそやすオーナーに、なんとも薄ら寒いものを感じながら、男の視線から逃げるように、そっと瞳を伏せた。

「もう少し近くで顔を見せてもらえますか？」

「勿論でございます。ダニエル」

「……はい」

初めて名前を呼ばれたな、と現実逃避気味なことを考えながら、ローザの元へと向かい、気持ち程度の距離を置いて彼の横に立った。

「視線を逸らさず、私を見なさい」

ほんの少しの逃げも許さない声音に怯みつつ、なんとかローザの緋色の瞳を見つめ返す。

「……うん。大人しくて良い子だ。確かに体は大きいし、男前な顔立ちだが、怯えた様子が可愛らしい。期待以上ですね」

「ありがとうございます」

男の発言に不穏なものを感じるも、絡んだ視線を逸らすこともできず、唸りそうになるのを必死に堪《こら》えた。

「体を見たいのですが、よろしいですか？」

「勿論でございます。ダニエル、ローザ様の願う通りにしろ。『命令』だ」

「ッ……！」

「ではもう一歩、私に近づいて。上だけでいいから、服を脱ぎなさい」

「……はい」

体が見たいという発言にギョッとするも、命じられた言葉に縛られるように体は反応し、言われるがままローザに一歩近づいた。なぜ服を脱ぐ必要があるのか、疑問を抱いたままシャツを脱げば、「ほぅ」と感心したような声がローザから漏れた。

「これはまた……綺麗に鍛えられた体ですね。胸は大きくて、腰は細い。良いですね。ただ肌が荒れているのは良くないな」

「申し訳ございません。諸事情で下働きをさせていましたので、少々体に傷がございまして……」

「余計な傷を付けるのはいただけませんね。手を見せなさい」

「はい……」

「ああ、手もこんなに荒れて、爪も割れてるじゃないか。これは手入れに時間が掛かりそうだな」

(なんだ？　なんで手荒れなんか気にするんだ？)

一年間の肉体労働で、元は剣ダコ程度しかなかった手はガサガサになっていた。指先は荒れ、ささくれで血が滲《にじ》み、栄養不足も相まって何枚かの爪は割れていた。もはや気にも留めていなかったのだが、男にとっては眉を顰《ひそ》めるほど問題があるらしい。

「まぁ、これくらいなら治せるからいいでしょう。床に座りなさい」

「……はい」

言われた通り、両膝をつくように床に座れば、顎《あご》に手を掛けられ、無理やり顔を上げさせられた。

「うっ……」

「私を見ろと言ったでしょう」

「申し訳、ございません」

床に膝をつき、ローザに見下ろされる形になったことで、自分が命令されて従うだけの存在になったのだということを強く実感する。より近くなった男の顔に、反射的に瞳を逸らしてしまいそうになるのを懸命に堪《こら》えた。

「日焼けも気になりますが、これも手入れでなんとかなる範囲でしょう。それにやはり怯えた顔がそそる子ですね。こういう子を可愛がりたいお客様も多いですし、教養のある子は尚好まれる。いいでしょう、この子を買いますよ」

「ありがとうございます」

弧を描くように細められた男の瞳から、目を逸らせない。硬直している間に決まった自身の売買だが、妙に引っかかる単語が耳に付いた。

(客……？)

いくつかの不穏な言葉と、『客』という単語。体を見せろと言ったその理由について、嫌な予感がして、ふるりと身が震えた。

「おや、震えているね。何をさせられるのだろうと、恐ろしくなりましたか？」

「い、いえ……」

「安心なさい。うちでは体に傷をつけるような恐ろしいことはしませんよ。それどころか、いつでも体を磨いて、栄養のある物を食べられて、綺麗なベッドで眠れる。とても良心的なお仕事ですよ」

「あ……の、仕事、というのは……？」

奴隷側から尋ねていいことなのかは分からなかった。ただローザの声には「聞いてこい」と言わんばかりの含みがあり、聞かずにはいられなかった。案の定、オーナーからもローザからも咎《とが》められることはなく、代わりに与えられたのは、寒気がするほどの綺麗な微笑みだった。

「自己紹介が遅くなりましたね。私は男娼専門の娼館、ビエル・ローザのオーナーで、今日から君の主人です。君には当店で男娼として働いてもらいます。ああ、先ほども言った通り、うちを利用できるのは紳士的なお客様だけですからね、体を傷つけられるようなことはありませんよ。奴隷の君には、気持ち良くなれて、お金も稼げる、一石二鳥の素晴らしい店だ。たくさんのお客様に可愛がってもらえるように、これから淫らな体に躾けてあげますからね」

酷く優しい声で紡がれる言葉は、真綿でゆっくりと首を締めるようで、ショックも絶望も通り越した肉体は、座り込んだまま、立ち上がる気力も失った。


床にへたり込んでいる間に、オーナーとローザの間では紙一枚で自身の売買が為され、新たに主人をローザに定める契約が交わされた。どうやらオーナーとの奴隷契約は、仲介という形での仮契約だったらしく、自分の指先を再び傷つける必要はなかった。

新たに交わされた契約の元、ダニエルの身は金貨六百五十枚でローザに買われた。その上で、自分がローザに返済しなければいけない額は金貨八百八十枚……およそ金貨九百枚であり、実際に稼がなければいけない額はその数倍になる。金貨三百枚の借金が、途方もない金額に膨れ上がってしまったことに茫然としている間にローザは席を外し、その間に身支度を整えるようにと命じられた。

フラフラと立ち上がり、震える指先でシャツのボタンを止めながら、まだ室内に残っていたオーナーに向かって堪《たま》らず声を掛けた。

「……なぜ、あんなに高い金額になったのですか？」

自分でも情けないくらい弱々しい声だと思ったが、今更取り繕う余裕などなかった。

「……まぁ、お前には知る権利があるからな。まずお前は価値が高すぎるんだ。肉体労働でしか金を返す術のないヤツらと違って、生かせる能力が多い分、当然だが売り値も高くなる。但し売り値が高いってことは、それだけ稼げる金も多い。条件としてはお前の四分の一以下の値段で売られたヤツとそう変わらないぞ。それにこれでも一応、お前が一年間下働きとして働いた分と、売り物になる体に傷をつけた分は値引いたんだ。まぁ、結局は店に出すまでの期間の仕込み代と手入れ代が上乗せされちまったから、差し引きゼロになっちまったがな」

バツの悪そうな顔をしたオーナーは、これまでとはどこか雰囲気が異なり、その微妙な変化が気になって、つい見つめてしまった。

「なんだ、俺が申し訳なさそうにしてるのがおかしいか？」

「い、いえ……！　ただ、その……気にしていただけると、思っていませんでしたので……」

「言っとくが、売られてくるヤツに対してまったく情がない訳じゃねぇぞ。自業自得で借金こさえる馬鹿は知らねぇが、お前みたいにどうしようもない状況で奴隷になっちまったヤツは、多少不憫に思ったりもする。それでも商売だからな、表には出さないだけだ」

予想外の言葉に驚き、何か言葉を返そうとするも、ローザの付き人に呼ばれ、急かされるまま部屋を出た。

部屋を出て向かったのは店の正面玄関で、そこには既に立派な馬車が停められていた。オーナーとローザが挨拶を交わし、ローザが馬車へと乗り込む。自分にも乗るように命じられ、オーナーに黙礼してから馬車へと乗り込めば、その背に声を掛けられた。

「二度と来るなよ」

追い払うようなその声に反射的に振り返ったが、表情を見る前に馬車の扉は閉じられ、緩やかに車輪が動き出す。

言葉を交わしたのも顔を合わせたのも、買われた日と売られた今日のたった二回だけだった。それでも、きっと彼自身は悪人ではないのだろうと知るには、十分な一言だった。

◇◇◇◇◇

(乗れって言われたから乗ったけど……同席して良かったんだろうか)

馬車を引く馬の蹄の音が静かな車内に響く。奴隷という立場で主と同じ空間に同席して良かったのか、不安から隅のほうで縮こまっていると、不意にローザから話し掛けられた。

「そんなに畏《かしこ》まらなくていい。同席してもらったのは、うちの店について移動中に説明しておきたかったからだ」

「は、はい」

縮こまっていた背をピッと伸ばせば、フッと笑う声が聞こえた。

「君は真面目な子だね。そういう子はお客様にも好まれるから、そのままでいなさい」

「は、い……」

喜んでいいのか分からない情報に鈍い返事を返すも、ローザは構わず話し始めた。

ビエル・ローザは王都の男娼専門娼館の中では一番の大店であり、いわゆる高級店だ。客層は貴族や富豪と呼ばれる者ばかりで、一定以上の財力と信用がなければ入店できない。

客が支払った金額の内、九割を店に入れ、一割が自身の取り分となる。店に支払った分の中には男娼達の部屋代や食事代の諸経費が含まれ、生活する分には不自由はない。衣類や消耗品等の個人的に必要な物については自身の取り分から支払い、借金についてもそちらからの返済になると聞かされた。

「中には月の返済ノルマを達成できない子もいるが、ダニエルはその心配はなさそうだね」

「それは、どういう……」

「君のような男らしい男を抱くことを好むお客様もいるからね。支配欲が満たされるのか、特に逞しい子ほど人気だ。君は顔立ちも凛々しいし、背も高い。それでいて控えめな性格だから、きっとたくさんのお客様に可愛がってもらえるだろう」

当然とでも言いたげな言に、今度こそなんと答えればいいのか分からず押し黙る。分かってはいたが、男に抱かれることが務めになるのかと、絶句するほかなかった。

「ああ、君は最低でも半年は店に出せないからそのつもりで。その間は雑務をこなしてもらうが、半年間はほとんど無給に近い状態になるからね。もっと早くから金を稼ぎたければ、いつでも申告してくれ」

「それは、なぜでしょうか？」

「先ほども言ったが、肌荒れや手荒れが酷すぎる。作法や教養については問題ないだろうけれど、今の体のままではお客様の前には出せないよ。質の悪い店だと買ってきた翌日には客を取らせたりするそうだけれど、うちは高級娼館だからね。礼儀と作法を学び、爪の先まで美しく磨かれた体でおもてなしをするのが店に出せる最低ラインだ。それでいくと、今の君の肉体は不合格だね」

肌荒れや割れた爪に対してやけに険しい顔をしていたのは、どうやらこれが原因らしい。とはいえ、それだけで半年も時間が掛かるのだろうか？　そんな疑問が顔に出ていたのか、ローザが瞳を細めた。

「どうした？　もっと早く店に出たかったかな？」

「い、いいえ！　……ただ、手入れにものすごく時間が掛かるんだな、と……」

「手入れ自体にはそれほど時間は掛からないけれど、それと並行して娼館内での過ごし方や規則、お客様の悦ばせ方を学んでもらわないと。一通り覚えたら、次はお客様にたくさん可愛がってもらえるような、いやらしい体に仕込まないといけないからね。そのための期間だ」

「……っ」

「言っただろう？　淫らな体に躾けてあげますからね、と」

穏やかな口調はどこか楽しそうで、半年の猶予にほんの少しだけ安堵《あんど》していた気持ちが、一気に重くなった。

逃げてしまいたい思いを無視して馬車は進み、やがて王都の一角にある花街へと辿り着いた。

ビエル・ローザは、花街の中でも恐らく一等地と呼ばれる区画にある三階建ての立派な建物だった。正面から見た外観も、足を踏み入れた内装も、高級宿のそれと遜色ない豪華な造りで、正直気後れしてしまったが、裏方である男娼達の生活圏は質素な造りで、思わず胸を撫で下ろした。

自室として充てがわれたのは、ベッドと机、小さなクローゼットが置かれただけの小部屋だったが、清潔感があり、個室を与えられると思っていなかった分、驚いてしまった。

「これでもランクの低い部屋だ。固定客が付いて稼ぎが良くなると、お客様をおもてなしするために表の客室を与えているからね。ダニエルも頑張って、部屋持ちになるんだよ」

所々返答に困りつつも、オーナーであるローザ自らの娼館内の説明は続いた。フロントから客室、裏方である厨房や従業員用のスペース、大浴場から裏庭まで隅々案内され、最後にオーナーの執務室へと通された。

「ここまでで、何か質問は？」

「ございません」

「よろしい。店に出るまでは、部屋持ちの世話係と、それに付随した諸々の雑務が君の仕事だ。当店のルールやお客様をお迎えする時の仕組みについては、部屋持ちに教えてもらいなさい。それと、分かっているとは思うが外出は禁止だ。またお客様と話した内容は、どんな内容であれ他言無用。これは信用問題に直結する。ここを辞めたあとも、この点については他言できないよう契約を結ぶから、そのつもりでいなさい」

「畏《かしこ》まりました」

富豪や貴族相手では、気軽に喋られては困ることも多々あるのだろう。他にも、肌や爪の手入れのため、湯浴みは決まった時間に行うこと、現状の肉体を維持するために体を動かす時間を設けること等、細々《こまごま》とした注意事項を告げられた。今までの奴隷生活とはあまりにも異なる境遇に戸惑っていると、それを見透かしたかのようにローザの口角が上がった。

「そんなに戸惑うことかい？」

「その、奴隷という立場から考えると、あまりに高待遇で……」

「勘違いしてはいけないよ。金を掛けて育てるのは、より多くの金を稼いでくれる男娼になってもらうための先行投資だ。家畜だって、丸々肥えさせてから売りに出したほうが高く買ってもらえるだろう？　それと一緒だよ」

「……左様でございますね。失礼致しました」

家畜に例えられるあたり、自分はやはり奴隷という価値観でしか測れない存在なのだろう。分かっていても懲りずにショックを受けていると、溜め息を吐く音が聞こえた。

「君は本当に素直だな。ああ、私は君の主人になるが、ここでは店の者と同様に、オーナーと呼びなさい」

「はい、オーナー」

「物分かりのいい子は好きだよ。明日、改めて君が世話をする部屋持ちの子を紹介するから、今日は部屋に下がって休みなさい」

「よろしいのですか？」

「奴隷商のオーナーに聞いたが、行商から帰ってきたばかりでここに来たんだろう？　食事の時間になったら人をやるから、今日くらいは休みなさい」

「……ありがとうございます」

この気遣いも、いわゆる先行投資に含まれるのだろうか。あまり深く考えずに礼だけ述べると、オーナーの部屋をあとにした。

「はぁ……」

与えられたばかりの部屋に戻り、ベッドの上に寝転ぶ。柔らかなマットレスと清潔な真白いシーツが落ち着かなくて、モゾモゾと寝返りを打った。行商に同行していた間は野宿が当たり前で、ベッドで眠れることのほうが珍しかった。昨日までとは大違いの現実に、今もまだ頭が追いついていなかった。

まだ陽も高い時間に、何もせず、ただ寝転んでいられるなんていつぶりだろう。ぼんやりとしながら室内を見回したが、文字通り身一つで奴隷として売られたため、私物など一つもなく、空っぽの部屋が余計にガランとしているように見えた。

急な物悲しさに襲われ、シーツに包まれば、『悲しい』という感情を抱くことすら随分と久しぶりなことに気づき、胸が苦しくなった。

この一年間は毎日毎日、休むことなく働いて、疲れて眠って、起きたらまた働いての繰り返しで、何かを考える余裕なんてなかった。自分のことだけで精一杯で、いつしか全部が過去になり、その日一日を過ごすので精一杯になっていた。

(……フローラは、元気にしているかな)

今年十六歳になる妹。本当なら今頃は年頃の貴族令嬢として、女学院に通っているはずだったあの子は、今はどうしているだろう？　平穏に、元気に……せめて何事もなく、暮らしているだろうか？

今となっては、どこで何をしているのか、その無事すら知ることができなくなってしまった我が身が悲しくて、悔しくて、じわりと視界が滲《にじ》んだ。

「っ……」

一人で何もしない時間ができたことで、こんな風に考え込んでしまうのだろう。考えたくないのに忘れたくなくて、思い出したくないのに考えてしまって、膨れた後悔の念に胸が詰まった。

（ごめん……、ごめんなさい……、父様、母様……フローラ……）

男娼として買われたことについては、もう諦めがついていた。ただ今は、遠く離れてしまった家族が恋しくて、何もできなかった自分が虚しくて、届かぬ謝罪の言葉を繰り返すばかりだった。

◇◇◇◇◇

翌日から娼館での生活が始まった。自分は男娼見習いという立場になるらしく、雑務をこなしはするものの、水を扱う作業は極力避けるよう指示され、手荒れを治すことを最優先するようにと命じられた。店の営業時間に合わせた生活になるのかと思ったが、客を取る前の男娼見習いは裏方仕事が主なため、日中は仕事に従事し、夜は休むという生活は変わらなかった。

ダニエルが世話係となった部屋持ちの男娼は、名前をロイといい、ビエル・ローザの一番人気だと聞かされた。クリーム色の柔らかな髪と飴色の瞳、中性的な顔立ちは愛らしく、それでいて動き一つ取っても色気と気品のある仕草は、一番人気と言われているのも頷けた。

「新しい見習いの子だね。オーナーから聞いてるよ。よろしく」

「よろしくお願いします」

見た目に反してサッパリとした性格らしいロイの世話は存外楽しく、精神的にも身体的にも楽だった。情事の色が生々しく残る寝具を取り替え、ベッドメイキングをするのも最初こそ抵抗があったが、二週間もすれば慣れた。部屋の清掃を行い、食事の用意をして、ロイに頼まれた雑用をこなす。他にも湯浴みの手伝いをするのだが、そこでロイの体を磨くのが唯一の水仕事となった。

ロイからは娼館内のルールや、客との過ごし方について学んだ。それと同時に、自分と同じように奴隷として買われてきた者がいることも知った。

現在、この娼館で奴隷として働いているのは、ダニエルを含めて三人。他の男娼は自らの意思で働いている者達だが、元奴隷という人もいるらしく、借金を返済したあとも働き続けているとのことだった。それだけこの店の稼ぎは魅力的なのだと、ロイから聞かされた。

（いつか、自分も体を売ることに慣れてしまったりするのかな……）

借金を返済した先の未来がまったく思い描けず、自身の行く末が分からない。男娼としての知識が増えていくごとに、未来が塗り潰されていくような錯覚を覚えた。

ロイの世話係としての仕事が終わると、今度は自分自身の手入れの時間だ。とはいえ、こちらは店専属のエステティシャンがいて、その者に全身磨かれることになる。人前で裸にならなければいけない羞恥から、最初の頃は嫌で嫌で堪《たま》らなかったが、ローザから「これも仕事の内だよ」と言われ、命令だと思って割り切ることにした。

花の香りのするトロリとした液体で、足の先から荒れた手の先、顔面まで全身隈なく揉み込まれる。これだけでも一時間近く時間が掛かるのだが、その後はゆっくりと湯に浸かり、上がったあとは保湿液を塗りたくられる。この工程をほぼ毎日繰り返すだけで、自分の借金額が跳ね上がっていた理由に嫌でも納得させられた。

そうした生活が三ヶ月ほど過ぎた頃には、ガサガサに荒れ、爪が割れてボロボロになっていた指先は、薄ピンク色の綺麗な爪と柔らかな皮膚に生まれ変わっていた。栄養のある食事と適度な運動、十分な休息に加え、毎日の強制的な手入れのおかげで、日に焼けて荒れていた肌はすべらかになり、髪の毛には艶《つや》が戻った。

貴族として生活していた時でさえ、こんなに全身磨かれた記憶がないことに内心恐ろしくなるが、自分の憂鬱などとは正反対にローザは上機嫌だった。

「ああ、綺麗になったね。それが元々の君の美しさなんだろう」

初日以降、ほとんど顔を合わせることのなかったローザに呼び出され、オーナー室へと向かえば、満足気に頷く彼と対面した。

「与えられた仕事も真面目に取り組んでいるようだね。ロイが褒めていたよ」

「ありがとうございます」

ロイとの関係は変わらず良好だった。彼に褒めてもらえるのは素直に嬉しい。一瞬胸に温かいものが宿るも、次の瞬間には灯った熱は吹き飛ばされてしまった。

「さて、体の手入れも済んだことだし、そろそろ売り物になるように、仕込みを始めようか」

突然冷や水を浴びせられたような感覚に体を硬直させれば、ローザが楽しげに瞳を細めた。

「安心なさい。じっくり慣らしてあげるから、痛い思いはしないよ」

「……は、い」

そう言われて安心できるほど単純ではない。なんとか返事をすれば、すぐ目の前まで近づいたローザの手がスルリと頬を撫でた。

「――っ!」

「これだけで怯えていてはいけないよ。仕込みが終われば、何十人という男に全身撫で回されることになるんだからね」

ぞわりと粟立ったままの肌が更に波打ち、したくもない想像に眉根に皺《しわ》が寄った。

男娼となることに諦めはついていても、覚悟はできていない。言ってはいけないことを言ってしまいそうになる唇を柔く噛めば、ローザにそれを咎《とが》められた。

「唇を噛むんじゃない。傷ができたらどうするんだ」

「……申し訳ございません」

「明日から仕込みに入ろう。明日の夜十時に、ここに来なさい」

「……はい」

言い終えると同時に頬からそっと離れていった手にホッとするも、安堵《あんど》とは程遠い現実が目の前まで迫っていることに、返事をするのがやっとだった。

「は？　なにそれ、僕聞いてないよ」

ロー ザに呼び出された翌日、重苦しい気持ちを押し込めてロイの元へと向かった。いつもの仕事をこなしつつ、気を抜けば溜め息が零《こぼ》れそうな心情から、ついロイに今夜のことについて話してしまった。

今では友人のような関係になったロイだが、昨日のローザとのやりとりについて話し始めた途端、ベッドに寝転んでいた体をガバリと起こし、顔付きを変えた。まさか怒らせるようなことを言ってしまったとは思わず、慌てて作業の手を止めて謝罪した。

「申し訳ございません！　己の立場も弁《わきま》えず、大変失礼を――」

「ああ、違う違う。怒ってるんじゃないよ。僕がオーナーから何も聞いてないって話だよ」

「オーナー、から……？」

話が見えず困惑していると、ロイが顔を顰《しか》めた。

「ダニエル、もしかして何も聞いてないの？」

「何も、とは……？」

「本来、見習いの仕込みをするのは世話をしている部屋持ちの仕事で、オーナーの仕事じゃないよ」

「え……？」

「ああ、ほら聞いてない」

呆れたように溜め息を吐くロイについていけず、目を白黒させていると、彼が状況を説明してくれた。

部屋持ちは見習いに世話をさせながら、店のルールの他にも客と褥《しとね》を共にする時のノウハウや、性行為の際の体の使い方も一緒に教えるのだという。男娼同士で性行為に及ぶのは禁止されているが、性器に触れたりといった体の接触は許されているらしい。

「え……え？　では、私はロイに……その……」

「本当なら、僕がダニエルのお尻を弄ってあげる予定だったってことだね」

「〜〜ッ！」

まさかの事実と直接的な表現に、カッと頬が熱くなるも、ロイの態度は変わらなかった。

「予定だった、だよ。今の話を聞く限り、ダニエルのことは、オーナー自ら仕込みたいようだからね」

「あ……」

「実際、僕は何も聞いてないし、ダニエルの教育については褥《しとね》に関することは教えなくていいって言われてた。おかしいと思ったんだ。なんにも知らないまんま客の前に出すつもりなのかと思ってたけど、オーナーが自分でやりたかっただけじゃんか！」

「は……え？」

ロイはなにやら分かっているようだが、自分にはまったく分からない。分かりたくない。考えることを放棄していると、ロイが「はぁ」と大きく溜め息を吐いた。

「とりあえず、ダニエルはオーナーに部屋持ちに教えてもらわなくていいのかって聞いておいで」

「……直接尋ねても、よろしいのでしょうか？」

「大丈夫だよ、僕が教えたんだもの。質問すること自体は問題ないさ」

ロイの明るい雰囲気に少しだけ安心するも、今度はその問いに対する答えを聞くのが怖くて、重く沈んでいた気持ちは更にズシリと重みを増した。


その夜、言いつけられていた時間に合わせ、オーナーの部屋を訪ねた。ローザ本人に出迎えられ、部屋の中へと通されると、そのままついてくるようにと命じられた。

「時間通りだね」

オーナー室から続く内扉を通り、短い廊下を歩けば、正面にまた扉が見えた。鍵を開けて中に入るローザに続き、恐る恐る足を踏み入れれば、そこには応接室とは異なる様相を呈した部屋が広がっていた。ソファーやテーブル、書棚といった家具類や、簡易キッチンと思しき一角等、個人の邸宅を思わせるような部屋の雰囲気に、妙な緊張感が走った。

「ここは……？」

「ここは私の私室だ。家は別にあるんだが、帰るのが面倒になってしまってね。今ではこの部屋がほとんど自宅のようなものだよ」

『自宅』と言われて広がった焦燥感から動けずにいると、ローザに手招きをされた。

「来なさい」

「……はい」

命じられるまま部屋の奥へと進み、その先にある扉を開けば、そこは寝室へと繋がっていた。

「ツ……」

大きなベッドがその存在を主張するように部屋の真ん中に鎮座している光景に、ここに招かれた理由を思い出し、ヒクリと喉が引き攣った。

「服を全部脱いで、裸になりなさい。『命令』だ」

固まっている所に投げつけられた無慈悲な言葉。奴隷に拒否権などなく、羞恥に耐えながら服のボタンに手を掛けた。その様子もローザはじっと眺めていて、恥ずかしさから唇を噛みそうになるも、昨日「噛むな」と言われたばかりだということを思い出し、ぐっと堪《こら》える。

シャツもスラックスも下着も脱ぎ捨て、一糸纏わぬ姿になれば、ローザが満足気に頷いた。

「素直に命令に従えるのは、君の良いところだ。ベッドの上に上がりなさい」

「はい……」

ダブルサイズの大きなベッドに乗り上げると、続いてローザもベッドに乗り上がった。縮んだ距離に無意識の内に体を引けば、フッと笑うような吐息が空気を揺らした。

「そうして怯えている姿は可愛らしいけれど、お客様の前に出す頃には、自分から進んで体を差し出せるようにならないといけないよ。さぁ、横になって、股を開きなさい」

「っ……！」

ああ、本当に男に抱かれるために体を慣らされるのか——ここに来てようやく現実味を帯びた現実にショックを受けるも、抵抗できるはずもない。羞恥に耐えながらベッドに横たわると、おずおずと足を開いた。無防備に晒された肌や、隠すことも許されない局部に突き刺さる視線は無遠慮で、堪《たま》らず熱くなった顔を背けた。

「本当に君の体は綺麗だね。徹底的に磨いた甲斐があったというものだ」

どこか感嘆めいた声が聞こえるも、言葉を返す余裕などない。そうして押し黙っている間も、ローザの視線が肉体から逸らされることはなかった。

「褒められたら『ありがとうございます』と、お礼を言えるようにならないといけないよ。まぁ、それも少しずつ覚えていこうか。今日は基本のお尻の洗浄をするからね」

『洗浄』という単語にギクリとする。男性同士の性交において、肛門を使うことは知っている。つまりはそこを洗うということなのだろうが、恥ずかしさと何をさせられるのだろうという恐怖から肌が震えた。

四肢を丸めて身構えていると、ローザが片手サイズの小瓶を取り出した。見つめている先で瓶の蓋《ふた》が開けられ、中から薄桃色の半透明の何かが取り出される。液体のように見えたそれは、子どもの拳大の大きさで、ローザの手の平の上から垂れることもなく、楕円形の球体の形を留めたまま、プルリと揺れていた。

「それは……？」

「これは直腸の洗浄専用に養殖された、洗浄スライムだよ」

「スライム……？」

色のついた水の球体にしか見えなかったそれは、魔法や魔物が存在する隣国の生き物だった。

洗浄スライムと呼ばれているこの魔物は人工的に養殖されたもので、人を襲うような遺伝子を排除された愛玩動物の類になるらしい。スライムは雑食で、生き物の死骸なども消化して食べてしまう生き物らしく、これに目をつけた隣国の人間により、老廃物を消化し除去するスライム——つまりは直腸内を洗浄するスライムが生み出された。

「安全で、かつ綺麗に腹の中を洗浄できる生き物ということで重宝しているのですよ」

曲がりなりにも魔物を安全と呼ぶのはどうなのだろう、と思考を逸らしている間も、ローザの説明は続いた。

シュヴェリア王国ではまだ一般的ではないが、少しずつ普及してきていること。本来魔物は隣国の中でしか生きられないが、養殖スライムに関しては栄養さえ与えれば生命維持が可能なこと。その代わり、分裂も繁殖もできず、成長もしないこと等々、洗浄スライムの安全性と利便性について語られた。

(つまり、その生き物を腹の中に入れるということか……?)

魔物の存在自体は知識として知っていたが、あまりにも予想外の事態にゾッとする。体が勝手に逃げだそうとするも、それを見越したローザの『命令』が体の自由を縛った。

「ダニエル、四つん這いになって、お尻をこちらに向けなさい。『命令』だ」

「うっ……!」

気持ちは「嫌だ」と強く反抗するも、奴隷という立場と契約が行動を制限する。泣きたくなるのを必死に堪《こら》え、ヨロヨロと体勢を変えると、震える体でローザに背を向け、四つん這いになった。

「良い子だ。ああ、お尻も肉付きが良くて綺麗な形だ。これならすぐに固定客が付くでしょうね。さぁ、力を抜いて、抵抗しようとしてはいけないよ。腹の中でスライムが暴れてしまうからね」

「ひっ……！」

恐ろしい発言に小さな悲鳴が漏れるも、言い終わると同時にローザの手が臀部を割り開き、後孔にヒヤリとした物が充てがわれた。恥部が丸見えになっている羞恥に悶える暇もなく、窄《すぼ》まった肉を押し広げるように、柔らかな物がヌクリと入り込んでくる感覚に息が止まった。

「うっ……、く……っ」

痛みはなく、異物感も想像していたよりは少ない。それでも生き物らしい何かが腹の中に入ってくる感覚に、全身に鳥肌が立った。

「全部入ったね。このまま十分間待機だ。姿勢を楽にしていいよ」

「はぁ……はぁ……」

立てていた膝を崩し、ぽふりとベッドに横たわる。横向きのまま体を丸め、異物感に耐えていると、ローザがベッドの縁に腰掛け、足を組んだ。

「さて、待っているだけというのも退屈だ。これからの仕込み期間について、何か質問があれば聞いておくよ」

ゆるりと問うローザに威圧感はなく、本当に質問に答えてくれるのだろう雰囲気が見て取れた。

乱れていた呼吸を整えると、寝転んだ体勢のまま、ロイが教えてくれた疑問をぶつけた。

「なぜ、私の教育はロイではなく、オーナーがなさるのですか？　ロイが、仕込みをするのは部屋付きの仕事だと、言っていましたが……」

「ああ、それか。それはね、君を正真正銘の〝初物〟として売り出したいからだよ」

「はつ、もの……？」

どういうことだろうと困惑を混ぜた返事をすれば、ローザの緋色の瞳がゆっくりと弧を描いた。

「そのままの意味だよ。ダニエルには処女のまま、初めてのお客様にすべてを捧げてもらう」

「え……？」

「君は今まで、他者との性行為の経験がない。肉体的にも精神的にも真っ新《まさら》で綺麗な、初《うぶ》な体だ。他者からの愛撫や性的刺激を受けた経験のない、何も知らない綺麗な体に、初めての快感を叩き込み、覚えさせ、男の精で穢す……その権利を一番高い金で買い取ってくれるお客様に、君を売るんだよ」

「――」

「とはいえ、完全に処女のままではお客様も楽しめないからね。きちんと快楽を拾える体に仕上げなければいけない。小さな乳首も、今はただの排泄器官でしかないお尻も、弄られたらきちんと気持ち良くなれるような淫猥な肉に育てる必要がある。だがそこで人の手が加わったら、初物としての価値が下がってしまう。だから他の者には任せられないんだよ。主人である私自ら、君を高く売れる体に仕込んであげようという訳だ」

サァッと血の気が引いていくような感覚に、声も出なかった。そうしている間も、ローザの説明は止まらず、聞きたくもない話は続いた。

「洗浄に慣れたらアナルの拡張を。それから前立腺刺激と、口で奉仕する練習、同時進行で乳首の育成と、お客様を悦ばせるための指導をするからね。言ったように、私は極力、君には触れない。すべて道具と薬を使用して行うし、ダニエルも勝手な自慰行為は禁止だ。吐精が必要な場合は、私の目の前で自慰行為をしてもらうからね」

「ッ……」

一気に与えられた情報量に頭が追いつかない。ただ気持ちは必死に拒絶していて、フルフルと力なく首を振るも、にこやかな微笑みに一蹴されてしまう。

「恥ずかしい姿を人前で晒すのも、立派な勉強だよ。男娼として店に出るようになれば、それこそお客様のお望み通りの痴態を演じなければいけないのだからね」

それが、真実その通りなのだろう世界なのは分かっている。ただ自分がその世界を理解するには、あまりにも遠いのだ。

浅く短く漏れる吐息は震えていて、無意識の内に掴んでいたベッドのシーツには、深い皺《しわ》が刻まれていた。

「良い子のダニエル。君は処女のまま、犯される悦びに飢えた、うんと淫らな雌に育ててあげるからね」

いつかローザが例え話として口にした家畜の話。自分は正に、高い金で客に買ってもらうためだけの肉になるのだと、今になってあの時の言葉の意味を正しく理解した。

その日から、仕込みという名の調教が始まった。

スライムによる毎日の直腸洗浄は、最初の数日以降はローザの部屋に向かう前に自分で行うようにと命じられた。嫌で嫌で仕方なかったが、部屋に招かれるたび、一番最初に直腸内が綺麗か確認されるため、嫌でもやるしかなかった。

スライムの挿入に慣れると、後孔の拡張が始まった。専用器具を用いたそれは、最初は指一本分の太さから始まり、異物感と圧迫感に苦しむ中、ゆっくりと時間を掛け、少しずつ太い棒へと切り替わっていった。

同時に乳首で快感を得るための仕込みも始まり、この頃から徐々に体がおかしくなり始めた。

いわゆる媚薬と呼ばれる感度を上げる薬を乳首に塗られ、そのまま放置される。始めの頃は何も感じず、ただベッドの上に寝転んでいるだけで良かったので楽だった。それが日を追う毎に、薬を塗り込むための刷毛《はけ》を操ったいと感じるようになり、胸の突起が触れられてもいないのに、疼くような感覚を持ち始めた。それが快感の前兆だったのだと気づいた頃には、もう遅かった。

ほぼ毎日媚薬を塗られ、日が経つほどに敏感になっていく乳首に対し、ローザは決して刺激を与えなかった。ただ薬を塗り込んで放置される。そんな日々が過ぎるほど、自分の意思とは関係なく、触ってほしくて堪《たま》らないもどかしさに苛まれるようになった。もちろん自身で慰めることは許されず、日中は少しの刺激も与えないようにと、専用の胸当てのようなものを着用して過ごすよう命じられた。何も感じない日中はいいのだ。だが夜になり、胸に薬を塗られるたび、泣いて縋りたいほどのもどかしい快感に襲われた。

毎晩毎晩、乳頭や乳輪に染み込ませるかのように、念入りに媚薬を塗り込まれ、乳首はどんどん敏感になっていく。空気に触れるだけで痺れるような疼きを生む胸の突起を長時間放置され、時たま思い出したかのように薬の染みた刷毛《はけ》で撫でられる地獄のようなループ。仕込みが始まって二ヶ月が過ぎた頃には「嫌だ」「やめて」という拒絶の言葉が口から勝手に漏れるようになっていた。

当然、そのたびにローザからは叱責《しっせき》された。罰として薬の量を増やされ、途切れることのない熱の中、快楽を強請《ねだ》る言葉を口にするよう強要された。

「ダメだろう、ダニエル。素直に乳首を弄ってほしいと強請《ねだ》りなさい」

「お客様に、自分は乳首を弄られて悦ぶ雌だと言って誘うんだ」

「弄ってもらったら、きちんとお礼を言うんだよ。嬉しい、気持ちいいと言って鳴きなさい」

耳から流れ込んでくる言葉が脳を溶かすように犯し、罰から逃れたい一心で教えられた言葉を吐く。ただいくら強請《ねだ》ったところで刺激を与えられることはなく、自然と「ごめんなさい」と懇願するのが常となった。これは仕込みではなく調教だ、とようやく気づいたのはこの頃だった。

日が経つほどに抵抗する心は削ぎ落とされ、ローザの前に恥部を晒すことの恥ずかしさも減っていく。ただゆっくりと快楽に染まっていく体が恐ろしくて、それでも勝手に気持ち良くなってしまう淫らな体が嫌で、涙が溢れた。

胸や後孔を薬と道具で弄られながら、ベッドの縁に座るローザの足元に跪き、男性器を模した張り型で、口で奉仕するための練習もさせられた。

初めてそれを舐めろと命じられた時は、ボロボロになっていた精神が音もなく崩れ落ちたのが分かった。それでももう、言われるがまま従順に口を開けることしかできず、涙を零《こぼ》しながら偽物の男性器を咥えた。

「良い子だね、ダニエル。だがお客様の前で泣いてはいけないよ。美味しそうにしゃぶるんだ。いいね？」

「……はい……」

「ああ、でもダニエルは泣いた顔も可愛らしいからね。きっとたくさん可愛がって、泣かせようとするお客様も増えるだろう。ふふ、大変だね」

恐怖心を煽る言葉に身は竦《すく》み、いつまで経っても男娼として金を稼がなければいけない未来に対する覚悟は決まらなかった。

徐々に体を作り変えられていく間、ローザが性的な含みを持って肌に触れることはただの一度も無かった。その代わり、言葉で嬲られ、視線で犯され、体は刺激を求める卑猥な肉として、極限まで高められていく。

決定的な刺激は一切与えられず、乳首や後孔で達することは許されず、延々と焦らされたことで、触ってほしいと媚びて強請《ねだ》ることだけを覚えた頭と体は、限界を迎えていた。

「上手に育ちましたね。ダニエルは本当にお利口さんだ。我慢も限界でしょうし、そろそろ君の大切な初めてを捧げるお客様選びを始めようか」

ああ、いよいよか——三ヶ月掛けてじっくりと溶かされた脳は、ただ言われたことを受け入れ、黙ってローザの言葉に頷いた。

◇◇◇◇◇

「ダニエル、大丈夫か？」

ローザによる毎晩の調教が始まってからも、昼は変わらずロイの世話係として過ごしていた。よほど酷い顔をしているのか、ロイにはずっと心配されていた。流石にどんなことをされているのかまでは言えず、「大丈夫」と答えるので精一杯だったが、優しい彼は何も聞かず、皆に内緒でこっそり昼寝をする時間を作ってくれた。

「ありがとうございます。大丈夫ですよ」

「体が辛かったら言えよ？　最近は他のヤツらからのやっかみもあるだろ？」

「それに関しては、本当に大したことをされていませんから」

納得がいかないのか、顔を顰《しか》めるロイに苦笑を返す。これは本当に驚いたことなのだが、どうやら自分はローザの愛人だと思われているらしい。ここ数ヶ月、ほぼ毎晩ローザの部屋に出入りしていたため、勘違いされてしまったのだ。

男娼の中には、ローザの愛人の座に収まりたいと願う者も少なくなく、そういった者達からそれとない嫌味を言われたり、無視をされたりしていた。ただ基本的に他の男娼との関わりが少ないこともあり、特に困るようなことは起こっていなかった。

（ヴァシュフォード様の嫌味に比べれば、あれくらいなんとも――）

ふと脳裏に浮かんだ懐かしい名前。もはや思い出すことすら忘れていた日々に急に触れてしまった動揺から、ふるりと頭《かぶり》を振った。

「どうした？」

「いえ、なんでも……ところで、オーナーの愛人って、なれると何かあるんですか？」

「そりゃ〝愛人〟だからな。色々と旨味があるんだよ」

ロ一ザの愛人の時はあくまで〝愛人〟であり、男娼としての勤めもなく、店に入れる分の金も全額免除される。その上で小遣いやプレゼントがもらえるのだとロイは語った。

「オーナーは気まぐれに楽しんで、僕らは金も稼げて、お互い利益があった上での割り切った関係だ。それでも一時《いっとき》とはいえ、オーナーに可愛がってもらいたいってヤツはいるし、あわよくば身請けしてもらおうって狙ってるヤツもいるんだぞ」

身請けというのは、気に入った男娼を買い取ることだ。シュヴェリア王国では同性婚が可能なため、伴侶として望まれることもあるらしいが、ほとんどの場合は貴族や富豪の愛人として迎えられ、好いた惚れたの話から身請けされるのは稀《まれ》なのだそうだ。

「まぁ、身請けは無理にしても、どうせならかっこいい男に抱かれて、疑似的にでも恋人ごっこがしたいってヤツもいるくらいだからな」

「かっこいい……」

「オーナーは美形だろう？」

「……そうですね」

言われてみれば、初めてローザを見た時、顔が整っていると思った。だが客観的にそう思っただけで、それ以上どうこうと思うことはなかった。思い返せば、ロイを含め、この店の男娼達は皆、非常に顔立ちが整っている。高級娼館なのだから、顔の良さも強みの一つなのだろうが、今まで気にも留めていなかった。

（殿下や、ヴァシュフォード様達をいつも見ていたからかな）

王族である殿下は勿論のこと、高位貴族であったエドワルドやジルドも揃って眩《まぶ》しいほどに美形だった。彼らに慣れ過ぎてしまっていた自分は、どうやら美形というものに対して随分と鈍感になっているらしい。

そこまで考え、胸に沁み入るような懐かしさを感じ、蘇った記憶をすぐさま打ち消した。

（……今日はよく思い出すな）

もう彼らと自分は、生きる世界が違うのだ。

思い出すことすら失礼なような気がして、友と呼んで過ごしていた日々は、記憶の奥深くの底の底、自分自身でも触れられない頑丈な箱の中に無理やり押し込み、蓋《ふた》をした。

翌日から、新人男娼として客への顔見せが始まった。

とはいえ顔見せとは名ばかりで、ダニエルは視界の塞がれた仮面で目元を隠し、フロント横の豪華なガラスのショーケースの中に座っているだけだった。首には赤い薔薇で彩られた首輪が巻かれ、ショーケースの中の鎖と繋がれる。そうして『売り物』として飾られている姿を来店した客が眺め、興味が湧けば次の段階へと進むのだ。

白い絹のシャツと黒いスラックスは体のラインがハッキリと分かり、胸の突起の膨らみも隠せない。羞恥から隠したくとも『命令』で自由を奪われた体ではそれも叶わなかった。視界を塞ぎ、顔半分を隠すのは、自分が客の顔を見ないためと、客からも自分の顔が見えないようにするためだ。ローザはとことんダニエルの『初めて』を高く売りたいらしく、顔を初めて見る権利まで客に売りつけるつもりだ。

うっすらと聞こえる外界の音は、常に周りに人がいることを知らせ、一瞬も気の休まる時がなかった。視界が塞がれている状態では外の様子も分からず、誰がどんな目で自分を見ているのかも分からない。じわじわと募っていく不安と恐怖、途切れることのない緊張に徐々に精神は擦り減っていった。

そんな日々が一週間続き、いよいよその日が訪れた。

朝から湯浴みをし、体を磨かれ、最後の仕上げとばかりに昼間からローザによる調教を受ける。肉に染み込むように念入りに塗られた媚薬は、腹の中にまで注がれ、触られてもいないのに勝手に生まれる快感と、それでも決して達せることのできない地獄のようなもどかしさを生み出した。

「はぁっ……っ、はぁ……っ」

「いやらしい体を弄ってもらいたくて、堪《たま》らないだろう？　その状態を維持しなさい。今夜になれば、気が触れるほどの絶頂を味わえるからね」

ああ、嫌だ、怖い、逃げたい――心底そう思うのに、三ヶ月掛けて調教された体はようやく与えてもらえる未来の快楽を想像し、浅ましく悦んだ。

その夜、絹のローブを纏い、とある一室へと連れて行かれた。再び目隠しのための仮面を着け、恭《うやうや》しい手つきで手を引くローザに連れられて部屋の中へと踏み入れば、多くの人の声が葉擦れのように静かに響いていた。その声の多さに怯むも、強く握られた指先に『動じるな』と叱られ、なんとか動揺を隠した。

「大変長らくお待たせ致しました。今宵は当店で新たに開花しました美しい花のため、多くの旦那様にお越しいただき、心より感謝申し上げます」

部屋の中、朗々と語るローザの声が響く。『美しい花』というのは、恐らく自分のことだろう。花と呼ぶには可憐さも美しさもないだろうに……と、どこか場違いなことを考えている内に、話は本題へと移った。

「事前にお伝え致しました通り、こちらの花はまだ手折られる悦びも知らぬ純潔でございます。性交はおろか、手や唇での愛撫も知りません。口づけすら交わしたことがありません。正真正銘、誰にも穢されていない生粋の処女でございます」

直後、室内の空気が揺れ、ザワリと静かなどよめきが起こった。

（なんだ……？）

周囲の雰囲気が変わったように感じるものの、塞がれた視界では何も分からない。囁《ささや》くような声がそこかしこから聞こえてきたが、何を言っているのかまでは分からなかった。

「ですが、いくら処女とはいえ、旦那様に楽しんでいただけなければ意味がございません。きちんと旦那様にもお楽しみいただくための仕込みは済んでおります。……脱ぎなさい。『命令』です」

「ッ……」

小声で短く放たれた命令に、ピクリと体が跳ねた。恥ずかしくて恥ずかしくて、嫌で嫌で堪《たま》らない気持ちを押し殺すと、震える指先で羽織っていたローブを脱ぎ落とした。

「おお……」

瞬間、何人もの男の声が重なって聞こえた。感嘆しているような、驚いているような、僅《わず》かに色めき立った声が波のように広がる。

ローブの下、かろうじて下着は履いているものの、身につけるようにと命じられた服は、服とも呼べない薄い布切れだった。うっすらと肌が透けるような薄桃色のそれは、胸と下半身こそ覆ってはいるものの、肌を隠す役割は果たしていない。素肌をそのまま晒しているより何倍も羞恥心を煽る格好に、目元を隠した仮面の下でギュッと目を瞑った。

「ご覧の通り、些《いささ》か逞しい体付きではございますが、しなやかな筋肉とすべらかな肌は、芸術品にも劣らぬ美しさです。肉はほどよい弾力があり、肌は吸い付くような瑞々しさがございます。その上で——」

「ひっ⁉」

ローザの声が途切れた瞬間、薄い布越しに柔らかな何かが乳頭を掠めるように撫で、予想していなかった突然の刺激に、悲鳴のような嬌声《きょうせい》が漏れた。慌てて唇を引き結ぶも既に遅く、シンと水を打ったような静けさの中、羞恥から心臓がバクバクと脈打った。

「ご覧の通り、乳首の感度は限界まで引き上げておりますので、少し可愛がるだけですぐに絶頂できるでしょう。アナルは拡張済み、前立腺は多少の教育は施しておりますが、まだまだ未開発です。こちらは旦那様方の御手で、是非とも雌としての悦びを刷り込んでいただきたく存じます」

話が続く間、体の中で燻っていた熱がジリジリと広がり始める。媚薬を塗り込まれた乳首はたった一撫でで快感を生み、見えなくとも薄い布の下でピンと勃っているのが分かった。その尖った先に、いくつもの視線が突き刺さっているのが空気から伝わり、あまりの恥ずかしさに倒れてしまいそうだった。

「この美しい体を一番最初に穢し、愛撫される悦びも、雌として絶頂する快楽も、精の味も、ありとあらゆる初めてを、最初の旦那様にすべて捧げたいと思います」

弾むようなローザの言葉を最後に、騒つく客達を残したまま部屋を出た。

このあとは購入方法の説明に入るとのことだったが、最初の客は入札形式で決めるのだと聞かされた。購入希望者には購入希望額を記入するための用紙が配られ、そこに一晩の花を買うための金額を客自らに書き込んでもらう。その中で一番高い値をつけた者が、初めての客になるらしい。

「絶対に買いたいと願う者ほど、とんでもない額を書き込むものだよ」と楽しそうに話すローザに連れられ、客を迎えるための客室へと向かった。

通された豪華な部屋の中、視界に入った特大サイズのベッドに、性懲りもなく怯えが生まれる。

「ベッドに座りなさい」

「はい……」

言われるがままベッドの端に腰掛ければ、目の前に立ったローザに顎《あご》を掬われた。

「飲みなさい」

「うっ……」

有無を言わさず口の中に突っ込まれた小瓶からは、仄かに甘い液体が垂れ、言われるがまま一口分にも満たないそれを飲み込んだ。途端に体が内側から火照り始め、その急激な変化に困惑からローザを見上げた。

「これ、なに……」

「心配しなくていい。普段使っている媚薬を二倍に薄めたものだよ。より気持ち良く、よりいやらしい雌として乱れられるように、という私からのプレゼントだ」

嫌味なほど綺麗な笑顔を浮かべる男に、何か言い返したくなるが、それが許されないことは知っている。緩やかに上がる体温に呼吸が乱れ始めると、それに重なるようにローザの声が頭上から降ってきた。

「今日の顔見せはとても盛況だったよ。それだけ君を抱きたい、辱《はずかし》めたいというお客様が多いのだろう。良かったね」

「……」

これっぽっちも良いことなどない。本心から返事ができずに俯いていると、突然脳がグラリと揺れ、仰向けの状態でベッドの上に倒れ込んだ。

「……え？」

あまりに突然のことに一瞬混乱するも、視界に映るローザの顔と、背中に感じる柔らかなベッドの感触に、ようやくローザに押し倒されたのだと理解する。

「いけないいな、ダニエル。褒められたら『ありがとうございます』と言うようにと、何度も教えただろう？」

「も、申し訳ございません……っ」

責めるような口調に、怒らせてしまったかと身を固くするも、ローザの雰囲気は柔らかなままだった。

「困った子だ。そんな子だから、手放すのが惜しくなるんですよ」

「……？」

引っかかる物言いに、押し倒された体勢のままローザを見上げれば、緋色の瞳がスゥッと細められた。

「ダニエル、君に選択権をあげよう。このまま最初のお客様に抱かれ、男娼として毎晩代わる代わる色んな男共に犯される性奴隷となるか、私の愛人になって私専用の愛玩奴隷になるか、選びなさい」

「………え？」

思ってもみなかったローザの発言に、思考が停止する。なぜ、どうしてこのタイミングでそんなことを言うのか。今の状況も忘れ、目を見開いたまま固まっていると、ローザが口を開いた。

「ダニエルがあんまりにも可愛いものだからね、せっかく手塩に掛けて仕込んだのに、他の男に君の初めてをくれてやるのが少々惜しくなってしまいました。もしも先ほどの問いに対して、『ありがとうございます』と答えられていたなら、覚悟が決まったんだろうと思って見逃すつもりだったが、君は何も答えられなかった」

「っ……」

「それならば、馴染みのある私が相手をした方が、いくらかマシだろう？　大勢の見知らぬ客を相手に毎晩体を売るより、ある程度素性の知れているたった一人を相手にした方がいいと思わないかい？」

上手く働かない脳みそに、悪い薬のようにローザの言葉が染み込んでいく。彼の愛人になることで得る利益についてはロイから聞いていたが、自分がその対象になるなんて考えてもいなかった。

「お、お客様には、どう説明を……」

「なに、誰が競り落としたかなんて分からないのだから、誤魔化すのは簡単だよ。ただオーナーとしては店の利益も大事だし、私としてはどちらの選択も捨て難い。だからダニエル、君が自分で選びなさい。たくさんの男の性奴隷として体を売るか、私の愛玩奴隷として愛でられるか、好きなほうを選ぶんだ」

「――」

ああ、これは罠だ。どちらを選んでも、自らの体を売ることに変わりはない。

その上で『私を選んだほうが君にとっても得だ』と言わんばかりの響きと、こうしている間も疼きが止まらない体、何ヶ月も掛けて調教された日々と、知らない男に抱かれるという恐怖が判断力を鈍らせた。

（好きなほう、なんて……）

例えばここでローザを選んだ場合、命令ではなく、自ら進んでローザの愛玩奴隷になったことになる。愛玩という言葉を使っていても、結局は彼の性奴隷になるということに変わりはなく、それがどういうことを意味するのか――考えれば考えるほど思考の沼に沈んでいきそうになるも、それを許してもらえるような時間は与えてもらえなかった。

「さぁ、そろそろお客様の入札が終わるよ。答えられなければ、このままダニエルの初めては旦那様に捧げなさい」

「っ……！」

急かすような言い方に焦燥感に駆られる。ぼやけた思考では、どちらを選ぶことが最良かなんてもはや分からず、泣きたくなるほどの強迫観念に襲われた。

「答えられないのなら仕方ない。お客様をお出迎えする準備をしなさい」

「あっ、ま、まって……！」

「どうしました？」

「わ、私、は……」

どうせ、どちらを選んでも、男に抱かれることに変わりがないのなら……そう、覚悟を決めた時だった。何やら廊下側が騒がしく、その音が徐々にこちらに近づいてきているのが分かった。

「なんだ？」

訝しんだローザが体を起こすのと、「お待ちください！」と叫ぶ男の声が扉の向こう側で聞こえたのとほぼ同時に、見つめた先の扉が勢いよく開かれた。

「………え」

乱暴に開かれた扉の先、従業員の男を押し退け、部屋に入ってきた人物に、目が釘付けになった。

蜂蜜色に輝く揺蕩《たゆた》うような豪奢な金髪と、アメジストの瞳。長い睫毛《まつげ》に縁取られた切長の瞳も、どこか冷たさを感じる無表情も、作り物のように整った美しい顔立ちも、見間違えるはずがない。

――エドワルド・ヴァシュフォード。そこには、かつての同級生の姿があった。

「ヴァシュフォード、様……？」

次から次へと予想外のことが起こり、何に驚けばいいのかすら分からない。

記憶に残るエドワルドは、背の高さこそダニエルとほぼ変わらなかったが、その体付きはどちらかと言えば細身だった。それが今目の前にいる彼は、鍛えた肉体であることが服の上からでも分かる程度には厚みがあり、髪の毛は随分と伸びていた。それでも間違いなく、そこにいるのはエドワルド・ヴァシュフォードその人で、茫然としたままその姿を見つめた。

「どなたか存じ上げませんが、突然なんの真似でしょう？　営業妨害ですよ」

不機嫌な様子を隠しもしないローザだが、その口調は丁寧だ。身なりからエドワルドが貴族であることは察しがついているのだろう。

「何かご用があれば別室で伺いましょう。君、ご案内を――」

「用があるのは、そこにいる男に対してだ」

「っ……！」

アメジストの瞳がこちらを向いた瞬間、バチリと視線が絡み、咄嗟《とっさ》に目を逸らした。同時に自分の格好と状況を思い出し、慌てて体を隠すようにしてベッドの上で丸まった。

（み、見られた……っ）

恥ずかしさよりも、居た堪《たま》れなさよりも、申し訳なさが募った。同級生として、生徒代表として、共に学生時代を過ごしていた者が、奴隷落ちした上に男娼としてあられもない姿を晒しているなど、どれほど見苦しく、哀れに見えるだろう。重くのし掛かった現実は残酷で、更に身を小さくすることしかできなかった。

「失礼ですが、当店のお客様ではございませんね？　どういった御用向きかは存じ上げませんが、ご紹介がなければ当店はご利用――」

「紹介状ならある」

ローザの言葉を悉《ことごと》く遮ったエドワルドが斜め後ろに目を向ければ、側に控えていた彼の従者らしい男が、ローザに向かって一通の封筒を差し出した。

「……ルベール商会ですか」

それは、ダニエルが約一年半前に売られた奴隷商の名前だった。封筒の中身を確認したローザは、不愉快そうに眉間に皺《しわ》を寄せると、扉の脇で所在なさげに立ち尽くす従業員に向かって声を掛けた。

「こちらのお客様のお相手は私がする。他のお客様には、こちらの問題でお騒がせしてしまって申し訳ないと謝罪を。……花のためにお集まりいただいているお客様に対しては、ダミー対応に切り替えろと伝えなさい」

「畏《かしこ》まりました」

従業員の男は足早にその場を立ち去り、同時にパタリと扉が閉められた。シンと静まり返った部屋の中、最初に口を開いたのはローザだった。

「……それで、若き公爵閣下がこのような場所へ、どのような御用向きでしょう？」

若き公爵――その単語に目を見張る。受け取った書面に何か書かれていたのか、ローザの発言に驚くも、その感情も次の瞬間には吹き飛んだ。

「そこにいる男を所有する権利を買いに来た」

「……え？」

予想外だとかそういう問題ではない。理解の範疇《はんちゅう》を飛び越えたエドワルドの発言に固まるも、自分の反応などお構いなしに話は進んだ。

「それは身請けしたいということでしょうか？」

「違うな。奴隷として所有する権利をそのまま譲渡しろという話だ」

「身請けして自由にするのではなく、借金奴隷という立場はそのままに、主人だけを変える、と……そういう意味と取ってよろしいでしょうか？」

「間違いない」

続く会話は意味が分からなくて、良いことなのか悪いことなのかすら分からない。口を挟むことのできない空気の中、ローザがフッと息を吐いた。

「大変申し訳ございませんが、こちらの者は既に多くのお客様からの関心を買っております。当店としましても、高い利益の見込みのある者を手放すのは大変な損失でございます。いくら公爵閣下からのお申し出でも――」

「利益分に相当するだけの金は支払おう」

「こちら、ご確認ください」

エドワルドの後ろに控えていた従者の男が、部屋のテーブルの上にドンッと重厚な箱を二つ置いた。明らかな重量を感じる音に思わずビクつくも、その上に置かれた布袋の中から聞こえた『ジャラリ』という音に、中身に詰まった物の正体に気づき、息を呑んだ。

「貴公がその男を買った代金として金貨千枚、店の純利益として想定される金額として金貨五千枚、それとは別に今夜買われる予定だった代金として金貨五百枚、計金貨六千五百枚だ」

自分も、そしてローザも、目を見開いたまま固まった。

（そんな大金で私を買って、ヴァシュフォード様になんの得があるんだ……？）

ダニエルにとっては何もかもが不可解で、理解し難い状況だった。元同級生という接点以外はないに等しいエドワルドが、自分を買うことの利点も分からなければ、大金を積む行為も理解できない。なによりどうして今ここに彼がいるのか、そこからして疑問だった。

（私がここにいると、知っていた……？）

だとしたら、いつから、どうして、なぜこのタイミングで――ぐるぐると思考が渦巻く間も、エドワルドの淡々と話す声は止まらない。

「奴隷一人手放すには、まだ足りないか？」

「……恐れながら、彼の購入金額は金貨六百五十枚です。三百五十枚ほど多いようですが？」

「今日の迷惑料と思ってくれて構わない」

「処女代にしても、一晩金貨五百枚は高すぎかと……」

「高いかどうかは私が決めることだ」

「……畏《かしこ》まりました。契約書をお持ちしますので、暫しお待ちくださいませ」

そう言い残してローザは部屋を出ていき、続いてエドワルドの従者も外へと出てしまった。エドワルドと二人きりで残された部屋の中、痛いほどの沈黙が流れた。

「ぁ……あの……」

「その悪趣味な服を脱げ」

「っ……」

口を開こうとするのを遮るように、鋭い声が突き刺さり、身が竦《すく》んだ。

「他の男から与えられた物を持ち帰るつもりはない。すべて脱げ」

「は、はい……」

強い口調で命令されることに体が勝手に怖気づく。エドワルドに睨《にら》まれている中、薄絹と下着を脱ぎ捨てた。恥ずかしさから羽織っていたローブで身を隠そうとしたのだが、それも彼の手によって剥《は》ぎ取られてしまった。

「あっ」

「これ以上それに触るな。これでも被っていろ」

頭の上から被されたのは、エドワルドの羽織っていたローブだった。濃紺の厚手の生地で作られたローブの中、体を隠せる安心感からほぅっと息を吐く。

「あ、ありがとう、ございます」

「……」

礼に対するエドワルドからの返事はない。再び訪れた沈黙に、迷いつつも口を開いた。

「あの……ヴァシュフォ――」

「余計な口を利くな」

「……はい。申し訳、ございません」

ピシャリと吐き捨てるような言い方に、自分が何かを問える立場ではないのだと思い知る。それ以上顔を上げていることもできず、ローブの中に包まったまま俯いていると、ローザが戻ってきた。

そこからは早かった。ローザに買われた時の内容と支払いに関する取り決めはそのままに、所有者をエドワルドに変更するための契約が交わされた。指先を細い針で刺され、プクリと膨れた赤い血を契約書に滲《にじ》ませれば、いつかの時と同じように契約書が淡く光り、心臓を締め付けるような苦しみが一瞬の内に過ぎ去った。

「これで彼は当店の男娼ではなく、公爵閣下の所有する奴隷となりました」

契約書がローザからエドワルドの従者に手渡され、内容が確認されるのと同時に、信じられないほどの大金がローザの手に渡った。

（私は、どうやってあんな大金を彼に返せばいいんだ……）

ローザに買われた時の何倍にも膨れ上がった途方もない金額は、もはや想像の範囲を超えていて、茫然とする他なかった。一言も喋る機会を与えられないまま終わったやりとりを眺めていると、不意にローザがこちらを向いた。

「丹精込めて仕込んだのに、実に残念です。今後、もし行き場を無くすようなことがあったら、いつでも戻ってきていいからね。歓迎するよ」

そう言って伸びてきたローザの手が、頬に触れる寸前――……

「触るな」

凍えるような冷たい一言が放たれ、ビクリと体が揺れた。

「それはもう私のものだ。気安く触れるな」

「……失礼致しました。愛着があっただけに別れが惜しく……大変申し訳ございませんでした」

深々と頭を下げたローザが数歩後ろに下がったのと入れ替わるように、目元を仮面で隠したエドワルドが大股で近づいてきた。その勢いに反射的に体が逃げてしまったのだが、それが気に食わなかったのか、仮面の下でエドワルドの表情が険しくなったのが分かった。

「あ……も、申し訳ございま……」

「黙れ。そのまま口を閉じていろ」

「……はい」

新たな『主』からの『命令』に、慣れた体は従順に従う。キュッと唇を引き結ぶと、ローブの上から体に触れられたのが分かった。

（え？）

体が密着し、強い力で包まれた――そう脳が認識した瞬間、今まで感じたことのない浮遊感を味わい、驚愕から手足をバタつかせた。

「なっ……、ま、待ってください！」

「口を閉じていろと言っただろう」

有無を言わさぬ剣幕に、反射的に口を噤む。多少彼の肉体が厚くなったところで、それでもまだ自分のほうが大きい体格なのだ。にも関わらず、難なく抱き上げたその腕力に、驚愕と羞恥が同時に押し寄せた。密着した体から布越しに伝わる体温と、近づいたことで濃くなった彼の香りに、否が応でも彼の腕に抱かれているのだと実感する。

（あ、うそっ……！）

他者の温もりを意識した途端、それまで混乱と驚愕で忘れ去っていた熱が波のようにぶり返した。思い返せば、こんな風に誰かの体温を感じるのも随分と久しぶりで、ただ触れているだけなのに、心臓が忙しなく騒ぎ始めた。

触れる体温を勝手に『気持ちいい』と脳が認識し、感情が全身を巡る。徐々に上がっていく体温が恐ろしくて、頭から被ったローブの端をキツく握り締めた。

「行くぞ。……ああ、一つだけ言っておこう」

歩き出したエドワルドに合わせ、扉が開く。その手前で一度足を止めると、彼が後ろを振り返ったのが分かった。

「これがここに戻ることは、未来永劫ないと思え」

どこかに向かって放たれた一言だけを残し、扉が静かに閉じられた。

◇◇◇◇◇

大股で歩く彼の振動だけが伝わる腕の中、周囲に目を向ける勇気もなく、ローブに包まったままずっと目を瞑っていた。

幸いにして大きなローブは膝まで隠れ、裸を隠すには十分だった。それでも店の者達や出入りしている客には見られてしまう。そう思い、縮こまっていたのだが、周囲は不自然なほど静まり返り、彼の行く手を阻む者はいなかった。

あっという間に辿り着いた先は、店の裏手にある特別な客専用の玄関だった。

「お待ちしておりました」

先ほどの従者の声と共に、馬車の扉が開かれる音がする。ああ、このままどこかに連れていかれるのか……他人事のように思ったその瞬間、勢いよく玄関の扉が開かれる音がして、反射的にそちらに目を向けた。

「ダニエルッ！」

「ロイ……」

走ってきたのか、肩で息をするロイを見て、安堵《あんど》にも似た感情が込み上げる。小走りでこちらに近づいてくるロイを見つめていると、従者の男が彼との間に割って入るのが見え、咄嗟《とっさ》に叫んでいた。

「ま、待ってください！　彼は……、私の友人です！」

直後、周囲の動きが止まった。だがロイがそれ以上近づけることはなく、静まり返った空気の中、彼が従者の男に小さな包みを渡すのが見えた。

「彼の荷物です。よければ渡してください。……大変なご無礼をお許しください、閣下」

それだけ告げると、後ろに下がったロイが、その場に膝をついた。その様子をエドワルドは無言で見つめ、踵《きびす》を返すと馬車に乗り込んだ。

「っ……、ロイ！　今までありがとう……！」

馬車に乗り込む瞬間、いけないと分かっていながらロイに向かって声を張れば、彼が顔を上げた。

「元気でね」そう言ってくれているような笑顔を返してくれたロイ。その姿を遮るように、馬車の扉が閉められた。

「さっきの男は誰だ」

走り出した馬車の中、感傷に浸る間もなく問われた質問に、エドワルドの腕に抱かれたまま、体を小さくした。

「……私が身の回りのお世話をしていた、男娼の方です」

「随分と親しくしていたようだな」

「……私が不慣れなのを、色々気遣ってくださったんです」

「……ふん」

会話はそこで途切れ、馬車の中に気まずい沈黙が流れる。薬のせいで勝手に熱を上げる体が落ち着かなくて、エドワルドと密着したままの体を離そうと身動ぎするも、まるでそれを咎《とが》めるようにより強く抱き寄せられてしまい、体温は上がるばかりだった。

二人きりの密閉空間から、早く逃げ出したい……祈るような気持ちでエドワルドの腕の中に収まること暫く、ようやく馬車が止まった。促されるまま馬車を降りれば、目の前には豪邸と呼ぶにふさわしい屋敷が建っていた。

伯爵邸と比べ物にならないほどの豪邸は、柱に施された彫刻一つ取っても格の違いが分かり、長く貴族社会から離れていた身はそれだけで気後れしてしまった。

「ここは……？」

「私の家に決まっているだろう」

「え？」

「何を驚いている。他にどこへ行くというんだ」

つまり、この豪邸は公爵邸ということになる。当然と言わんばかりの態度に返す言葉もないが、まさかエドワルドの家に連れて来られるとは思っていなかったのだ。

（そもそも、私はどういう目的で買われたんだ？　ご家族の方には、なんて説明を……）

今更ながらに不安が込み上げるも、有無を言わさず再び抱き上げられ、それどころではなくなった。

「ヴァシュフォード様!? お、お待ちを……!」

「大人しくしていろと言っているだろう。何度も言わせるな」

「でも……!」

屋敷の中にはエドワルドの家族以外に、働いている者達も多くいるだろう。そんな中を横抱きにされたまま向かうなど考えられないことだった。

「お待ちください! 自分で歩きますから……!」

「何度も言わせるなと言ったはずだぞ」

「だ、だって……っ」

「……人払いはしてある。それでも怖いならローブの中に隠れていろ」

それだけ言うと、重厚な玄関扉を抜け、エドワルドは屋敷内をズンズンと進んでいく。怖いのか恥ずかしいのかも分からない感情から、顔を隠すように彼の肩口に顔を寄せたが、言葉の通り、進む先には誰の姿も無かった。

やがて辿り着いたとある一室の前。着いてきた従者の男が扉を開けて中に入ると、部屋の奥へと続く扉の先へ連れていかれた。

（……あ）

その先にあったのは、天蓋付きの大きなベッドだった。そこが寝室だと認識するのとほぼ同時に、背後で扉が閉じられる音がして、ビクリと肩が跳ねた。

（まって……待ってくれ……）

それまで目を背けるようにして考えていなかった、エドワルドが自分を買った理由。その答えを、目の前に突きつけられているような絶望を味わった。

少しの心の準備もできないまま、エドワルドの腕の中からベッドの上に下ろされる。包まっていたローブを剥《は》ぎ取られると、全裸の体が外気に晒された。

「ッ……！」

体を隠すように丸まっている間にエドワルドが服を脱ぎ、仕立ての良い服が無造作に床に落ちていく。何も言わずに服を脱ぎ始めた彼に声を掛けられるはずもなく、その先に訪れる未来を想像した体がブルブルと震えた。

上半身が露わになった彼の体は、学生時代のそれとは比べ物にならないほど逞しく、思わず目を奪われた。とはいえ、それもほんの一瞬のことで、こちらを向いたアメジストの瞳と目が合った瞬間、即座に視線を逸らして後退った。だが後ろに下がった所で、そこはベッドの上。逃げ場がないことに混乱している間に、エドワルドがベッドの上に乗り上げ、ギシリとマットレスが沈んだ。

「ヴァ、ヴァシュフォード様……！　お待ちくださ……っ」

堪《たま》らず発していた静止の声を遮るように、エドワルドによって押し倒される。柔らかなマットレスの感触を背にしたまま見上げれば、端整なエドワルドの顔が目の前にあって、その近さに心拍数が跳ね上がった。

こんな時だというのに、こうして彼と目を合わせて向かい合うこと自体、今が初めてだと気づく。

「お前の主人は誰だ？」

「……え？」

「お前の主人は誰だと聞いている」

唐突な質問と、射抜くようにこちらを見つめる瞳から、目を逸らせなくなる。

自身の立場について語るのは、それ以外の何者でもないということを自ら証明するようで、苦しくて堪《たま》らない。それでも今の自分に答えを拒めるような権利はなく、事実、金で買われた身分でしかなかった。

「……ヴァシュフォード様、です……」

「主人の名前も知らないのか？」

「エ……エドワルド様、です……」

答える声は情けないほどに震えていた。怖い訳ではない。悲しい訳ではない。悔しい訳でも、苦しい訳でもなく、ただ自分という存在が、自分以外の誰かに所有されていくような感覚に、震えが止まらなかった。

「ダニエル」

「ッ⁉」

エドワルドの口から発せられた単語に目を見張る。学生時代、名前どころか家名ですら名を呼ばれた記憶はない。その彼に名前を呼ばれたことに純粋に驚くも、続けて告げられた言葉に、苦い感情が広がった。

「お前の主人は誰で、お前は誰のもので、私達はどういう関係か、自分の口で言うんだ」

一瞬、どうしようもないほど切ない気持ちに襲われるも、その感情の逃げる先すらなく、望まれるまま答えることしかできなかった。

「……私の、ご主人様は、エドワルド様で……、私は、エドワルド様のもので……私は、ご主人様にお仕えする、奴隷です……」

「……忘れるな。お前は私のものだ」

(……え?)

答えた瞬間、エドワルドの表情がほんの少しだけ和らいだ。どこか泣いているようなその顔は、初めて見る表情で、目が釘付けになった。

「そのまま利口でいられたなら、手荒なことはしない」

「あっ……」

言葉と共に、胸元の奴隷紋の上を彼の手の平がすべった。ヒヤリと冷たい手に肌がビクつくも、たった一撫でで簡単に悦んだ体が恥ずかしくて、羞恥から逃げるように顔を逸らした。

「随分といやらしい体だな。この膨れた乳首はなんだ?」

「やっ……、見ないでくださ……!」

「隠すな。『命令』だ」

「いゃ……っ」

媚薬を投薬されてからかなりの時間が経っているものの、三ヶ月掛けてじっくりと快感を得るように調教され、焦らされ続けた乳首は、小さな火種一つで簡単に熱を帯びた。隠したくても隠せない突起は、触れられてもいないのにピンと勃ち、触ってほしいと疼く。

「この尖った粒はなんだ？　今まで何人に弄られた？」

「誰にも……っ、誰にも、弄られてないです……！」

「嘘なら仕置きだぞ」

「嘘じゃない……っ、ご……ご主人様が、初めてです……！」

「……本当だな」

「う、う……！」

コクコクと何度も頷いている間も、胸の突起を避けるように形の良い手の平が胸の上を撫で、それだけで簡単に息が上がった。

「随分とよく調教されたものだな。……ダニエル」

「は、い」

「強請《ねだ》れ」

「――！」

「欲しくて堪《たま》らないものを強請《ねだ》るんだ。そうすれば、いくらでも与えてやる。主人を喜ばせるのも、お前の役目だろう？」

エドワルドから求められた己の役目。男娼となるべく調教され、その体を買われた目的。分かりきっていたことなのに、それでもはっきりと告げられると、悲しくなってしまう自分がいた。

（……性奴隷として、買われたんだ）

どうして自分なのだろうという疑問は残るが、その答えが分かる訳でもない。ただ今は、山のような金貨を支払った『主人』のため、与えられた役目と義務を果たすために、体を差し出すことしかできないのだ。

仕込み期間中にローザから教えられたいくつもの言葉を思い出し、覚悟を決めると、羞恥に耐えながら主人に望まれている言葉を吐いた。

「ご主人様のための、いやらしい体……、いっぱい、いじめて、可愛がってくださいませ……！」

あまりの羞恥に、顔から火が出そうなほど熱くなる。耐えきれず顔を背けたが、頬に添えられた手で無理やり正面を向かされた。

「顔を背けるな」

「申し訳、ございません……っ」

「他の男に仕込まれた言葉というのが気に食わないが、まぁいいだろう。望み通り、泣くまでいじめてやろう」

「え……？　アッ……！」

不穏な言葉を残して、エドワルドの姿が視界から消えた。そう思ったのも束の間、胸の上に流れた髪の毛と吐息が肌を擽る感触に、淫らな体は勝手に期待し、悦んだ。

「ひっ……、あぁぁっ！」

熱く柔らかな舌がゆっくりと乳頭を舐め上げ、吸い上げるように口の中に含まれる。灼けるような口の中、ぬるりとした舌に胸の粒を転がされ、信じられないほどの快感が全身を駆け抜けた。

「まっひぇっ、まってくだしゃ……っ、あぁぁ……！」

長い時間を掛け、媚薬と放置を延々と繰り返されて焦らされ続けた乳首は、初めての愛撫に対し貪欲なまでに快感を拾った。舌の動きは驚くほど優しいのに、生まれる刺激は劇薬のようで、嬌声《きょうせい》がひっきりなしに口から漏れた。

「ひ……むり……っ、イッちゃ……！　イッちゃいます……！」

乳首で達することの羞恥心など一瞬で砕けた。そうなるように仕込まれた体は熱に抗えず、初めての激しい快楽を素直に受け入れた。

「ダメ……ッ、ご主人様……っ」

「好きなだけイけ」

「あっ、だめ、アッ、アッ……イ、く……ッ！」

乳首を舌先で舐められ、転がされ、他者から与えられる愛撫で初めての絶頂を迎えた。

「はぁっ……はぁ……っ、あ、や……っ」

達した余韻とジンジンとする胸の疼きに、意識がぼうっとするも、すぐさま次の波が押し寄せ、慌てて身を捩《よじ》った。

「やだ、まってください……！　今は……っ」

「泣くまでいじめてやると言っただろう。ついでに、今まで受けた調教について全部話せ。嘘も隠し事も無しだ」

「や……そんな……っ」

そこからは胸の突起を弄られながら、ローザから受けた仕込みについて、延々と説明することになった。

乳首を弄られているだけでも恥ずかしいのに、どんな行為をしたか、どんな道具を使ったか、どのくらいの時間を掛けて、どんな言葉で責められ、そのたびに体はどんな風に変わっていったか。事細かに聞かれ、そのたびに卑猥な行為の説明をしなければいけないことに、話す声にはすぐに泣きが混じった。

合間合間に「本当に私が初めてか？」と何度も聞かれ、説明が終わるまで胸への愛撫は止まらない。早く止めてほしくて、つい内容を端折って説明すれば「すべて話せと言っただろう」と仕置きとばかりに固くなった粒をいじめられ、泣いて謝る羽目になった。

「ごめんなさい……っ、アッ、ごめんなさい……！」

「言うことを聞けなかった罰だ。そのまま可愛く鳴いていろ」

結局、本当に最初から最後まですべて説明するのに、小一時間も掛かってしまった。

「はぁ……、はぁ……」

しつこいほどの愛撫からようやく解放された頃には、頭は蕩《とろ》けきっていた。

もはや何を聞かれ、なんと答えていたかも定かではない。ふわふわとした思考のままぼんやりとエドワルドを見返せば、綺麗な顔が目の前まで迫っていた。

「ん……」

キスをされる――そう思った時には既に唇が重なっていた。抱き寄せられた体はエドワルドと密着し、触れた素肌の温かさに、なぜか安心感が広がった。初めての口づけに戸惑いはあったが、口腔《こう》内《ない》を撫でる舌の動きは柔和で、自然と身を委ねていた。

(きもちいい……)

固い表情と口調から怒っているように見えるエドワルドだが、反して手つきはとても優しい。ゆるゆると緊張を溶かしていくような愛撫はひどく心地良く、恥ずかしさも薄らいでいた。

「はぁ……」

「随分と気持ち良さそうな顔をする」

唇が離れ、間近で見つめたエドワルドの表情が僅《わず》かに緩んだ。笑った顔を見慣れていないせいか、目元が柔らかくなっただけでもとても優しく見える表情にドキリとする。が、そんな悠長な気分でいられたのもここまでだった。

「あっ……!」

エドワルドの手が股の間に消え、臀部の隙間に差し込まれた。止める間もなく、濡れた指が奥の窄《すぼ》まりに入り込み、息が詰まる。

「く、ぅ……っ」

「……柔らかいな。それに熱い」

「やっ、言わないで、くださぃ……！」

肉の広がりを確かめるように指が動き回り、あっという間に二本、三本と指を増やされる。拡張済みのアナルは難なく指を飲み込むも、初めて感じる人肌と体温に驚いたように、恥ずかしい孔はキュウキュウと吸い付いた。

「ん……んっ、んぁっ」

肉の柔らかさを確かめるように動いていた指が、一気に引き抜かれ、艶《つや》を含んだ嬌声《きょうせい》が漏れた。それに恥ずかしがる暇もなく、曲げた足を折り畳むように胸元に寄せられ、恥部が丸見えの状態になる。死んでしまいそうなほど恥ずかしい格好に、声にならない悲鳴が漏れた。

「〜〜っ！」

「自分で足を持て」

「っ……、は、はい……」

「……ダニエル、お前の初めてを捧げる相手は誰だ？」

「ご、ご主人様、です……」

「ならば、きちんと言葉にしろ」

言外に「強請《ねだ》れ」と言われていることはすぐに分かった。耐え難いほどの羞恥に身が震えるも、ここまで来て逃げられるはずも、まして拒めるはずもなく、自分に与えられた役目を全うすべく、声を絞り出した。

「私の初めては……全部、ご主人様のものです……！　どうか全部、もらってくださいませ……！」

必死に考えた言葉を告げれば、エドワルドの瞳がふっと和らいだような気がした。

「……ああ。初めてから最後まで、全部もらおうか」

「え……？　あっ、ひっ……！」

気になる単語と、思いがけない表情の変化に呆けたのは一瞬で、後孔に充てがわれた指の何倍も太い肉の感触に、疑問は瞬く間に霧散した。

ぬくく、と押し広げるように体内に入り込むエドワルドの性器に呼吸ができず、声が出ない。幸いと言っていいのか痛みはないが、酷い圧迫感に耐え切れず、ポロポロと涙が零《こぼ》れた。

「はっ、はっ、はっ……」

「ちゃんと呼吸をしろ」

「は……、ひ……っ」

「……ダニエル、口を開けろ」

「ぁ……、んっ……」

落ち着いた声音に宥められ、素直に従えば、薄く開いた唇にエドワルドの唇が重なり、あやすような口づけを受けた。

驚くほど優しいキスに、体から徐々に力が抜けていく。四肢がゆるりと脱力し、持ち上げていた足が甘えるようにエドワルドの体に擦り寄ったその瞬間――ズクンッ、と蕩《とろ》けた孔に一気にエドワルドの性器を捩《ね》じ込まれ、あまりの衝撃に目の前で火花が散った。

「――ッ!!」

「……全部、入ったぞ」

「ア……は……っ」

腹の中いっぱいに、目の前の男の性器が満ちている。チカチカと点滅する視界の中、苦しさと安《あん》堵《ど》を混ぜたようなエドワルドの表情を見つめながら、はくりと息を喰んだ。

離れた唇から互いの唾液が混じった糸が垂れるも、それに構っていられる余裕などない。

苦しい、苦しい、熱い――気持ち良い。

慣らされきった腸壁は、初めて咥えた性器の大きさにギチギチと悲鳴を上げるも、確かに『気持ち良い』という感覚も生み出していた。

本当に、淫らな体になってしまった……それが無性に悲しくて涙が溢れたが、ゆるゆると動き始めたエドワルドの律動に、すぐに別の涙が混じった。

「あっ、あっ！　まって……！　ご主人さま……！」

エドワルドの腰の動きに合わせて揺れる体と、クチクチと響く僅《わず》かな水音。腸壁を性器で擦られる感覚よりも、合わさった肌の熱と、少しだけ乱れた彼の呼吸のほうが一層『性交』の香りを際立たせ、自分が今誰とセックスをしているのかを強く意識させた。

かつての同級生に性奴隷として買われ、体を繋げている現実は、果てしない背徳感にまみれていた。それでも少しずつ激しくなっていく律動は、決して現実から目を逸らすことを許してはくれず、体は待ち望んでいた快感に悦んだ。

「まって……！　ゆっくい……っ、アッ、ゆっくりしてくださ……っ！」

幸か不幸か、初めての性交にも関わらず痛みはない。それでも激しい動きは気持ち良いと思うには強すぎて、怖くて、懇願するようにエドワルドの腕にしがみ付いた。

「ごめんなさい……っ、ご主人様……、優しくっ、優しくしてください……！」

「……こういう時は抱きつくものだ」

呆れたような声が耳に届き、エドワルドの腕にしがみついていた手をそっと外されると、彼の首の後ろへと引っ張られた。何を求められているのかは分かったが、それでも抱きつくことを躊躇《ためら》っていると、腹の奥をトンッと押された。

「ひぁっ⁉」

「このまま、滅茶苦茶に抱いてもいいんだぞ」

「っ……！」

エドワルドのことだ、嘘はないのだろう。慌てて首の後ろに回した腕でぎゅうっと抱きつけば、一瞬、彼の体が強張った。

「……今後は、甘えることも覚えろ」

「……？　は、い……、あっ……」

再び始まった後孔への抜き差しは、とてもゆっくりとした動きで、じんわりとした気持ち良さが腹の底に溜まっていった。

優しいセックスに唇からは甘い嬌声《きょうせい》が漏れ続けたが、それを自覚することもできない。勝手に溢れる声を食べるように再び口づけを受け、全身をエドワルドの熱に侵されていく。

「あっ、きもち……、きもちぃぃです……」

口づけの合間、トロリと溶けた思考が口から溢れた。

瞬間、それまでの緩やかな動きが嘘のように、律動は激しいものへと変わった。

「えっ!? あっ、うそっ……！ まって！ やだっ、あぁぁっ！」

突然のことに驚くも、短時間で性交に慣れた肉は、最初の締め付けが嘘のように柔らかく性器を飲み込んだ。一切の手加減なく、激しく性器が抜き差しされるたび、内臓まで引き摺り出されるような感覚に恐怖が募った。

「ああっ！ 嫌っ、嫌だ……っ、怖い！ ご主人様……っ！」

「煽ったお前が悪い……！ もう少しだから、我慢しろ……っ」

「ひっ、ひぅっ、やぁぁ……っ」

後孔を掻き混ぜる粘着質な水音と、互いの肌がぶつかる規則的な音に、エドワルドの荒い息遣いが混じる。生々しい情事の音に鼓膜《こまく》まで犯され、快感の波が強制的に押し寄せた。

「あっ、あっ、ダメ、ダメ、ダメッ、ご主人さま……っ！」

「くっ……！」

「うあっ!? アッ……~~~っ!!」

刹那、咥えた性器が膨れた感覚に肌が粟立つのと同時に、腹の深い所を一際《ひときわ》強く叩かれ、四肢が引き攣った。腹の奥でじゅわりと広がった熱に、痺れるような快感が背筋を駆け抜け、自身の肉体が絶頂したのだと知る。

（あ……まずい……）

絶頂の波が過ぎ去った瞬間、頭がふわふわとし始めた。性交が終わったと脳が勝手に判断したのか、張り詰めていた糸がふつりと切れたかのように、体から一気に力が抜けていく。

猛烈な眠気に為す術もなく眠りに落ちる瞬間と似た感覚に抗いながら、気力を振り絞り、エドワルドに謝罪した。

「ご主人さま……、ごめ、なさ……」

「！　おい！　ダニエル！」

「——……」

抵抗も虚しく、焦ったようなエドワルドの声が聞こえたのを最後に、意識はプツリと途切れた。

変わりゆく日常

「――……？」

ふっと浮上した意識の端、視界に映った見知らぬ天蓋に、頭が一瞬混乱した。

ぼんやりとしながら体を起こそうとして、途端に走った下半身の違和感に、気を失う前までの一連の出来事を思い出したダニエルは、柔らかなマットレスの上に崩れ落ちた。

（そうだ……私は、エドワルド様に……）

なんとも言えない感覚の残る臀部に顔が熱くなる。反して平静を取り戻した頭は妙に冷め切っていて、遅れて絶望感がやってきた。

思えば、この一週間で精神は随分と擦り減っていた。商品として店に飾られている間は気の休まる時がなく、夜はローザによる調教の続く日々。肉体的にも精神的にも積み重なった疲労に加え、媚薬で必要以上に興奮状態に陥っていた体。そこにトドメとばかりに強い刺激を受けて、気が飛んでしまったのだろう。

（エドワルド様は、どうして私を……）

今更抵抗しようという気も起きないが、今になって『元同級生』という関係が、心により濃い影を落とした。

せめて自分のことを何も知らない客に買われたのなら、ここまで精神的に落ち込まなかっただろう。だが同じ学園に通い、必死になってプレジデントを目指していた自分を知っている彼に買われたという事実が、恥ずかしくて、惨めで、泣きたくて堪《たま》らなかった。

（もう、どうしようもないけれど……）

既に性交を終え、自身の痴態も、恥部も、全部見られたあとだ。『そのため』に買われたのだから、当たり前なのだが、それでも「なぜ」と思わずにはいられなかった。

（エドワルド様は、どうしてわざわざ私を買ったのだろう……）

それもあんな大金を払って……と、そこまで考え、ふとエドワルドがいないことに気づき、辺りを見回した。部屋もベッドも、意識を飛ばす前にいた場所で間違いないようだが、ぐちゃぐちゃに乱れていたリネンは真新しい物に変えられ、身は清められ、情事の跡は一切残っていなかった。

同時に、改めて見回した部屋は、明らかに屋敷の当主格が使用する品格と広さだということに気づき、嫌な予感にじとりと汗が滲《にじ》んだ。

ローザに『公爵閣下』と呼ばれていたエドワルド。まさか、この部屋は――確信めいた考えが浮かんだその時、控えめなノックの音が室内に響き、大袈裟なほどに体が跳ねた。

「失礼致します。おや？　お目覚めでいらっしゃいましたか」

音もなく開かれた扉から顔を出したのは、ローザの店でもエドワルドの後ろに控えていた従者の男だった。三十台半ばに見える彼は、紺色の髪に紺色の瞳、落ち着いた面差しの男性だった。ゆっくりと近づいてきた彼に少しだけ身構えるも、その表情はとても穏やかだ。

「あ、あの……」

「ああ、まだ起き上がってはいけませんよ。お休みになられて――」

そこまで言いかけ、彼がピタリと足を止めた。

「あの……？」

「申し訳ございません。エドワルド様はご不在のようですので、私はこれで失礼致します」

「え……ま、待ってください！　お聞きしたいことが……っ」

唐突に踵《きびす》を返した従者に、慌てて体を起こした瞬間、自分が全裸のまま眠っていたことに気づき、バッと布団で身を隠した。

「申し訳ございません！　お見苦しいものを……！」

同性なのだ。裸を見られたとて、そこまで恥ずかしいものではない。だが、恐らくはエドワルドのベッドの上、全裸で寝ている状態と、奴隷という自分の立場を考えれば、何があったかなど想像するに容易いだろう。

性行為を思わせるような姿でいたことを恥じ入り、布団の中に隠れていると、底冷えするような低い声が部屋の中に響いた。

「何をしている」

「っ……」

「旦那様……」

不機嫌そうなその声に、ビクリと体が揺れる。従者の男も明らかに「まずい」という顔をして、その身を引いた。

「大変申し訳ございません。旦那様のご不在に気づかず、入室してしまいました」

「……何もしていないな」

「誓って、これ以上お側には近づいておりません」

深々と頭を下げる従者と、眉間に皺《しわ》を寄せるエドワルド。短い沈黙のあと、エドワルドが顎《あご》で従者の男に退室を促した。

「下がれ」

「はい。失礼致します」

「あ……」

離れていってしまう背を追いかけるように、反射的に声を漏らせば、こちらを向いたエドワルドの顔が更に不機嫌になった。その表情から怒っているのは明らかで、体を硬直させていると、大股で近づいてきた彼が勢いのままベッドに乗り上げ、そのまま押し倒された。

「ひっ……」

「……なぜ怖がる？」

「こ、怖がってな……」

「嘘を吐《つ》くな」

「……お、怒って、るので……」

「なぜ怒っていると思う？」

淡々としている口調が余計に怖い。主人と奴隷という関係だけで、怒られるという行為がこんなにも恐ろしいのかと実感する。

「……申し訳ございません。分かりません……」

「お前は私のものだ。他の男の前で肌を晒すな、二人きりになるな、私以外の者に頼ろうとするな。いいな」

「………………はい」

返事はしてみたものの、今のは不可抗力だ、とつい思ってしまう。頼るなと言われても、エドワルドがいなかったからこそ、その居場所や自分の処遇について聞きたかったのに……そんな風に考えていたのが透けていたのか、エドワルドの表情はますます険しくなった。

「……不服そうだな。そんなに他の男を誘いたいのか？」

「ちがっ、違います！　私はただ、エド……ご主人様が、いらっしゃらなかったので……どこにいるのか、聞きたかった、だけで……」

「……」

言い訳がましい答えになってしまい、語尾が小さくなる。それよりも、男を誘うような人間だと思われていることがショックで瞳を伏せると、エドワルドが上体を起こした。今度はなんだろう、と様子を窺えば、いつの間にかベッドの上に転がっていた瓶にエドワルドが手を伸ばした。

栓を抜いた瓶にエドワルドは直接口を付け、中身の水を口に含む。そのまま身を屈めた彼に、一瞬でその先に起こることを悟り、慌てて目を瞑った。

「ん……」

予想していた通り、エドワルドから口づけを受け、口移しで水を飲まされた。互いの体温で温くなった一口分の水をコクリと飲み干せば、すぐに唇は離れていった。

「はぁ……」

「……喉が渇いているだろうと、水を取りに行っていただけだ」

「え……？」

「離れていた理由だ」

「あ……ありがとう、ございま、うっ……」

呆けている間に、再び水を口に含んだ彼の唇が重なり、二度、三度と、繰り返し口移しで水を与えられた。実際、初めての性交で体力を消耗していた体は水分を欲していて、渇いていた喉は心地良く潤った。

（今の言い方だと、私のためにわざわざ、みたいに聞こえてしまうけど……まさかな）

受け取り方を間違えないようにしなければ……と、浮かんだ考えを払っている間も延々と続く口づけに、小さな引っかかりはすぐに流れた。

「ん……んぅっ……」

最後の一口を飲み干すと、口づけは舌を絡ませる深いものに変わり、それと同時に胸の突起を指先で転がされ、ゾクリとした快感が走った。

「んうっ!?　ぷはっ……！　あっ、ご、ご主人様……？」

「随分と元気そうだからな。このまま仕置きを受けてもらおう」

「なん、なぜ……!?」

「他の男に肌を見せたのを、もう忘れたのか？」

「そんな……っ、だって、あれは……！」

「言い訳をすると、それだけキツイ仕置きになるぞ」

「っ……、申し訳ございま……っ、あっ、やっ、待ってください！　ご主人様……！」

――結局、その後も『仕置き』と称して延々と鳴かされ、ダニエルは再び意識を手放すことになってしまった。

◇◇◇◇◇

次に目が覚めると、既に陽は高く昇っていた。重い体でのそりと起き上がり辺りを見回せば、昨夜同様、そこにエドワルドの姿はなかった。

いつの間に移動したのか、エドワルドの私室と似た雰囲気の部屋で、一人寝かされていたことに困惑しつつ枕元を見れば、そこには小さな包みとベルが置かれていた。

（……まさか、これで誰かを呼べということか？）

家人でも客人でもない立場で、誰かを呼びつけるのは如何なものだろう。かと言って、この状態からどう動くべきなのかも分からない。誰が着せてくれたのか、夜着で体が隠れていることを確認すると、恐る恐る枕元のベルを手に取った。チリン、と控えめに鳴らせば、直後に部屋の扉をノックする音が聞こえ、慌てて返事をする。

「は、はい！」

「失礼致します」

そこに現れたのは、昨夜の従者の男だった。扉を半開きにしたまま中まで入ってきた男は、柔和な表情で恭《うやうや》しく頭を下げた。

「おはようございます、ダニエル様」

「お、おはようございます。あの、お呼び立てして申し訳ございません」

「いいえ、そのためのベルですので、どうぞお気になさらず。お体に不調はございませんでしょうか？」

「……はい。大丈夫です」

情事のことを言われているのだと思うと恥ずかしくて居た堪《たま》れないが、それよりも彼と自分の関係性が噛み合わず、困惑のほうが勝った。

(私は、奴隷として買われたんだよな……？)

身分としては確実に彼より下だ。にも関わらず、彼が自分に対して腰を低くする意味が分からず、いくつかの疑問が一挙に溢れ出した。

「あの、私は奴隷です。そのように丁寧にしていただく必要はございません」

「恐れながら、対応については旦那様からの言い付けにございますので、ご容赦くださいませ」

「……その、旦那様というのは、エドワルド様のことですよね？」

「左様でございます」

「……ここは、エドワルド・ヴァシュフォード公爵様のお屋敷ということで、お間違いないですか？」

「はい。お間違いございません」

「ご……エドワルド様は、どちらに？」

「申し訳ございません。旦那様は本日は公務のため、既に屋敷を空けております。ダニエル様のお世話は私に一任されておりますので、なんなりとお申し付けくださいませ」

「失礼ですが、あなたは……？」

「申し遅れました。旦那様の執務補佐兼執事を務めております、エミールと申します」

執務補佐というのは、文字通り当主の業務を補佐する者だ。その上で執事ということは、屋敷内での地位は相当高いだろう。そんな立場の者に奴隷の世話を任せるとは一体どういうことなのかと申し訳なさが滲《にじ》んだ直後、『他の者と二人きりになるな』というエドワルドからの言い付けを思い出し、サァッと青褪めた。

「あのっ、私は、その……っ」

「ご安心ください。私めは旦那様より許可をいただいて、こちらにおります」

事前に許可があったことにホッとしている間に、エミールが言葉を続けた。

「私が先ほど入ってきた扉は、旦那様の私室と繋がっております。私はそちらに待機しておりますので、ご用があればベルでお呼びください。こちらはダニエル様の寝室、そちらの扉は主室へと続いております。浴室等も備え付けがございますので、ご自由にお使いくださいませ。あちらには外に繋がる扉もございますが、そちらは旦那様のご意向で施錠しておりますのでご了承ください。お食事はこのあと、お部屋までお持ちします。お部屋の中であればご自由にお過ごしいただけますが、できましたら本日はよくお休みになり、お体を労《いたわ》ってくださいませ」

サラサラと言われた内容の何もかもがおかしい。どう考えても奴隷に対する待遇ではないが、それ以上におかしいことがあり、堪《たま》らず「待った」をかけた。

「お待ちください。お隣が、エドワルド様のお部屋……ですか？」

「はい。正確には寝室でございます」

「……ここが、私の寝室、ですか？」

「はい。ああ、普段は旦那様のお部屋でお過ごしいただきますが、こちらはもしもの時の避難場所として――」

「い、いえ、そうではなく！　お隣が、ご当主様のお部屋ということは……ここは、夫人部屋では……？」

「左様でございます」

「いえ、左様では……」

なんでもないことのように答えるエミールに、自分の反応がおかしいのかと心配になってくる。

エドワルドが一体どういうつもりで自分にこの部屋を与えたのかは知らないが、知らないで済まされる問題ではない。

「エミール様、恐れ入りますが、私にこの部屋は分不相応です。すぐに部屋を移りますので……」

「申し訳ございません。旦那様からのご命令ですので。それと私のことは、エミールとお呼びください」

「あぅ……で、でも……」

「先にお食事をお持ち致しましょう。それまでどうぞ、ごゆっくりお休みください」

『命令』という単語に自分は逆らえない。言葉に詰まっている間に、エミールはにこやかに部屋を出ていってしまった。

ポツンと取り残された部屋の中、茫然としながら辺りを見回す。

前公爵夫人の部屋にしては女性らしさに欠ける内装と、どことなくエドワルドの寝室と揃えられたような家具類。まるで予め用意されていたかのような部屋の様子に落ち着かない気持ちになりながら、枕元に置かれていた包みに手を伸ばした。

娼館を去る間際、ロイがエミールに渡してくれた包みを解けば、中に入っていたのは、客を取れるようになるまで無給だった自分に対し、ロイが何かと理由をつけて与えてくれた物ばかりだった。

艶《つや》やかな木製の櫛に、読みかけの小説、手遊びで刺繍を施したというハンカチ等、こまごまとした物が雑多に包まれた中身は、急いで荷物をまとめてくれた彼の姿が見えるようで、じんわりと胸を温めた。

その中に、小瓶の中で揺れる桃色のスライムも見つけ、ダニエルはホッと安堵《あんど》の息を吐いた。

「良かった……これからも、世話になるな」

今後のことを考えると洗浄スライムは必須で、荷物の中に包んでくれたロイには感謝するばかりだ。

「……名前、付けようかな」

ローザから、洗浄は自分でするようにと言い付けられてから、ずっと手元に置いていたスライム。最初こそ体内に入れることへの抵抗感から、気持ち悪くて仕方なかったが、慣れてくると段々と愛着が湧いてくるのだから不思議だ。店の男娼も一人一匹ずつ所有しており、それぞれ名前を付けているると知った時はあまり共感できない感覚だったが、今になってその気持ちが少しだけ分かった。

（もう少し、大きい瓶に移してやりたいな）

空いたジャム瓶くらいなら、頼めばくれるだろうか？　そんなことを考えながら、ベッドサイドに荷物を置くと、ぽすりと布団に横たわった。

その後、エミールの運んでくれた食事を食べ終えると、体はまた休息を求め、柔らかな布団に誘われるまま、深い眠りに落ちた。

◇◇◇◇◇

「では、食堂へご案内致します」

「よろしくお願いします……」

翌朝、まだ外も暗い時間に目が覚め、血の気が引いた。

エドワルドに昨夜の失態について、謝罪をしていない。それどころか、主人が仕事に行く時も、帰ってきたあとも眠りこけていて、挨拶の一つも無いなど大問題だ。

日付が変わっていることに慌てて飛び起きるも、夜明け前にベルを鳴らすのも隣室に向かうのも迷惑でしかなく、悶々としている内に空は明るくなっていた。

エミールが起こしに来てくれたことでようやく動けたのだが、朝から湯浴みをさせられ、有無を言わさず用意されていた服を着せられ、身なりを整えるとそのまま朝食の席へと案内された。

「あの、エドワルド様は？」

「旦那様には先に行っていただくようお伝え済みです」

（……それはつまり、お待たせしているということだろうか？）

ダラダラと冷や汗が流れるも、エミールは平然としたままだ。そもそも奴隷という立場で、当主の朝食の席に呼ばれるというのはどういうことだろう？　食事の邪魔にならないのだろうか？　と疑問が次から次へと湧き出る。

（色々聞きたいことがあるけど、まずは昨夜の謝罪と、お礼と……）

一夜にして色んなことが起こり過ぎて、頭の中はまったく整理できていない。うんうんと唸るようにエミールに続いて長い廊下を歩いていると、進む先に数人のメイドの姿が見え、心臓がギクリと跳ねた。

公爵邸に来て、初めて会う使用人。性奴隷として買われてきた自分にどんな目を向けられるか、奴隷になって初めて、人の目を怖いと思った。

奴隷商にいた時も娼館にいた時も、同じような境遇と『そういう立場』と知っている者達に囲まれていたため、劣等感や孤独に苛まれることはなかった。だがここでは違う。

使用人である彼らに対して、自分はどう振る舞えばいいのか……緊張しながらエミールのあとに続いて歩けば、あっという間にメイド達との距離は縮まった。

「……え？」

あと数歩――という距離に迫った時、メイド達が揃って壁に寄り、こちらに向かって頭を下げた。

「どうなさいました？」

「あ……い、いえ……」

一瞬、何が起こったのか分からず足が止まってしまったが、そこでエミールの存在を思い出す。

（彼に頭を下げたのか……）

自分に頭を下げたのかと勘違いしてしまったことを恥じ入るも、エミールに頭を下げたのならそれはそれで問題だとすぐに別の問題が浮上する。

彼が公爵邸において高い地位にいるのだとしたら、その彼に案内をさせている自分は一体何様なのだと悶々としてくる。その後も、何人ものメイドや従者とすれ違い、彼らが頭を下げるたびにキリキリと胃が泣いた。

（どこか人の目のつかない所に隔離してもらえないだろうか……）

爽やかな朝だというのに鬱々とした気持ちで歩くこと暫く、大きな扉の前でエミールが足を止めた。軽いノックのあと、ゆっくりと扉を開けば、広い部屋の中、大きく長いダイニングテーブルの正面に一人腰掛けるエドワルドが見えた。

「どうぞ、お入りください」

こちらを見つめる彼とバチリと目が合い、反射的に肩が揺れた。エミールに促されて入室するも、そこからどうしたらいいのかが分からず、その場に立ち尽くす。

「何をしている。こちらに来い」

「は、はい」

訝しむような声で呼ばれ、重い足取りでエドワルドの傍らまで向かうと、謝罪のため、その場で深々と頭を下げた。

「ご主人様、昨夜は与えられた役目もまともに果たせず、お手を煩《わずら》わせるばかりで、大変申し訳ございませんでした」

「……」

顔を上げないまま待つも、エドワルドからの返事はない。もしや反省の態度として、これでは不十分だっただろうか。そう思い、その場に膝をつこうとした時だった。

「おい、何をする気だ」

「え、あの……」

「いいから座れ」

(……座れ？　どこに……？)

テーブルのサイドに椅子は置かれていない。唯一エドワルドの座っている場所に椅子があるだけだが、そのダイニングチェアが不自然に大きいことにようやく気づく。

戸惑いながら固まっていると、溜め息と共にエドワルドが自身の隣をポンポンと手で叩いた。

「い、いえ、それは……」

「座れ。『命令』だ」

「うっ……はい……」

なぜ奴隷という立場で主人の隣に座ることになるのか。

理解し難い状況にガチガチになりながら、エドワルドの隣に腰を下ろす。ほんの少しだけ、エミールが止めてくれないかと淡い期待を抱いたが、ふと見れば室内に彼の姿はなく、いつの間にかエドワルドと二人きりにされていたことに愕然とした。

「こちらに寄れ」

「あっ」

二人掛けとして用意されていた椅子はそれなりの大きさがあるのに、腰を抱き寄せられたことでエドワルドの体にピタリと寄り添う体勢になってしまった。体が触れたことで昨夜の生々しい体温と行為が鮮明に蘇り、体温が上昇する。それでも離れるに離れられず硬直していると、エドワルドがおもむろに口を開いた。

「……体調はいいのか？」

「は、はい！　あの……お休みをくださり、ありがとうございました。他にも、ご面倒をお掛けして、本当に申し訳──」

「謝罪はいい。どこも悪くないな？」

「……はい。おかげさまで……」

心配されていたことに少しだけ驚くも、目の前で二度も意識を飛ばせば、流石に気になるだろう。申し訳なく思いながら、意を決して口を開いた。

「あ、あのっ」

「なんだ」

「……なぜ、私を買われたのですか……？」

未だに気持ちは落ち着かないまま、一晩の間に積もり積もった疑問をエドワルドに尋ねた。

「それを知る必要がお前にあるか？」

「それは……でも、あんな大金、どのようにお返ししたら……」

「体で返せばいい。それと、お前の借金額は元の額と変わらない。他は必要経費だ」

「ですが……！」

「これ以上答えることはない。食事の前につまらない話をするな」

「……申し訳ございません」

エドワルドにとってはつまらない話でも、自分にとっては重要な話だ。とはいえ、それ以上食い下がれるはずもなく、口を噤めば、そのタイミングでエミールが再び現れた。

「失礼致します。お食事をお持ちしました」

カートを押して入ってくる彼に、当主の隣に奴隷が座っているこの状況を咎《とが》めてもらえないかと期待を込めた眼差しを送ったが、呆気なく無視された。その上、料理をテーブルの上に並べると「ごゆっくり」という一言を残して、再びエドワルドと二人きりにされてしまった。

（給仕はいないのか？　それに、この量は……）

自分は給仕など必要ないが、エドワルドは必要だろう。給仕はおろか、何かあった時のためのメイドすらいない部屋の中、一人前にしては多すぎる料理が盛られた皿を前に戸惑っていると、エドワルドが目の前にフォークを差し出してきた。

「え、と……？」

「お前の仕事だ」

仕事とはなんだろう？　渡されたフォークで一体何をすればいいのか分からず固まっていると、エドワルドが呆れたように呟いた。

「……食べさせろ」

「えっ⁉」

聞き間違いかと思い反射的に横を向けば、間近にエドワルドの顔があり、今更になって距離の近さに恥ずかしさが込み上げる。

「早くしろ」

「は、はい」

だが羞恥に悶える時間も、疑問を消化する時間も与えてもらえない。言われるがまま、手前の皿にあったブロッコリーにフォークを突き刺すと、エドワルドの口元へと運んだ。

「ど、どうぞ」

「……」

差し出したそれを、いつもと変わらぬ無表情でエドワルドは口に入れた。咀嚼《そしゃく》している姿を眺めているのも悪いような気がして、視線を逸らすつもりで次の食材に手を伸ばそうとして、はたとあることに気づく。

(待て……これは、食べさし行為では……?)

いわゆる『あーん』をしている状態なことに気づき、動揺と共に頬が熱くなる。

エドワルドがどういうつもりでこれを『仕事』と言って与えたのか分からず、伸ばしかけた手が宙に浮くも、すぐに二口目の催促が飛んできて、問うに問えなくなる。

「あ、あの……食べづらくないですか……?」

「気にならない」

「……そうですか」

そう言いながら、エドワルドが反対側の手に持ったフォークでウインナーをプツリと刺し、それをダニエルの口元へと差し出した。

「……え?」

「食べろ」

「いえ、あの……」

「食べろ」

「〜〜っ！」

逆らえない。逆らえないのだ。正確に言えば、心底嫌なことであれば苦痛と引き換えに逆らうことはできる。だが『主人からの食べさし行為』は、恥ずかしくはあるものの心底嫌なことではなく……つまるところ、大人しく口を開けることが、自分にできる唯一なのだ。

恐る恐る口を開け、ウインナーをほんの少しだけ齧《かじ》れば、口の中に旨味と肉汁がじゅわりと広がった。

（……美味しい）

こんな状況でも味覚は正直だ。ウインナー一本でも公爵家の食事は違うんだな、と現実逃避気味なことを考えていると、エドワルドの不服そうな声が響いた。

「ちゃんと食べろ」

「んく……も、申し訳ありません」

「その謝り方は……はぁ、あとでいい」

「あ……」

小さく溜め息を零《こぼ》すと、エドワルドは自分の食べかけのウインナーを齧《かじ》った。思わず声が出てしまい、慌てて口を押さえたが、残った一口分をズイッと目の前に差し出され、眉を下げる。

エドワルドは何も言わないが、無言の圧に勝てるはずもなく、残りの一口をきっちりと口に含むと、懸命に咀嚼《そしゃく》した。

その後も、延々と食べさしたり食べさせてもらったりという不思議な食事が続いた。じわじわと恥ずかしさが積み上がる食事に、二人きりで良かった、と安堵《あんど》したのも束の間、ある違和感に気づいた。

（そういえば、他のご家族の方は……？）

大きなダイニングテーブルに置かれている椅子は、ダニエル達の座る二人掛け一脚のみ。他の椅子が無いということは、つまりこの屋敷の中で、他にこのテーブルで食事を取る者がいないということだ。

そこではたと、数年前に殿下から聞いたエドワルドの半生を思い出す。

兄ばかりを溺愛し、エドワルドには見向きもしない公爵夫妻《両親》――余計な詮索はすまいと、空いたテーブルから目を逸らすも、広々とした大きなテーブルは妙に寒々しく、寂しく見えた。

（……フローラは、どうしているだろう）

『家族』を思い出すものに触れ、ふっと脳裏に浮かんだのは妹のことだった。娼館に売られたあの日以降、家族のことは思い出さないようにしていた。

思い出したら泣いてしまいそうで、思い出すのも悪いことのようで、逃げるように考えないようにしていたのだが、今はどうしてか、懐かしい日々が堪《たま》らなく恋しく思えた。

「どうした？」

「っ、い、いえ」

エドワルドの声にハッとする。どうやらフォークを手にしたまま固まっていたらしい。慌てて目の前の人参にフォークを突き刺すと、誤魔化すための言葉を探した。

「その……お嫌いな、食べ物はございませんか？　人参はお食べになりますか？」

「……嫌いな食べ物はない」

苦し紛《まぎ》れに絞り出した質問は幼な子に対するそれのようで、内心冷や汗をかいたが、エドワルドは律儀に答えてくれた。そのままフォークを持ったダニエルの手を掴んで引き寄せると、パクリと人参を口にした。

「……お前は、嫌いな食べ物はないのか？」

「特にございませんが、お酒は少し苦手です」

「好きな食べ物は？」

「好きな……ですか？」

予想外の質問だが、妙に真剣な表情で見つめられ、正直に答える。

「キッシュが好きです」

「他には？」

「え？　えと……サーモンのパイ包み？」

「他には？」

「……トマトソースの、チキンソテー……」

「他には？」

「あの、ご主人様……？」

「他にはないのか?」

(これは、なんのための質問だろう?)

質問の意図が分からない。戸惑いながら答えるも、まるで正解を探すようにエドワルドからの質問は続き、思いつきの質問から始まった好物の話題は、食事が終わるまで続けられた。

(疲れた……)

結局、朝食を食べ終えるまで、エドワルドからの「他には?」攻撃は止まらなかった。

その間も食べさし行為は続き、咀嚼《そしゃく》している姿をじっと見られながら「他には?」と問われ、恥ずかしいやら焦るやらで、朝食を食べただけなのにぐったりしてしまった。

あまりにも「他には?」が続くので、話題を逸らすためにエドワルドの好物について尋ねたのだが、返ってきた返答はまさかの「特にない」の一言で撃沈してしまった。

(嫌いな食べ物も好きな食べ物もないって、良いような悪いような……)

少しだけ不安になる答えだったことを思い出し、思考が逸れるも、それもすぐにエドワルド本人によって引き戻された。

「ついて来い」

「はい、っ……」

言葉と共に手を握られ、その温もりにドギマギしてしまう。どうにも再会してからエドワルドの距離感がおかしい。学生時代は側に寄ることはおろか、目が合うことすら稀《まれ》だったのに、今はずっと彼に触れている気がする。

エドワルドの思考が読めず、困惑したまま手を引かれて向かった先は、庭園が一望できるサロンだった。

（わ……）

窓際が大きなガラス張りのその部屋はとても明るく、ガラス越しに見える庭園の花は目を奪われるほど美しい。暖かな色合いで纏められた室内は、居心地の良い場所であることが一目で分かった。

エドワルドは窓際に置かれたソファーに座ると、当然のように隣に腰掛けるように目で促してきた。食事の時に観念したとはいえ、慣れるものではなく、少しだけ離れて隣に座れば、咎《とが》めるように腰に腕を回された。

（なんでこんなに密着して……）

嫌な訳ではない。ただ間近に見える綺麗な顔や、揺蕩《たゆた》うような黄金の髪や、腰を抱く指先から伝わる彼の体温が、どうしようもなく落ち着かない気持ちにさせるのだ。

ソワソワしながら黙っていると、エドワルドがゆっくりと口を開いた。

「これから、お前が私の屋敷で過ごす上での決まり事を伝える」

真剣な声に、気持ちを切り替えて姿勢を正せば、アメジストの瞳がこちらを見据えた。

「与えた部屋は好きに使え。但し、私がいる時に自室に篭るのは禁止だ。寝る時は私の部屋に来てもらう。朝食は先ほどのように共に取れ。夕食は私の帰りが遅い時は使いを出すから先に済ませろ。欲しい物があればエミールに言え。屋敷から出るな。相手が男であれ女であれ、二人きりになるな。

外部の者と連絡を取ろうとするな。誰かが訪ねてきても決して顔を見せるな、喋るな。すべて『命令』だ。それ以外は自由に過ごせばいい」

「……………はい」

一気に言われた決まり事に、所々思考が止まりかけるもなんとか返事をしてみせた。それでも頭の中は混乱していて、必死になって言われた内容を理解しようとフル回転していた。

寝る時にエドワルドの部屋に行くのは、自分の務めなので分かる。屋敷から出るなというのも、奴隷という立場で好き勝手出歩けないので分かる。ただ食事のあれこれや、誰かと二人きりになるなという点は「なぜ?」と思わずにいられない。

(先ほどのようにって……毎日あれをやるのか?)

食べるのに時間も掛かるし面倒だろうと思うのだが、エドワルドが食べさし行為にこだわる理由が分からない。なによりとても恥ずかしい。

「あの、ご主人様。朝食をあのように食べるのは、時間も掛かりますし……」

「……逆らうのか?」

「いえ! 決してそのようなことは……」

「ならば言う通りにしろ」

「……はい。申し訳ございません」

「それをやめろ」

「え?」

「『申し訳ございません』と言って謝るのをやめろ。お前を使用人のように扱うつもりはない。言い方に気をつけろ」

「……はい」

（ど、どういうことだろう？）

なんだかとてつもなく難しいことを言われてしまったような気がする。使用人ではないのでそこは間違っていない。だが、ならばどのような立場と思って言い方に気をつければいいのだろうか？ 学生時代でさえ「申し訳ございません」と言っていたと思うのだが、それ以外の言い方など限られる中でどれが正解になるのか分からず、困惑しながらも会話を続けた。

「あの、与えていただいたお部屋ですが……」

「部屋を変える気はないぞ」

「うっ……」

先回りして釘を刺されてしまい、言葉に詰まる。夫人部屋を奴隷に使わせるなど、あってはならないと思うのだが、それが主人の『命令』ではどうしようもない。

「……では、ご主人様が留守の間、自由に過ごせというのは、どういうことでしょう？ 何かお仕事はないのでしょうか？」

「お前の仕事は私の相手だろう。それ以外の仕事はない。先ほどの言い付けさえ守れるなら、どこでも好きな所で好きに過ごせばいい。お前のことはエミールに一任している。分からないことがあればアイツに聞け」

『エドワルドの相手が仕事』というのは間違っていない。ただその言い方だと、まるで「私に構え」と言われているようでなんとも複雑な気持ちになる。

「他に何か質問はあるか？」

「……いいえ、ございません」

正直に言えば、色々と聞きたいことはある。フローラのこと、自分の卒業はどうなったのだろうということ、伯爵家のこと……だがフローラのことは問われても困るだろうし、そもそも「知らない」と言われるのがオチだろう。自分の卒業のことなど今更どうなることでもないし、伯父に乗っ取られた伯爵家のことなど、それこそエドワルドには無関係だ。

心配事がないと言えば嘘になるが、それに対してエドワルドを頼るのはきっと違うのだ。そう思い、ふるりと首を横に振った。

「……ならいい。こちらを向け」

言われるがままエドワルドに向き直れば、その手元には小さな宝石箱があった。

小花の装飾があしらわれた宝箱のようなそれは、とても可愛らしい。ただ、なぜいきなりそれが出てきたのか分からず、頭の中に疑問符を浮かべていると、目の前で蓋《ふた》が開けられた。

中には、大粒の紫水晶《アメジスト》が眩《まぶ》しいほどに輝く、黒いビロードのチョーカーが入っていた。

ペアシェイプカットされた石は色が濃く、それでいて鮮やかなその色は、エドワルドの瞳の色にそっくりだった。

（……え……いや、まさか……）

ただ見せるためだけに、目の前に出した訳ではあるまい。嫌な予感にそろりと隣を窺えば、表情一つ変えないままチョーカーを手に取ったエドワルドがこともなげに言った。

「一目で主人がいる奴隷だと分かるよう、首輪の代わりに着けていろ。風呂に入る時以外は外すな」

（やっぱり……！）

チョーカーを目にした時点で、うっすらと予想はしていた。ただ今問題なのはチョーカーではなく宝石だ。奴隷なのだ、首輪くらいいくらでも着けよう。だが宝石はやめてほしい。

ベゼルの装飾も華やかなペンダントトップには、アメジストだけでなく、サイドストーンに小さなダイヤまであしらわれていた。貴婦人が身に着けるそれと遜色のない輝きに、なんとか止めさせようと口を開くも、それは呆気なく阻止された。

「あの、ご主人さ――」

「私が私のものに何を身に着けさせようと私の勝手だ。『命令』だ。大人しく首を出せ」

「…………はい」

朝起きてから、まだそれほど時間は経っていないのに、既に何度となく味わった敗北感と諦めに、しおしおと頷く。

「後ろを向け」

「はい……」

自分の手で着けると言っても、聞いてもらえないのだろう。大人しくエドワルドに向けて背を向ければ、首周りを柔らかなビロードが一周した。後ろでパチリと留め具が嵌《は》められると、ほんの少しだけ首元が重くなったように感じた。

鎖骨辺りで揺れる宝石は自分の視点からは見えず、キラキラとした輝きだけを感じられるのがなんとも落ち着かなかった。

「苦しくないな？」

「は、はい。……ありがとうございます、ご主人様」

微妙な気分ではあるが、こういう時は礼を言うべきなのだろう。エドワルドに向き直り、感謝の言葉を伝えれば、なぜかじっと見つめられた。

「あの……？」

「決して外すな」

「……はい」

彼の長い指先が、遊ぶようにペンダントトップを揺らしながら鎖骨を撫でた。そのまま首筋、耳たぶ、頬と、肌の上をすべるように指が撫でる。官能的な指先はひどく優しくて、擽るようなその動きにドキドキと胸が騒いだ。

「ご、ご主人様……っ」

緩やかに迫ってきた鼻先にギュッと目を瞑れば、それを待っていたかのように、柔らかな唇が重なった。そのまま何度も角度を変え、互いの皮膚が触れるだけの口づけが長く続いた。

「ん……」

まるで恋人同士が戯《じゃ》れ合い、睦み合うようなキスに、意識がふわふわとしてくる。動揺と恥じらいは多分にあるも、そこに嫌悪感はなく、むしろ気持ち良いとすら感じていることに、体がどんどん熱くなる。

触れては離れ、離れては触れる口づけに、息も絶え絶えになり始めた頃、抱き締められていた体がようやく解放された。

「……時間だ。見送りをしろ」

「は、い……」

酸素不足でぼぅっとしていると、先に立ち上がったエドワルドに手を差し出され、戸惑いつつもその手を取って立ち上がった。この動作もエスコートのようで、互いの立場を考えるとおかしいことこの上ないのだが、それを口にできるほどの力は残っていなかった。

手を引かれて向かったのはエントランスホールで、そこには既にエミールの姿があった。

「世話を任せる。他の者達との接触に気をつけろ」

「承知しております。いってらっしゃいませ、旦那様」

あっさりと終わった主従のやりとりを眺めていると、繋がれたままのエドワルドに手を引かれ、玄関扉を出た。当主が仕事に向かうというのに、エミール以外誰も見送りにいないことに不安を覚えながら外に出れば、そこには馬車が横付けされていた。

「行ってくる」

「あ、はい。いってらっしゃ――ッ」

普通に見送ればいいのだろうか、と腰を折ろうとした瞬間、グッと腰を抱き寄せられた。

ぴったりと体が密着した状態のまま間近で見つめられ、息が止まる。エドワルドは無言だが、こちらをじっと見つめる瞳は雄弁で、何を求められているのかはすぐに分かった。

「まさか」「そんな」とは思うものの、つい先ほどのサロンでの戯れを思い出し、くぅっと小さく唸る。迷い、悩み、戸惑いながら、揺れる気持ちを無理やり固めると、自分よりも少しだけ背の低い彼に合わせ、ゆっくりと身を屈め、自ら彼の唇にキスをした。

「っ……、いって、らっしゃいませ、ご主人様……！」

もしもこの行動が間違っていたらという羞恥と恐怖で、心臓はバクバクと鳴っていたが、自身の大変な心境とは裏腹に、エドワルドの瞳は穏やかに凪いでいた。

「……いってくる。言い付けを破ったら仕置きだからな」

「……はい」

やっとの思いで返事をすれば、腰を抱いていた手がするりと解け、エドワルドは馬車へと乗り込んだ。ゆっくりと走り出した馬車を見送り、その影が完全に見えなくなると、ダニエルはヘナヘナとその場に蹲《うずくま》った。

（なんで？　なんであんな、こ、恋人みたいな……）

エドワルドの考えが全く分からない。ただ今は信じられないほど恥ずかしくて、心臓がうるさくて、震える手で情けない顔を隠すことしかできなかった。

「ダニエル様、大丈夫ですか？」

「うぁっ！　はい！」

直後、背後から声を掛けられ、飛び上がるようにして立ち上がった。

「申し訳ございません！　お見苦しい姿を……」

「いえ、旦那様が機嫌良く出発できたようで、なによりでございました」

「は、はぁ……」

（……機嫌、良かったかな？）

悪くはなかったと思うが……とそこまで考え、エミールの発言にハッとする。もしかしなくても、今の一部始終をエミールに見られていたのではないだろうか？

あまりの羞恥から俯くように顔を隠すも、エミールの態度は変わらず、平然としていた。

「旦那様からお話は伺っておりますが、本日はできましたら、このまま屋敷内のご案内をしたいと思います。いかがでしょうか？」

「あ、はい。よろしくお願い致します。あの、エミール様、いくつかお伺いしたいことが……」

「エミールと」

「う……、エミール……さん」

「なんでございましょう、ダニエル様」

「ご存じかと思いますが、私は奴隷です。恐れながら、そのように呼んでいただく身分ではございません。私に対する待遇があまりに不自然な点について、お教え願えませんでしょうか？」

過度なもてなしも、夫人部屋の使用も、何もかもがおかしいのだ。理不尽な扱いを受けたい訳ではないが、ここまで大事にされるとそれはそれで困ってしまう。

エントランスホールに戻りながらエミールに問えば、彼はゆっくりと頷いた
「そうですね。では、屋敷の中を見て回りながら、お話しましょうか」

そう言って表情を和らげた彼に続き、広いエントランスホールをあとにした。

「端的に申し上げますと、屋敷の者はダニエル様が奴隷であることを知りません」

「え？」

「訳あって旦那様の元ご学友をお預かりすることになった、とだけ伝えております。ですので、使用人達の前では奴隷云々といった発言はお控えいただけますと幸いです」

広い広い豪邸の中をエミールと共に歩きながら、思ってもみなかったことを言われ、足が止まった。

「なぜ、わざわざそのような……？」

「旦那様のご意向ですので、私にはなんとも……ただ、ダニエル様に気兼ねなくお過ごしいただくためのご配慮であることは間違いございません」

「それは……有り難いことですが、でも夫人部屋を使用するのは、流石にまずいのではないのでしょうか？　今後、奥方を迎える時に、あまりよろしくないかと……」

「そちらであれば問題ございません」

「えぇ……」

問題だらけだろうと思うのだが、エミールからも仕える主に対する不満は見えない。再び歩き出

すも、どうにも腑《ふ》に落ちないことばかりで、足取りはノロノロと遅くなった。

「でも、学友と呼ぶにはその……色々と、無理がありますよね？　その……私の、務め、ですとか……」

「ご安心ください。ダニエル様と旦那様は大変仲がよろしいということで、使用人には含んで伝えておりますので、ご心配は無用です。当家の使用人に、大事なお客様と主人の褥《しとね》事情を噂話として語るような愚か者はおりませんよ」

「ッ……！」

思わぬエミールの説明に、頬が染まったのが分かった。『大変仲がよろしい』というのは、いわゆる『そういう仲』として説明されたということだろうか？

それはそれで恥ずかしいことこの上なく、使用人達に対してどんな顔をすればいいのだと内心悶絶するが、なぜエドワルドが自分を買ったのか、ますます分からなくなってきた。

「エドワルド様は、なぜ私を買われたのでしょう……？」

「そのご質問は、旦那様には？」

「……しました」

「答えていただけましたか？」

「いいえ……」

「であれば、それ以上の答えはないのでしょう。旦那様がお答えできないことは、私もお答えできません」

「……そう、ですね」

同情や憐れみで買ったのなら、わざわざ肌を重ねる必要はないだろう。逆に自分のことが心底嫌いで、慰み者にすることで鬱憤を晴らすのが目的と考えるには高過ぎる買い物だ。ならば純粋に性奴隷として買われたのだろうかと考えるが、それはそれで色々と説明がつかない。

（エドワルド様が、何をお望みなのか分からない……）

まぁ、分かろうが分かるまいが、自分にできることは言われた通りに過ごすことだけなのだが、それはそれでまた別の問題があるのだ。

「奴隷であることを、皆様に隠しておくのは分かりました。ですが、借金はどのようにお返しすればいいのでしょう？　何か仕事を与えていただかないと……」

「旦那様から、お仕事についてはは何かお聞きしていませんか？」

「……エドワルド様のお相手をするのが、仕事だと」

「ええ、是非とも旦那様をかまってあげてくださいませ。それが最大のお仕事になります」

「構ってって……」

犬猫や子どもじゃあるまいし、と思うも、エミールの表情は真剣だ。

「旦那様はあの通り、感情の起伏が少ない方で、私としては少々心配なのです。仕事ばかりで趣味もありませんし、屋敷には寝に帰ってきているようなものです。私は、旦那様にもう少し豊かな時間をお過ごしいただきたいと思っております。そのためにも、ダニエル様のお力が必要なのです」

「……はぁ」

途中までは主人想いのエミールと、そこまで想われるエドワルドの主人としての器に感心していたが、最後の一言でよく分からなくなった。自分がいることで一体なんの役に立つというのか、疑問は尽きないが、それよりも気になることがあった。

「エミールさん、あの、お答えできないことであれば、結構なんですが……」

「なんでしょう」

「このお屋敷に、エドワルド様のご家族の方はいらっしゃらないのですか？」

「はい。今はエドワルド様がお一人でお住まいです。前公爵様でいらっしゃる大旦那様と大奥様、それと兄君のミシェル様は、今は公爵領でそれぞれお過ごしです」

「そう、ですか……」

それ以上なんと言えばいいのか分からなかった。エドワルドがいつ爵位を得たのかは分からないが、それでもまだ若輩者であることに変わりはないだろう。本来であれば、父親である前公爵が屋敷に残り、年若い公爵の足りない部分を補ったりするものだが……そこから先は、考えることができなかった。

その後もエミールに連れられ、公爵邸の敷地内をぐるりと見て回った。巨大な温室や音楽ホール、大きな噴水が目を惹く美しい庭園、私設騎士団の宿舎や鍛錬場、眺めているだけで心が躍る風景に、ふとこうして外を歩いているだけの時間すら久々なことを思い出した。

奴隷として売られ、奴隷商の下働きとして働いていた時は、野外で過ごすことがほとんどだったが、行動できる範囲はとても狭かった。

娼館に売られてからは建物の外には一歩も出られず、出られたところで見張りのいる裏庭だけで、空を見上げる機会すらほとんどなかった。

(……広いな)

高い空を見上げ、広い庭園を見渡せば、不思議と体が軽くなったのを感じた。

完全な自由とは言えなくとも、奴隷として繋がれた世界の中でしか生きられなかった一年半を思えば、ここでの生活は限りなく自由で、与えてもらえたものの大きさに、見上げた空は霞んで見えた。


「お、お帰りなさいませ、ご主人様」

陽が沈んですぐ、馬車の音が聞こえ、エミールに促されるまま玄関へと向かうと、エドワルドを出迎えた。エントランスホールには相変わらずダニエルとエミールしかいなかったが、帰ってきたエドワルドは特に気にした風もなく、真っ直ぐこちらに向かってきた。

「今帰った」

「っ……」

向かってきた勢いのまま抱き寄せられ、体が硬直する。今朝繰り広げられたばかりの濃いスキンシップを思い出し、腰に回された腕の体温と力強さにドギマギしていたのだが、抱き寄せられたまま見つめられ、じわりと汗が滲《にじ》んだ。

今朝と同じシチュエーションに、グラグラと頭が揺れる。「まさか」「もしや」と考えあぐねていると、急かすように腰を押され、肩が跳ねた。

僅《わず》かに眉根に皺《しわ》を寄せたエドワルドの表情から、それ以上悩んでいる時間などなく、背後にエミールがいる恥ずかしさを無理やり振り払うと、エドワルドの唇にそっと自身の唇を重ねた。

「……震えているな」

「だっ……て、は、恥ずかしいでは、ございませんか……」

顔が赤くなっているのが分かって、堪《たま》らず瞳を伏せれば、ふっと笑うような吐息が聞こえた。

「え……」

「早く慣れることだな。夕飯は？」

「ま、まだで……」

「エミール」

「ご用意はできております」

そう聞くなり、エドワルドは食堂に向かって歩き出し、手を引かれるまま、ダニエルはそのあとについていった。

夕食の席には給仕がおり、今回はきちんと一人一人に席があった。当たり前のことにホッとしたのも束の間、席を勧められ、困惑が広がった。奴隷という立場を隠している以上、同席を遠慮する訳にもいかず、躊躇《ためら》いつつも席に着くと、エドワルドと共に食事をとった。

談笑できる間柄でもなく、微妙な沈黙と気まずさを残しつつ食事を終えると、エドワルドの着替えを待ってから共にサロンへと向かう。サロンからは明かりの灯った夜の庭園が一望でき、絵画のような景色に魅入っていると、朝と同じ窓際のソファーまで連れていかれた。

「今日は何をしていた」

「へ？」

座るように命じられ、腰を落ち着けてすぐ、再び腰を抱かれた。それに恥じらう間もなく問われた質問に、思わず間抜けな返事をしてしまった。

「主人がいない間の行動を聞くのは当然だろう」

（あ、なるほど）

どうにもエドワルドの行動が予想外過ぎて忘れてしまいそうになるが、一応『主人』と『奴隷』という意識はあるらしい。二人きりのサロンなら、奴隷という立場を隠す必要もない。姿勢を正すと、業務報告をするつもりで、エドワルドに今日の行動範囲について伝える。

「本日はエミールさんに同行してもらい、お屋敷の中と、お庭や温室を見て回りました」

「好みの場所はあったか？」

「どちらもとても素敵な場所でございました」

「……他には？」

「他には、特に何も……エミールさんと別れたあとも、ずっと敷地内を歩いて回っていました」

「他の者と二人きりになっていないな」

「なっていません。きちんと言い付けは守っております」

「ならいい」

その『命令』の必要性は分からないが、今日は一人でずっと外を歩いていただけだ。久しぶりに外を自由に歩き回れるのが嬉しくて、忙しいであろうエミールとは早々に別れ、一人気ままに散歩をして過ごした。

「……あの、ご主人様」

「なんだ」

「その、自由に過ごすお時間をくださり、ありがとうございました」

今日一日、外を歩いている内に湧いた感謝の念。その気持ちを言葉にして伝えれば、エドワルドは目を丸くした。

「……礼を言われるようなことをした覚えはないが」

「久しぶりに、自由に外を歩くことができました。私にとっては、とても嬉しかったことなのです。感謝のお言葉だけでも、お伝えし——ッ」

言いかけて、それ以上言えなくなった。力一杯抱き締める腕の力は痛いほどで、突然の抱擁に対する驚きと圧迫される胸部に、息が詰まった。

「っ……、ご主人、様……？」

「……今の主人は私だ。過去のことは忘れろ。思い出すな」

抱き締められているため、エドワルドがどんな顔をしているのかは分からない。ただ僅《わず》かに苦さを含んだような声からは、彼の優しさが滲《にじ》んでいた。

奴隷商にいた時も、娼館にいた時も、それほど酷い目に遭ったことはない。悲しくなかったと言えば嘘になるし、辛くなかったという訳でもないが、周りの人に恵まれていたことで救われていた。

(だからそんな、傷ついたような声をしないで……)

そう言えたらいいのだが、立場上、その言葉を口にするのは難しい。せめて彼が気に病むことがないように、と言い付けられた言葉に素直に従った。

「ご主人様の、仰せのままに」

努めて穏やかに返事をすれば、そっと体が離れ、そのままゆっくりと唇が重なった。

唇が柔く触れるだけの優しいキスに、心臓がトクリと脈打つ音が聞こえた。


「何をしている。早く来い」

「は、はい」

夜も更《ふ》けた頃、湯浴みを済ませたダニエルは、エドワルドの寝室を訪れていた。

サロンで口づけを交わしたあと、会話らしい会話もないまま、二人で夜の庭園を眺めて過ごした。

ゆるりと流れる時間はどこか温かく、触れ合ったままの体温はとても心地良かった。そのまま眠ってしまいそうなエドワルドに「そろそろお休みになられては?」と声を掛けたのだが、エドワルドが休む=自分も共に寝るという決まり事があったことをすっかり忘れていた。

まったりと過ごす時間は呆気なく終了し、手を引かれるまま与えられた部屋に放り込まれ、「準備が終わったら来い」と言われ、今である。

(ナカは綺麗にしたけど……)

今から共に過ごす時間を想像するだけで火照る体に、夜着代わりのガウンの裾を握り締めた。慣れたとばかり思っていた洗浄行為だが、いざ夜伽の前の準備として行うと、これから抱かれるのだということを強く意識してしまい、ひたすらに恥ずかしかった。

視線だけで「早く来い」と呼ばれ、おずおずとエドワルドのベッドに乗り上げる。大きなベッドの上を這うように移動すると、エドワルドの隣に座り込んだ。

（……ここから、どうしたらいいんだろう？）

ローザからは、客から求められた時の答え方は教わっていたが、誘い方までは教わっていない。ひとまずガウンは脱ぐべきなのだろうか……と腰紐を解こうとすれば、その手をエドワルドに止められた。

「待て、何をしている」

「え？　えっと……夜の、お務めを……」

「……昨日、気絶した者を抱く気はない。今日はもう休むぞ」

「え……」

「なんだ？　抱かれたいのか？」

「い、いえ！　あ……いいえっ、あの、だ、抱かれたくない訳では、なくて……っ」

「……いいから寝ろ」

「は、はい！」

布団に潜り込むエドワルドに倣《なら》って、緊張で身を固くしながら彼の隣に寝そべる。ただ隣で横になっているだけと言えばそれまでだが、どうにも動悸が収まらない。

抱き締められ、キスをして、セックスもした。それなのに、並んで同じベッドで眠っているこの距離感が妙に恥ずかしく、落ち着かなかった。

(どうしよう……眠れるかな……っ!?)

忙しなく脈打つ心臓を抑えようと、こっそり深呼吸をしていると、突然エドワルドの体がぴたりと寄り添うように抱きついてきて、胸の鼓動が跳ね上がった。

「ご、しゅじ……」

「いちいち怯えるな」

「は、い……」

怯えている訳ではないが、驚いてはいる。なぜ抱き締められているのか、枕か何かの代わりだろうかと体を硬直させていると、耳元でサラリと髪の毛が流れる音が聞こえた。

「早く寝てしまえ」

「は、はい」

返事はしてみたものの、静かになるのが落ち着かず、つい言葉を続けてしまった。

「あの……ご主人様は、王城でお勤めなさっているんですよね?」

「だとしたらなんだ?」

「その……殿下やジルドは、お元気でしょうか……?」

久方ぶりに口にした二人の名前に、ほんの少しだけ、いけない気持ちになる。今までは考えることすら避けていたが、今日一日、外の空気に触れ、少しだけ気が緩んだのだろう。

殿下と幼馴染のエドワルドなら、ある程度二人の現状も知っているはずだ。一度は側近に誘われた身だ。今はもうお側に寄ることもできないが、元気に過ごされているかだけでも聞けたなら――そんな軽い気持ちで聞いたのだが、返ってきたのは予想外の反応だった。

「……？　あの、ご主人さ――ッ⁉」

突然エドワルドが身を起こし、覆い被さるように上からのし掛かってきた。あまりにも唐突なエドワルドの行動に目を白黒させるも、こちらを見下ろすアメジストの瞳には怒気が宿っていて、瞬間的に何か悪いことをしてしまったのだと悟る。

「ご、ご主人様……？」

「ベッドの上で、他の男の話をするな」

「え？」

低く呟かれた声に、思わずポカンとしてしまう。確かに殿下達は『男』だが、なぜそのように言われるのかが分からない。エドワルドが怒っていることに対する恐怖よりも困惑が勝ってしまい、しどろもどろになりながら返す言葉を探した。

「も、申し訳ございません。私は、ただ、殿下達がお元気に過ごされていらっしゃるのかが、気になって……」

「……主人と共にいるのに、他の男のことを考えていたとは、随分と余裕があるのだな」

「ちが……っ、そういう訳では……っ⁉」

「まだ反論するか。よほど仕置きがされたいらしいな」

「あっ、やっ……！」

乱暴な手つきで腰紐を解かれ、肌が露わになる。下着を身に着けることを許されていなかったガウンの下は全裸で、晒した素肌が途端に熱を帯びた。

「ご主人様……っ、も、申し訳ございません……！」

「その謝り方をやめろと言ったはずだ」

「っ……、申し訳……っ、あ、ちが……！」

「……一晩で躾けてやろう。仕置きだからな、最後まで起きていろ。気を飛ばすのは許さない」

「や……、待ってください！　ご、ごめんなさい……！　ご主人様……っ！」

その夜、仕置きと称して一切の手加減なく抱かれた。

散々泣かされ、喘がされ、頭が蕩《とろ》けるまで抱き潰され、ようやく解放された頃には、言葉遣いは完全に躾けられていた。

◇◇◇◇◇

濃厚な一日から始まった公爵邸での生活だが、以降は拍子抜けするほど平穏な日々が続いた。

その中で、毎日繰り返すことで自然とそれが〝自分の務め〟なのだと覚え、身についたいくつかの習慣ができた。

まずエドワルドとの性交は二、三日に一度の頻度で、それ以外の日は同じベッドで眠るだけだ。朝になると向き合った状態で抱き締められていることがほとんどで、目覚めると綺麗な顔が目の前にあり、心臓が飛び跳ねるという思いを何度もした。

朝はエドワルドの目覚めと共に起床し、彼の朝の身支度を手伝ったあとに、自身の身支度をする。絶対に順番が逆だと思うのだが、なぜか先に起きることは許してもらえなかった。

朝食を互いに食べさせ合うのは初日から変わらず、その後サロンで食休みをする時間も変わらなかった。サロンでゆっくり食休みをしてから、エドワルドの見送りをするのだが、見送りと出迎え時の抱擁とキスは絶対で、なぜか日を追うごとに抱擁時間は伸びていった。

エドワルドの帰宅後は夕飯を共にし、サロンやエドワルドの部屋で紅茶や酒を飲みながら、その日一日の出来事を彼に報告する。伝えることは少ないが、その分、細かく報告しながら、他愛もない会話を一つ、二つ交わす。そうして指先でチョーカーの宝石を弄るエドワルドのされるがままになっていると、次第に距離が縮まり、恋人同士が睦み合うようなキスを何度も繰り返す。

初日から何度となく繰り返した口づけは、今ではもう数えきれないほどの回数になっていて、恥ずかしいという気持ちは変わらないが、純粋に気持ち良いと感じることが多くなった。

エドワルドから言い渡された決まり事は、細かい部分での変動はあれど、基本的には最初に望まれていたことから変わらず、自分自身、それを破ろうという気も起きなかった。

日が経ち、生活に慣れると、屋敷の使用人達とも交流を持つようになった。

当初こそ周囲の視線が怖くて、使用人にはあまり近づかないようにしていたのだが、エミールを介することで、徐々にだが会話できる者が増えていった。

メイド長や侍従長とは早くから言葉を交わすようになったのだが、彼らはエドワルドが幼少の頃から公爵家に仕えており、彼のことを息子のように見守っているのが会話の端々から伝わってきた。彼らはエドワルドが同級生を屋敷に招いたことが嬉しくて仕方ないらしく、そんな彼らから優しくされるたび、騙《だま》しているようで胸が痛んだ。

完全な嘘ではない。元学友で、生徒代表として共に活動していたのは本当だ。本当なのだが、エドワルドとの間に友情はなかった。今とて友情と呼べるものはないだろう。

性奴隷として買われてきた元同級生。それ以上でも、それ以下でもないのだが、彼ら使用人の見守るような温かな気持ちを壊さぬよう、エドワルドとの関係には細心の注意を払った。

エドワルドの同級生で、訳あって長期滞在している客人で、『良い仲』と思われている節はあるものの、人前ではそういった雰囲気にはならない。

自分の設定を頭に入れて行動しながら、それとなく「ただ滞在させてもらっているのは忍びない」という気持ちを滲《にじ》ませてきたおかげか、公爵邸で生活し始めて一ヶ月が過ぎた頃には、軽い庭弄りや馬のブラッシングといった簡単な手伝いをさせてもらえるようになった。

エドワルドが屋敷を空けている日中はとにかく時間を持て余してしまうので、多少なりとも手仕事を与えてもらえたことが嬉しかった。渋い顔をするエドワルドに「お仕事をください」と懇願してなんとか許可をもらったのだが、思えば、これが初めてエドワルドに〝強請《ねだ》った〟頼み事だった。

「何か欲しい物はないか」

「え？」

ある夜のこと、ベッドに横になっていると、マットレスに座ったままのエドワルドから唐突に質問された。

「エミールが、お前が何かを欲しがったことが一度もないと言っていた」

「それは……はい。何も不自由しておりませんので……」

謎の質問に首を傾げつつ、ダニエルは自身の生活を振り返った。

広い部屋と豪華な食事を毎日与えられ、エドワルドとの日々の日課以外は仕事もなく、毎日散歩をしたり、読書をしたり、自由に過ごさせてもらっている。

衣服に関しても、夫人部屋らしい巨大な衣装部屋の中に十分過ぎるほどの服や靴が用意されていて、初めて見た時は動揺のあまり、見なかったことにして一度扉を閉めてしまったほどだ。今はその中から何着かを着回して過ごしている。

衣食住が完全に満たされている状態で、欲しい物などない。そもそも奴隷という立場で、これ以上望むことなどないだろう。満たされている、という気持ちをそのまま伝えたのだが、エドワルドはムッとした表情で眉間に皺《しわ》を寄せた。

「服はどうした？　いつも同じ服を着ているが、もっと用意していたはずだ」

「それは、必要な分だけ使わせていただこうかと……」

「お前の体格に合わせて用意した物だ。全部好きに着ればいいだろう」

「ありがとうございます。必要があれば――」

「着ろ。そのための服だ」

「……はい」

こうなると素直に従うしかない。というより、個人的には同じ服を着回していることにエドワルドが気づいていたことに驚いた。

「他に、何か必要なものはないのか？」

「ご主人様、既に十分過ぎるほどいただいております。これ以上は何も……」

そこまで言いかけて、はたと思い出す。洗浄スライム――ロロと名付けたスライムを入れている瓶だ。実はまだ、空き瓶が欲しいと言えずに過ごしていた。たかが空き瓶だが、今の自分の立場で何かを欲しいと強請《ねだ》るのは心苦しく、言い出せないまま時間が過ぎていた。

養殖されたスライム故か、感情表現らしいものが一切見えないロロだが、小瓶に入れっぱなしはやはり可哀想だ。ここは思い切って頼んでみるべきか、数秒ほど悩んだあと、恐る恐る尋ねた。

「あの、では一つだけ、いただきたい物が……」

「なんだ？」

「大きいサイズの、瓶をいただきたいです」

「……なに？」

「あの、ジャムや蜂蜜の空き瓶で結構ですので」

「……何に使うつもりだ？」

そう聞かれるのは分かっていた。気恥ずかしさから視線を逸らしつつ、もそもそと答える。

「その……洗浄スライムを、入れておく瓶が小さいので、少し大きいのに変えてあげようかと……」

洗浄スライムの存在については、買われてきたその日の尋問で説明済みで、エドワルドも知識としては知っているはずだ。愛玩動物のように接する必要はない、と呆れられそうで、布団の端で顔を隠せば、頭上から溜め息が落ちてきた。

「あ、あの、ごめんなさい。やっぱりいいで――」

「それは瓶に入っていなければいけないのか？」

「え？　い、いいえ、そういうことはないかと……」

「明日、適当な容れ物を用意させる。そこで飼えばいい」

まさか『飼っている生物』として認識されているとは思わなかった。エドワルドの発言に驚くも、ようやくロロを小瓶から移してやれそうなことに、ホッと気が緩んだ。

「ありがとうございます、ご主人様」

「お前は……」

「はい？」

「……なんでもない。もう寝るぞ」

「？　はい」

どこか落ち込んでいるような雰囲気のエドワルドが気になったが、それ以上の会話はなく、いつものように抱き締められて眠りについた。

翌日、宣言通り、一抱えもあるガラスケースをエミールから受け取った。なんとなくそのままでは寂しくて、底に柔らかなタオルを敷き、今まで使っていた瓶も中に入れると、タオル地の上にそっとロロを放した。

「ずっと狭い所に閉じ込めてて、ごめんな」

話し掛けても反応がないのは相変わらずだが、ガラスの表面をツンと突《つつ》けば、柔らかな体が返事をするようにプルリと揺れた。その様子を微笑ましく思いながら、ちょうど帰ってきたらしいエドワルドを出迎えるべく、玄関へと向かった。

「おかえりなさいませ、ご主人様」

「ああ」

すっかり馴染んでしまった出迎えの抱擁とキスを交わし、エドワルドと共に夕食の席へと向かう。今日のメインはトマトソースのチキンソテーで、ロロの件で浮き立っていた気持ちは、好物が出てきたことで更に元気になった。

「……美味いか？」

「んくっ……、はい、美味しいです」

好きな味に頬が緩んでいたのだろう。突然声を掛けられ、恥ずかしさから口元を隠しながら答えた直後、ふとあることに気づいた。

(あれ？　そういえば、今までも自分の好きな食べ物がたくさん出てきたような……)

毎日という訳ではない。ただかなりの頻度で、エドワルドに伝えた『好きな食べ物』が出てきたように思う。最初の頃は好きな食べ物が出てきても緊張でそれどころではなく、たまたまだろうと気にしていなかったのだが、思い返せば、そんなに頻繁に『たまたま』があるだろうか？

（もしかしなくても、これもエドワルド様が……？）

随分と気づくのが遅くなってしまったことに血の気が引くも、すぐに気を取り直す。ロロのガラスケースのことも含め、きちんとお礼を言おう、と頭の片隅に留めると、目の前の食事を殊更ゆっくりと味わった。

夕食後、サロンへ向かうと、そこには小さなグラスと赤ワインのボトルが用意されていた。普段は紅茶を飲むことが多いのだが、今日のエドワルドは酒の気分らしい。いつもと同じようにエドワルドの隣に腰掛けると、グラスにワインを注ぎ、そっと彼に手渡した。

「ご主人様、ガラスケースですが、エミールさんから受け取りました。立派な物をいただき、ありがとうございます」

「……ああ」

「あと、お食事も……その、私の好きな料理を揃えてくださって、ありがとうございます。気づくのが遅くなってしまって、ごめんなさい」

「……ああ」

（あ、あれ？）

なぜか元気がないエドワルドの様子に、首を傾げる。エドワルドの返事が素っ気ないのはいつものことだが、それにしても反応が薄いことが気になった。

もしや自分の勘違いで、食事の件は本当にたまたまだったのだろうか？　だとしたら恥ずかし過ぎる。気まずさから視線を泳がせていると、エドワルドがこちらを見つめた。

「……食事は口に合っているか？」

「は、はい。とても美味しいです」

「食べたい物があれば、エミールに伝えろ。料理人にも話は通しておく」

「ありがとうございます。でも、好物でなくとも、どのお料理もとても美味しいですよ」

「……そうか」

そう言って黙ってしまったエドワルドに、脳内では疑問符がいくつも浮かぶ。

（なんだ？　何か間違えてるのか？）

昨日の夜からエドワルドの様子がおかしい。一言しか返ってこないのは常だが、その表情がどうにも気になるのだ。ほんの少しだけ下がった眉と薄く寄せられた眉根。これだけ見ると不機嫌なのだろうかと思うのだが、どちらかと言えばその表情は寂しい、悲しいといった類のものに見えた。

（どうしよう……もしかして、感謝の気持ちが足りないのかな？）

焦る気持ちを抑えつつ、懸命に言葉を探しながら、体ごとエドワルドに向き直った。

「ご主人様。いつも私のことを気遣って色々とご用意してくださり、ありがとうございます。美味しい物が食べられて、自由に過ごすことができて、皆さんのお手伝いもさせていただけて、私はとても嬉しいです。本当にありがとうございます、ご主人様」

真っ直ぐ目を見て感謝の気持ちを伝えれば、アメジストの瞳が僅《わず》かに煌《きら》めいた。

「……不自由がないなら、それでいい」

表情を隠すように、すぐに顔を逸らされてしまったが、返事の声を聞く限り、エドワルドの機嫌は直ったようだ。どうやら感謝の言葉が足りなかったらしい。

よくよく考えなくとも、奴隷としては信じられないほどの高待遇だ。もっときちんと感謝の気持ちを伝えていこう、と一人決意していると、不意にエドワルドの手が自身の手と重なった。

「っ⁉」

恋人同士が手を繋ぐ時のように、互いの指先を絡めるように握られ、ドキリとする。腰を抱かれるのは毎日のことだが、こうして絡めるように指先を握られるのは初めてのことで、途端にソワソワと落ち着かない気持ちが広がった。

「ご主人様……？」

様子を窺うように呼び掛けるが、エドワルドの表情は変わらず、ゆっくりとワイングラスを傾けていた。そうこうしている内に、肩に彼の頭が寄り掛かり、眩《まばゆ》いほどの金色の髪がサラリと肩口に流れた。上質な絹のような髪が自身の体の上をトロリと撫でる様はどこか官能的で、感じるはずのない熱を服越しに感じ、トクリと胸が鳴った。

身動きが取れないまま、静かに流れる時間を過ごしていると、エドワルドの声が触れ合った体の表面を伝って聞こえてきた。

「他に、欲しい物はないか？」

「えぇと……」

昨日も問われた質問に、今度こそ閉口する。本当に十分過ぎるほどもらっているのだ。ロロの住処問題も解決した。これ以上欲しいものはない。だがここで「何もないです」と答えることが、エドワルドの求めている返事でないことは明らかだ。

なんとかして『欲しい物』を探すも、今すぐ思いつくものがない。悩み、悩んで、考えて——はたと、初めてエドワルドと交わった日に言われた言葉を思い出す。

『今後は、甘えることも覚えろ』

前後のやりとりについては、肉体的な衝撃が大きかったせいか、もう朧げにしか覚えていない。ただ「甘えろ」と言われたことが印象的で、その音が耳に残っていた。もしや今のこの状況は、遠回しに甘えて強請《ねだ》れと言われているのだろうか？

(どうしよう……)

うんうんと唸りながら、視線を泳がせている間も、繋がった手の平が落ち着かなくて思考がまとまらない。ぐるぐると渦巻く思考の中、テーブルの上に置かれたままのワインのボトルが目に映り、それに続いてエドワルドが手にしたグラスに視線を移せば、その中にはまだ数口分のワインが入っていた。

「……っ」

浮かんだ考えに、耳が熱くなる。正直、この『答え』で合っているのかなんて分からない。ただこれ以上黙っていることも難しく、また他の答えが見つからないのだ。

羞恥を堪《こら》え、乾いた唇を少しだけ舐めると、ダニエルは腹を括った。

「あの……では、一つだけ……」

「なんだ？」

「ご、ご主人様の飲んでいるワインを……ひ、一口だけ、いただきたい、です」

「――」

自分でも顔が真っ赤になっているのが分かる。エドワルドは今までにないほど目を真ん丸に見開き、驚愕の表情をしていたが、次の瞬間にはその表情をふっと緩めた。

（あ……笑った……）

珍しいエドワルドの表情に目を奪われるも、言葉の意味を正しく理解してくれた彼に、即座に腰を抱き寄せられた。鼻先が触れるほど近づいた綺麗な顔《かんばせ》に、ほわりと和んだ気持ちは瞬く間に霧散した。

「一口でいいのか？」

「そっ、それ以上は、飲めませんから……っ」

「ふっ、そうだったな。次からは、一緒に果実水でも用意しておこう」

「あ……、ん……」

強請《ねだ》った通り、一口だけワインを口に含んだエドワルドから口づけを受け、苦いアルコールの味が口の中に広がった。

「ふ……うぅ……っ」

鼻腔に抜けるワインの香りと、舌の上に広がる苦い味。喉を焼くようなアルコールに、堪《たま》らず呻き声が漏れた。味わう余裕などなく、すぐさまコクリと飲み込めば、体が一瞬で熱くなった。その間もエドワルドの唇は離れず、ワインの味が残る柔らかな舌が咥内《こうない》を舐め、ゾクゾクとしたものが背筋を駆け抜ける。

「ん……、んぁっ、は……ごしゅ、ぅ……っ」

そのままソファーに押し倒され、長い長い口づけを受けた。咥内《こうない》で響く水音は、唾液とアルコールが混じった熱いもので、頭がクラクラし始める。

苦くて、熱くて、苦しくて、舌が溶けてしまいそうな甘い口づけから解放された時には、酸欠でまともに話すこともできなくなっていた。

「はぁ、はぁ……ぁ……」

「……蕩《とろ》けた顔をして、このまま襲われても文句は言えないぞ」

「はぁ……、や……ここ、や、です」

「ここじゃなければいいのか？」

「……私は、ご主人様の、ものですから……」

「……酒に弱過ぎるというのも考えものだな」

「ん……」

呟くような一言を零《こぼ》すと、最後に触れるだけのキスをして、エドワルドの体は離れていった。

ゆっくりと上体を引き起こされ、ぽぅっとしていると、エドワルドの手が頬を撫でた。

「無理をさせたな」

「んん……」

ふるふると首を横に振りながら、エドワルドの手に頬を擦り寄せる。ひんやりとした手は火照った頬に心地良く、無意識の内に甘えるような行動をしていた。

「……あまり可愛いことをするな」

「……？」

「なんでもない。部屋に戻るぞ。……今日はしないからな。早く寝ろ」

「はぃ……」

一瞬、引っ掛かる単語が聞こえたが、アルコールの回った頭はふわふわとしていて、気づけば何を言われたのかも忘れてしまった。

寝室へと向かう道中、エドワルドが「何か欲しい物がないか考えておけ」と言っていたことも、この時のダニエルの脳には届いていなかった。


その翌日から、エドワルドから贈り物をもらうようになった。

贈り物といっても、チョーカーのような宝石の類ではなく、彼曰く『土産』と称した物ばかりだが、それでも困惑は募るばかりだった。

帰宅したエドワルドを出迎えると、数日に一度のペースで土産を渡されるのだ。それは小さな花束や、小さな菓子の包みといったささやかな物ばかりで、遠慮するのも憚《はばか》られ、毎回礼を言って受け取っていた。ただどこかで止めなければと思い、五回目にようやくやんわりとお断りしたのだが、薄々予想していた通り、エドワルドにはムッとした顔をされてしまった。

結局断りきれず、なし崩しのままエドワルドからの土産を受け取る日々だった。

（どうしようか……）

どれもこれも、本当にささやかな物ばかりなのだが、受け取りっぱなしは良くない。だが何かお返しをしようにも、自分から返せるような物はない。どういう計算かは分からないが、奴隷として契約した際の賃金が自分には支払われているらしく、それらはすべてエドワルドへの返済に当てていた。返済分以外は生活費として納めてほしいと伝え、エミールに無理やり預けた。そのため、今のダニエルは完全に無一文だった。

物や金銭以外となると、体で返すくらいしかないのだが、エドワルドに買われてから約三ヶ月、自分からの奉仕は頑《かたく》なに拒まれており、エドワルドから求められない限り、体を繋げることもない。となると、もっと他のことで何かお返しをしなければいけないのだが、何をお返ししたらいいのか、皆目検討もつかなかった。

「ダニエル様、そんな難しく考えんでいいんですよ」

自力で思いつかないのなら、他の人に聞こう。そう思い立ち、相談に行ったのは、庭師のアラン爺さんだ。

真っ白な口髭と恰幅のいい体格、人の良さそうな顔をしたアランは、庭弄りを手伝うようになってから会話をする仲になった。彼も長く公爵家に仕えている庭師で、気さくな雰囲気と会話のし易さから今回の相談相手に選んだ。因みにだが、エミールとアラン、メイド長と侍従長の四人は、エドワルドから命じられた『他の者と二人きりになるな』という決まり事の対象外だ。

「難しく考えないのが難しいのですが……」

アランが切り揃えた垣根から落ちた葉を箒で掃きながら肩を落とせば、髭を揺らすような明るい声が返ってきた。

「ほほ、考えなくていいんですよ。エドワルド坊っちゃまに、直接聞きなさったらよろしい」

「え」

「お返しがしたいと、聞いてみなされ。エドワルド坊っちゃまの喜ぶものは、坊っちゃまにしか分かりませんからな」

当然と言わんばかりの発言に一瞬呆けるも、シンプルに考えたらその通りだ。その通りなのだが、自分はあくまでエドワルドの奴隷だ。奴隷の分際で、主人に「お返しがしたい」と言うのは烏滸がましいことではないだろうか、という不安が顔を覗《のぞ》かせた。

（ただの友人なら、気軽に聞けるんだろうけど……）

自分とエドワルドを友人だと思っているアランだからこそ、言える言葉だろう。純粋で、簡単なことだからこそ、今のダニエルには難しかった。

「大丈夫ですよ。エドワルド坊っちゃまも、ダニエル様からのお返しなら、なんでも喜んでくださいますよ」

「……そうだと嬉しいです」

鈍い反応の自分を心配してか、殊更明るく笑ってくれたアランに笑い返す。

言われた通り、まずはエドワルドに聞いてみようか……小さく頷くと、人知れず気合いを入れた。

「あの、ご主人様」

「なんだ」

その日の夜、ベッドの上でエドワルドと向き合うと、彼を真正面から見つめ、自身の気持ちを告げた。

「いつもお花やお菓子をありがとうございます。とても嬉しいことなのですが、私の立場で何かをもらい続けるというのは、あまりよろしくないかと思いまして……」

「……借金に上乗せするつもりはないぞ」

「い、いえ！　そういうことではなく……その、いただきっぱなしはいけませんので、何かお返しできることがあれば、したいのです。できることは限られていますが、ご主人様のお望みがあれば、な、なんでも致しますので……！」

「……」

言外に『性的奉仕でもなんでもする』という意味を込めて言ったことに恥ずかしくなるも、エドワルドはキョトンとした表情でこちらを見つめ返すだけだった。あまりにも反応が薄いので、やはり早まってしまっただろうか、と不安を募らせていると、長い沈黙のあと、ようやくエドワルドから返事が返ってきた。

「……なんでもいいのか？」

「は、はい！」

「……なら、次の休みの日は、一日私に付き合え」

「へ？」

思ってもみなかった返事にポカンとする。これまでも、エドワルドが休日の日は共に過ごしていたはずだ。朝はゆっくり目覚め、三食を共にし、サロンで読書をする彼の隣で大人しくしていた。離れている時間のほうが短いくらい、一緒にいたと思うのだが、それが彼の望みならば、とコクリと頷いた。

「分かりました」

「何をするのかは、聞かないのか？」

「なんでもしますと、言いましたから」

共に過ごしてまだ三ヶ月強だが、彼が理不尽なことや酷いことをする性格ではないことは知っている。仕置きと称したセックスの時でさえ、激しくはあるものの、苦痛を受けたことはないのだ。

大丈夫だと思えるからこそ、力強く返事をすれば、エドワルドの口元が少しだけ柔らかな形に変わった。

「いいだろう。覚悟しておけ」

その声は、とても優しかった。

それから数日後、エドワルドの休日の日を迎えた。朝一番の仕事であるエドワルドの支度を手伝い、自身の身支度のために一旦退室しようとすると、背後から呼び止められた。

「今日はこれを着ろ」

手渡された真新しい服を不思議に思いながら、自室に戻って着替えれば、はたとあることに気づいた。

（エドワルド様の服とお揃い……？）

完全に一緒ではないのだが、施された刺繍の模様や形は同じで、隣に並べば揃えて誂《あつら》えたことが一目で分かるだろう。揃いの服を身につけることに疑問を抱きながらエドワルドの元へと戻ると、共に朝食の席へと向かった。

心情的には慣れないが、動作的にはすっかり慣れた朝食を終え、一休みのあとに連れていかれたのは、玄関脇に停められた馬車の前だった。御者の席にはエミールが座り、朗らかな笑顔を向けてくれた。

「え……あの……？」

「早く乗れ。出掛けるぞ」

エドワルドに急かされ、戸惑いながらも馬車に乗り込む。

緩やかに走りだした馬車の振動は随分と懐かしく、最後に乗ったのはエドワルドに買われ、娼館から公爵邸へと来た時だったと思い出す。あの時と同じように隣り合って座りながら、流れていく外の風景を眺めている今が、なんとも不思議に思えた。

（あの時は何がなんだか分からなくて、エドワルド様が少し怖かったな）

今も無表情は変わらず、口数も少ないが、彼を怖いと思うことはなくなった。絡めるように握られた指先はもどかしく、落ち着かないが、二人だけの静かな空間はとても居心地が良かった。

そのまま王都を出た馬車に揺られること約一時間。辿り着いたのは、周囲を木々で囲まれた小さな湖だった。

「ここは……？」

「公爵家が所有している私有地だ」

（公爵家の私有地にしては、屋敷とは随分と趣きが違うな……）

湖の畔《ほとり》には小じんまりとした二階建ての家があり、その佇まいは普段から人の手が入っていることが分かった。良く言えば素朴で、個人的にはとても好ましい場所だが、あの恐ろしく広い敷地に建つ公爵邸との落差に、私有地と言われてもいまいちピンとこなかった。

「元は兄が幼少期に療養していた場所だ。自然の中で生活したほうが体に良いと、両親がこの辺りの土地を買って、家を建てた」

「そ、うでしたか」

思いがけずエドワルドの家族の話題に触れてしまいドキリとするも、本人は気にした風もなく、平然としていた。

「あの、私はここへ来てよろしかったのでしょうか？」

「ダメなら連れてきていない」

「……愚問でした」

馬車を降り、周囲を見回せば、長閑《のどか》で美しい光景が広がっていた。木々の間からは木漏れ日が降り注ぎ、水面はキラキラと光を反射する。周囲には野花が溢れ、どこからか聞こえる小鳥達の囀《さえず》りだけが響いていた。

「素敵な場所ですね」

「気に入ったか？」

「はい。とても」

「……今日はここで過ごす。エミール」

「すぐにご準備致します」

「あ、手伝いま――」

「お前はこっちだ」

エドワルドに手を引かれて連れていかれたのは、家の中だった。外観よりも幾分凝った造りの内装は、木の温もりが落ち着く素敵な空間だった。

「素敵なお宅ですね」

「こういうのが好みか？」

「はい、落ち着きます。勿論、公爵家のお屋敷も、とても素敵ですよ」

「……今日は外で過ごす。茶の準備を。お前の分もだぞ」

「はい、ご主人様」

言われた通り、エミールが持ち込んでくれた茶器をトレーに並べ、部屋の奥にあったキッチンで湯を沸かす。水周りや火を起こす設備も定期的に点検しているのか、問題なく使えた。ティーカップを温めながら、皿に焼き菓子を並べていくのだが、その様子を隣で無言で見つめるエドワルドの存在が気になって仕方なかった。

「あの、ご主人様？　どうなさいました？」

「手慣れているな」

「お屋敷のお手伝いの際に、エミールさんにお茶の淹《い》れ方を教えてもらいましたから」

「……誰かに茶を淹《い》れたのか？」

「え？　いいえ、自分でいただく分を練習させてもらいました」

「……ならいい」

少ない会話を終え、茶器を載せたトレーをダニエルが持ち、軽食などが入ったバスケットをエドワルドが持つと、共に湖畔《こはん》へと向かった。陽射し避けの幕が張られた一角には、広い敷布が敷かれ、クッションが並べられた寛ぎ空間ができ上がっていた。

「ごゆっくりお過ごしくださいませ。旦那様、ダニエル様」

そう言い残してエミールは立ち去り、そよ風が頬を撫でる林の中、エドワルドと二人きり残された。

「紅茶を」

「はい」

二つのティーカップに茶を注ぎ、エドワルドの分には砂糖を二つ溶かして渡す。彼が紅茶に砂糖を二つ入れることも、共に生活している中で覚えた。エドワルドがティーカップに口を付けるのを待ってから、自分も一口飲めば、渋味のないストレートの茶の風味が口の中に広がった。

「……美味いな」

「ありがとうございます」

「好きに過ごせ。私は少し横になる」

「えっ、ご、ご主人様……!?」

ティーカップをソーサーに戻すと、エドワルドが突然ゴロリと寝転び、ダニエルの太腿に頭を乗せた。唐突な膝枕に驚き、ティーカップの中身を零《こぼ》さなかったのは奇跡だと思う。

「わ、私の膝では、寝心地が悪いかと……！」

「静かにしていろ」

「……はい」

人生で初めての膝枕にどうすればいいのか分からない。困惑と動揺でオロオロしている間に、エドワルドはクッションを抱き抱え、目を閉じてしまった。寝づらいだろうと思うのだが、下手に動くこともできず、深呼吸を繰り返して気持ちを落ち着かせた。

揺蕩《たゆた》うような金髪が自身の膝の上で広がっている光景を不思議に思いながら、湖へと視線を向ける。光を反射して煌《きら》めく水面は、眺めているだけでも楽しく、ゆっくりと気持ちは凪いでいった。

美しい風景の中を飛んでいく鳥や蝶を眺め、ぼんやりとしていると、不意に小さな寝息が聞こえ、視線を膝の上に落とした。

長い睫毛《まつげ》と、スッと通った鼻筋がよく分かる横顔は見惚れるほどに綺麗で、思わずその寝顔をまじまじと見つめてしまう。

（昨日は、遅くまで起きていらっしゃったもんな……）

基本的にエドワルドの就寝時間は決まっているが、稀《まれ》に夜遅くまで起きていることがある。そういう時は先に寝ているように命じられ、起きて待っていることができない。昨夜も先に寝ているよう命じられたのだが、ふと夜中に目が覚めた時、ベッドの隣は空いたままだった。

（もしかして、今日のために仕事を片づけてきてくださったんだろうか……？）

まさか、そんな訳ないだろう――そう思えなくなってきたのは、いつ頃からだろう。

傍《かたわ》らに畳まれていた膝掛けを広げると、そっとエドワルドの体に被せ、視線を遠くへと戻した。

エドワルドが、自分に対して優しいのを知っている。表情があまり変わらないのも、素っ気ない口調も変わらないが、その行動はすべてが優しく、情に溢れているのだ。ただその情に含まれた意味をどのように理解し、受け止めたらいいのか、ダニエルには分からなかった。

（……ただの性奴隷として、買われた訳じゃないのは、分かる）

それは分かる。だがそこまでだ。それ以上は、踏み込んでいけない。

気を抜くと考え込んでしまいそうで、ふるりと頭《かぶり》を振ると、淡く滲《にじ》んだ感情ごと振り払った。

ダニエルとエドワルドだけ、二人以外誰もいない湖の畔《ほとり》。小鳥達の囀《さえず》りと、そこに混じる穏やかな寝息を聞きながら、エドワルドの安眠を見守った。

暫く経ち、エドワルドが目覚めると、持ってきた軽食で遅めの昼食を取り、改めて二人で湖の畔《ほとり》を歩いた。差し出された左手に手を重ねる時、なぜかいつも以上に緊張し、ゆっくりと歩くその足取りに、そわりと気持ちが浮ついた。その後、もう一度湖の風景を眺めて過ごすと、陽が傾き始める前に帰路についた。

公爵邸に着く頃には、空はほんのりと赤く染まり始めていた。赤と青が混じる空を何気なく見上げていると、再びエドワルドに手を握られた。

「ご主人様？」

「散歩だ。付き合え」

そう言って連れて行かれたのは、温室奥の裏庭だった。サロンから見える庭園と違い、秘密の花園のような遊び心に溢れている庭は、一人でよく散歩をしているお気に入りの場所だ。

（……あれ？　待てよ。今の状況って、誰かに見られたらまずいのでは？）

その時ふと、こうしてエドワルドと共に敷地内を歩くのは初めてだということに気づき、妙な焦りが生まれた。

当然のように手を繋がれ、当然のように歩き出したので、習慣的にそのままついてきてしまったが、よくよく考えれば屋敷の人達の前で、エドワルドとこうして接触している姿を見せたことはない。友人と偽って奴隷を側に置いていることを隠したいのだろう、と別段気にも留めていなかったのだが、どうして今になって堂々と手を繋いで歩き出したのか、自分のほうが焦ってしまう。

「ご主人様、あの、よろしいのですか？」

「何がだ」

「手を、繋いでいますので、誰かに見られたら……」

「なんだ？　恥ずかしいのか？」

「そっ、ういう訳では、ないですが……」

はっきり「恥ずかしいのか」と問われ、途端に羞恥が湧いた。

何度も手を繋いで、何度もキスをして、何度も体を重ねて、触れることには慣れたはず。それなのに、明るい庭園を二人で歩きながら、指先を絡めている温もりが、今までで一番彼を近くに感じて、堪《たま》らなく恥ずかしくなった。

（夕暮れ時で良かった……）

でなければ、夕焼け色に染まっている顔が一目で彼にバレていただろう。

「安心しろ。この時間にこの辺りをうろついているような使用人はいない。いたとしても――」

「おや、エドワルド坊っちゃまとダニエル様、こんな時間にお散歩ですかな」

「ッ……!!」

エドワルドの言葉を遮るように、垣根の間からひょこりと顔を出したアランに、悲鳴を上げそうになるほど驚くが、既《すんで》の所で耐えた。

「坊っちゃまはやめろと言っているだろう」

「ほほ、爺にしたら、坊っちゃまはいつまでも坊っちゃまですよ」

渋い顔をするエドワルドと、朗らかに笑うアランは対照的だが、その関係が良好であることを示すように、会話は和やかなものだった。祖父と孫のように言葉を交わす二人を眺めていると、ふと目が合ったアランが白い髭を楽しげに揺らした。

「おやおや、どうもお邪魔をしてしまったようですな」

「そうだな。陽が暮れる前に、早く帰れ」

「ええ、ええ、そうしましょう。お二人とも、ごゆっくり。今ならこの先のキンセンカが見頃ですよ」

笑顔で去っていくアランに声を掛けることもできず、その背を茫然と見送れば、繋がっていた右手をきゅっと握り締められ、ビクリと肩が跳ねた。

「見られたな？」

したり顔を思わせる微笑みを浮かべるエドワルドに、なんの言葉も返せなかった。


その後、何事もなかったかのように歩き出した彼に手を引かれ、裏庭を散策すると、辺りに照明が灯り始めた頃にようやく屋敷へと戻った。

夜になり、寝支度を整えてエドワルドの寝室へと向かえば、そこには既に彼が待っていて、大きなソファーで寛いでいた。手招きされるままエドワルドの隣に腰掛ければ、すぐに彼の腕が腰に回った。

「今日は、楽しかったか？」

「はい。とても」

何か特別なことがあった訳ではないが、初めて訪れた場所で過ごす時間はそれだけで新鮮で、心が浮き立った。いつもの食事も、野外でそよ風を感じながら味わうのは格別で、美しい風景も相まって、素敵な記憶として脳に刻まれた。

その気持ちをそのまま伝えれば、隣に座る彼の口元が、少しだけ柔らかくなった。

「そうか。ああして過ごしたのは初めてだったが、なかなか良いものだな」

「……」

その声に滲《にじ》んだ僅《わず》かな寂しさと、諦めにも似た感情に、胸が詰まった。

今日のように野外で過ごすことは、そう珍しいことではない。特に幼い頃は、親に連れられ、妹にせがまれ、ピクニックに向かった記憶がある。それは他家であってもきっと同じで、多くの者は似たような経験があるものだ。

（エドワルド様には、それすらない……？）

病弱だという兄のために、土地まで買って家を建てた両親。恐らくはあの湖の畔《ほとり》で、親子で過ごすこともあっただろうに、エドワルドにはその記憶がない。それが意味することに気づき、切ないほど胸が締め付けられた。

彼は今日、一体どんな気持ちであの場所にいたのだろう。それを考えたら苦しくて、でも自分が悲しむのはおかしくて、堪《こら》えるように唇を噛むと、深く息を吸い込んだ。

「……ご主人様は、楽しかったですか？」

「ああ……そうだな。楽しかった」

「今日のことは、お返しになりましたか……？」

忘れてしまいそうだったが、今日一日エドワルドと共に過ごしたのは、お返しのつもりだった。自分はなんにもしておらず、あえて言うなら枕代わりになったくらいだが、本当にこれで良かったのだろうかと心配になってくる。

恐る恐る尋ねれば、チョーカーの宝石の輝きを反射したような瞳が、じっとダニエルを見つめ返した。

「ああ、今までで一番の『贈り物』だ」

「っ……」

泣いているような、それでいて微笑んでいるような淡い表情に、堪《たま》らず彼の手に自身の手を重ねると、その指先を握り締めた。

「……どうした？」

「さ、触りたく、なって……」

我ながらどんな理由だと思うが、込み上げた寂しさと不安から、つい手が伸びてしまったのだ。あとから追いかけてきた恥ずかしさに俯けば、握っていた指先を解かれ、代わりに痛いほど強く抱き締められた。

「ご主人様……？」

「……」

エドワルドからの返事はなく、代わりに背に回された手がぎゅうっと強く握られたのが、薄いガウン越しに伝わった。

抱き締め返すべきなのかもしれない。それでも、自分から彼の背に手を回すのは躊躇《ためら》われて、彷徨いながら宙に浮いた両手を、おずおずと彼の腰に添えるのが精一杯だった。

その夜、エドワルドはずっと離れず、ベッドの中に入ってもぴたりと密着したままだった。幼な子が甘えているような仕草と寄り添う体温は、どこか切ないのに心地良く、触れた温もりと彼から香る同じ石鹸の匂いにひどく安心感を覚えながら、共に眠りについた。

これ以降、彼が休日の日には、あまり人目につかない野外で、ゆったりと過ごす時間が増えた。反比例して贈り物の頻度は減ったのだが、減った分「何か欲しい物はないか？」と聞かれるようになった。

そのたびに、もう十二分に足りていると伝えるのだが、エドワルドはそれが不満らしく、いつもムッとした表情を返されてしまう。どうも純粋に何かを強請《ねだ》ってほしいようなのだが、これに応えるのはなかなかに難しく、贅沢な悩みが増えてしまった。

本当はフローラのことを尋ねたかったが、彼の複雑な家庭事情を垣間見たあとでは余計に触れにくく、どうにも話を切り出す勇気がなかった。

そうしている間も、彼からの逆お強請《ねだ》り攻撃は止まらず、いよいよ本気で何か考えなければと頭を捻る日々だった。

例えば、エドワルドのように髪の毛が長ければ、リボンの一つでも頼めるのだが、あいにくと結ぶ毛がない。

例えば、エミールのように執務に従事しているのなら、ペンの一つでも頼めるのだが、あいにくと自分の務めにペンは必要ない。

そうするとやはり物以外の何かを求めるべきなのだろうが、それが思いつかない。

（奉仕したい、っていうのは、エドワルド様の求めている答えじゃないっぽいし……）

与えられた部屋の中、ロロの入ったガラスケースを眺めながら頭を捻る。あれからケースの中は少しだけ物が増え、ロロの活動もやや活発になっていた。プルプルと揺れながらケース内を移動する半透明の桃色の体を見つめながら、ぼうっと物思いに耽る。

（仕事はさせてもらえないし……仕事も自分のやりたいことではあるんだけどなぁ）

何不自由ない生活だが、もう少し何かやることを与えてもらわないと、怠け癖がつきそうで困る。本当に贅沢な悩みだ、と思ったその時、パッとある考えが閃き、ポンと手を叩いた。

（そうだ、騎士団の鍛錬に参加させてもらおう！）

一応普段からある程度の運動はしていたが、せっかく騎士科で学んだ技術があるのだ。できることなら、もう一度学び直したい。

公爵家の私設騎士団のためか、今までは近づくことすら禁止されていたが、剣を学びたいという目的があれば、一考してもらえるかもしれない。少しでも剣を扱う感覚を取り戻せれば、今後何かの役に立つこともあるかもしれない。なにより、いざという時にエドワルドの役に立てるはずだ。

（自分のしたいことだし、お金も掛からないし、少しはエドワルド様の恩返しになるかもしれない）

欲しい〝物〟ではないが、そう悪い考えではないように思えた。早速、今夜にでも話してみよう

――名案を思いついたことに、この時のダニエルは浮き足立っていた。

「ダメだ」

その夜、食後にサロンで寛いでいるエドワルドに「欲しい物」があると告げた。そう伝えた瞬間は、表情こそ変わらないものの、彼の瞳の色が一段明るくなったように見えた。

これなら大丈夫かもしれない、そう期待を抱くも、『騎士団』の単語を出した瞬間、見事なまでの顰《しか》めっ面で即却下されてしまった。

「騎士団には近寄るなと命じたはずだ」

「近づいていません。騎士団は公爵家の剣ですから、部外者が立ち入るべきではないのは理解しています。参加するのが難しければ、どなたかに指導していただくか、模擬戦の相手をしていただくだけでも……」

「騎士団の者をお前に近づけさせるつもりはない。模擬戦くらいなら私が相手になろう」

「お忙しいご主人様のお手を煩《わずら》わせる訳にはいきません。それに、万が一お怪我などさせてしまったら、私はここにいられません」

「……そんなに他の男を誘いたいのか？」

「っ……」

低くなった声と言葉の意味するところに、くっと息を呑む。

エドワルドの目には、自分は男を誘うだけの男娼にしか見えないのだろうか？　やはり、ただの性奴隷としか思われていないのだろうか？　優しさだと、甘やかされていると思っていたのは、自分が勘違いしていただけの自惚れだったのだろうか――……？

浮かんだ考えに、ツキリと胸が痛んだ。

「そ、んなつもりは、ございません。私はただ……少しでも、ご主人様のお役に立ちたくて……」

「必要ない」

キッパリと言い切られた言葉は、まるで『私にお前は必要ない』と言われたようで、今度こそ自分が傷ついたことを自覚する。

「でも……、ただの奴隷としてお側にいるより、護衛としての力もあれば、いざという時に、ご主人様の盾くらいにはなれ――」

言葉を言い切らぬ内に、バンッ！と響いた大きな音と、肉体に伝わった振動に、体と心臓がビクリと竦《すく》み上がった。

陶器が派手にぶつかり合った残響が鼓膜《こまく》に残り、心臓がドクドクと激しく脈打つ。見れば、エドワルドの手の平がテーブルの上に叩きつけられ、傍らに置かれていたティーカップからは中身が零《こぼ》れていた。

「……ふざけるな」

怒気の篭った唸るような声に、ザァッと血の気が引く。

「いつ、私がお前にそんなことをしろと命じた」

「め、命じられて、おりません……」

返す言葉は情けないほど震えていて、向けられた激しい怒りの感情は、純粋に怖かった。

「旦那様？　いかがなさいましたか？」

凍りつきそうなほど張り詰めた空気の中、ノックと共に扉越しにエミールの声が聞こえた。恐らく、大きな音を心配して見にきてくれたのだろう。

つい声のしたほうに視線を向けてしまったのだが、それすらもエドワルドには不愉快だったのか、顔付きが一層険しくなった。

「あ……」

無言のまま立ち上がり、足音にまで怒りを滲《にじ》ませて、エドワルドは部屋を出て行ってしまった。

乱暴に開けられた扉の向こう側にはエミールがいて、エドワルドのあとを追ったようだが、すぐにこちらに戻ってきた。

「ダニエル様、大丈夫ですか？　お怪我は？」

「だ、だいじょうぶ、です。ごめんなさい……ご主人様を、怒らせてしまって……お茶が……」

ソーサーからズレたティーカップに手を伸ばすも、その指先も言葉も震えていて、陶器の器がカチャカチャと無様な音を立てた。

「ダニエル様、こちらは大丈夫ですから、旦那様の所へ行ってあげてくださいませ」

表情を曇らせたエミールにそっと制され、フラリとソファーから立ち上がる。瞬間、頭が揺れるような感覚がして、自分が思っている以上にショックを受けているのだと気づかされる。エドワルドのあとを追うために部屋を出るも、その足取りは沼地を歩くように重かった。

上手く酸素が吸えない体でなんとかエドワルドの部屋の前まで来ると、うるさいほどに脈打つ心臓を押さえ、勇気を振り絞って扉を叩いた。

エドワルドを怒らせてしまったという恐怖と動揺から、響いたノックの音は弱々しく、それに応える声が返ってくることはなかった。

拒絶するような静寂に苦しさが増す中、震える手をドアノブに掛け、ゆっくりと扉を開く。部屋の中に彼の姿はなく、代わりに寝室へと続く扉が開かれていた。恐る恐る中に足を踏み入れ、寝室へと向かえば、こちらに背を向けてベッドに腰掛けるエドワルドの姿が見えた。

「……ご、ご主人様……」

おずおずと声を掛けるも、返事はない。勝手に部屋に入ってきたことへの咎《とが》めもないことが、今は余計に苦しかった。

「ご主人様……あの、申し訳――」

「黙れ」

切り捨てるような一言に、心と体が軋《きし》んだ。謝罪することすら許してもらえないことに俯くと、深く息を吐く音が聞こえた。

「……今日は自分の部屋で寝ろ。こちらには来るな。『命令』だ」

「ッ……！」

最初の一日目以降、ずっと彼のベッドで共に眠っていた。初めて向けられた完全な拒絶に、小さな傷口から、じわじわと血が滲《にじ》み出すように悲しみが溢れた。

それでも、奴隷の自分には『是』と答える以外の選択肢はなく、彼の背中に向けて、震えたまま頭を下げることしかできなかった。

「……はい。ご主人様」

覚束《おぼつか》ない足取りで隣室へと向かうと、静かに扉を閉め、ズルズルとその場にしゃがみ込んだ。

(怒らせてしまった……怒らせたかった訳じゃ、ないのに……)

怒らせてしまった、どうしよう、謝りたい、謝らせてもらえない、どうしよう、苦しい、苦しい、苦しい……悲しい。

ほんの少しでもいいから、彼の役に立ちたかった。そんな独りよがりの願望は、どうしようもないほどの後悔にまみれていた。

その夜は眠れず、扉の前にしゃがみ込んだまま、気づけば空は白み始めていた。

朝になったら、言葉を交わしてもらえるだろうかという淡い期待と不安を胸に、昨日と同じ格好ではいけないと、湯浴みをして着替えた。寝不足からか頭はぼんやりとしているのに目は冴えていて、キンと張り詰めた静寂の音が耳に痛かった。

(もう少ししたら、お声を掛けてみようかな……)

気づけば食堂へと向かう時間が差し迫っていた。いつもと同じようにとはいかなくとも、せめて謝罪だけはきちんとしたい。そう願いながら椅子に座り、時間が来るのをひたすらに待っていると、扉をノックする音が静かな部屋に響いた。

「は、はい!」

想定外のことに、思わず立ち上がって返事をすれば、姿を現したのはエミールだった。一瞬、ほんの一瞬だけ、エドワルドかと思ってしまったが、それが期待だったのか恐怖だったのかは自分にも分からなかった。ただ今は、鎮痛な面持ちのエミールに、嫌な予感が広がるばかりだった。

「おはようございます、ダニエル様」

「おはよう、ございます……えっと、どうされたんですか？　まだ、朝食には早いですよね？」

「……申し訳ございません。本日、旦那様は登城のため、既に屋敷を出発致しました」

「……え？」

言われた言葉の意味をすぐに理解できず、エミールを見つめたまま固まった。

(朝食は……？　私……だって、見送りも……)

時間を掛け、少しずつ慣れていった朝の習慣。ゆっくりと味わう朝食も、サロンで寛ぐ時間も、見送りの抱擁と口づけも、それらすべてを、拒絶されてしまった。

恥ずかしくて、落ち着かなくて、いつもいっぱいいっぱいで、エドワルドの考えが分からなかったいくつもの行為。それらを突然取り上げられ、感情ごと全部放り出されたような感覚に、眩暈《めまい》を覚えるほどのショックを受けた。

「そ、うですか……」

それでもエミールの手前、気取られる訳にはいかなかった。自分は『奴隷』なのだ。主人が望まないことであれば、それ以上を自分が求めることなんてできない。

「痛い」と胸が鳴くような苦しさに、込み上げるものを感じたが、深く息を吸い込むと、苦しさごと体から追い出すように息を吐き出した。

「……申し訳ありません。エミールさんにも、ご迷惑をお掛けしてしまいました」

「いいえ、私は何も……旦那様のことはご心配なさらないでください。ご本人も、どう感情を処理していいのか分かっていらっしゃらないのです」

「私の失言で、エドワルド様のお心を煩《わずら》わせることになってしまい、お詫びのしようもございません」

「ダニエル様……」

(ああ、ダメだ。私がこうして悔やんでばかりいるのも、迷惑になる)

何をしても、今の自分はきっとダメだ。固い表情を無理やり動かし、なんとか顔を作ると、平静を装ってエミールに返事をした。

「ごめんなさい。今日は部屋で、大人しく過ごします」

「でしたら、朝食はお部屋にお持ちしましょう」

「いいえ、あんまり食欲がないので……今日はいただかなくても大丈夫です」

「……畏《かしこ》まりました。ではお茶だけでも、お持ち致しますね」

「ありがとうございます」

きっと言いたいことがあっただろうに、言葉を飲み込んでくれたエミールに感謝する。彼が部屋を出ていくのを見届けると、力の抜けた体がストンと椅子の上に落ちた。

(もしも、エドワルド様に、もういらないと言われたら、どうやって借金を返そう……)

またどこかに売られるのだろうか？　それとも、娼館に返品されるのだろうか？

まだ朝を迎えたばかりの部屋の中、ぼんやりと先の見えない未来を想像するが、感情らしい感情は何も湧かなかった。

思考の沼に浸かっている内に、時間は瞬く間に過ぎ、気づけば空の色が変わり始めていた。

（そろそろエドワルド様が帰ってくる時間だ）

そう思うも、体はピクリとも動かなかった。今の自分が、果たしてエドワルドにとってまだ『必要な奴隷』なのかが判断できず、動くに動けなかった。

（奴隷契約を解消されたとしても、きちんと謝罪だけはしよう）

罰があればいくらでも受けよう。金は一生かかっても返そう。一日中、何もせずに考えに耽っていたおかげで、グラグラと揺れていた気持ちは、いつの間にか落ち着いていた。

ゆっくりと息を吐き出し、目を瞑る。少ない荷物は一包みにまとめた。ロロのガラスケースの中も空にした。例えエドワルドが帰ってきてからいきなり契約を切られても、自分の私物を置いて追い出されることはない。

（ああでも、服だけは恵んでもらわないとな……）

裸で買われてきたため、私物としての服を持っていない。物はもらえないと、あれほど悩んだのに……そう考えると、今の自分がなんとも滑稽に思えた。

「ん……」

ふと目を開ければ、視界は薄暗い世界に包まれていた。

目を閉じただけのつもりが、どうやら眠ってしまったらしい。ぼぅっとしながら状況を把握《はあく》するも、次の瞬間、パチリと覚醒し飛び起きた。

「なんで……？」

夫人部屋の椅子に座っていたはずなのに、なぜか目覚めたのはエドワルドの寝室のベッドの上だった。

辺りが薄暗いのは、ベッド周りの天蓋が閉じられているからだ。だが状況を理解したところで動くこともできず、ベッドの上で固まっていると、突然天蓋の幕が開き、光が差し込んだ。

「ご主人様……」

そこに立っていたのは、エドワルドだった。帰宅してから時間が経っているのか、部屋着に着替えた彼に無言で見下ろされ、ひくりと喉が鳴った。

「ご、ごめんなさい……勝手に、ご主人様のベッドを、使ってしまって……」

まったく覚えがないが謝るしかない。俯いたまま縮こまっていると、頭上から声が降ってきた。

「……なぜ食事をとっていない」

「え？」

「丸一日、何も食べていないそうだな」

「え……と、ごめんなさい。食欲が、なくて……」

内心「あれ？」と思いながらベッドから降りようとするが、それを手で制され、動きを止めた。

「あの……？」

「……昨日は、悪かった」

「――」

突然の謝罪に目を見開けば、ベッドの上に乗り上げた彼に、全身でぎゅうっと抱き締められた。丸一日ぶりに感じた体温は、泣きたくなるほど温かく、肉体が溶けて崩れてしまいそうなほどの安《あん》堵《ど》が広がった。

「怖がらせて、すまなかった。お前の気持ちを無視して、すまなかった。だが、昨日の望みは叶えてやるつもりも、お前に危険なことをさせるつもりもない。……お前を、盾にするつもりはない」

（あ……）

そこでようやく、彼が何に対して怒っていたのかに気づき、込み上げた感情に、紡ぐ言葉には震えが混じった。

「ごめん、なさい……！　ご主人様の、お役に立ちたくて……間違えたことを、言ってしまって……、怒らせてしまって、ごめんなさい……！」

「……盾になるなど、二度と言うな。『命令』だ」

「はい……っ」

ああそれでもきっと、もしもエドワルドに危険が及ぶようなことがあれば、自分は真っ先に彼の前に飛び出すだろう。自然と湧いた想いを胸に秘めつつ、ゆっくりと彼の背に腕を回した。

一瞬、エドワルドの体が強張ったのが分かったが、次の瞬間には一層強く抱き締められ、そのまま押し倒されるように、共にベッドに寝転んだ。

「……部屋の荷物が片づいていたが、出ていくつもりだったのか」

「私はご主人様の奴隷です。勝手に出て行くことはできません。ご主人様に、いらないと言われて追い出されても大丈夫なように――」

「なぜ私が追い出す」

「必要ないと言われて……その、お食事も、お見送りも、無かったので……」

「必要がないと言ったのは、私を守ろうとする必要はないという意味だ。今朝は……お前に怖がられたまま顔を合わせるのが怖くて、逃げただけだ」

肩口に顔を埋め、モゴモゴと口ごもる姿と首筋を撫でる金糸のような髪に、言葉にし難い擽ったさが生まれた。

「怖くないですよ」

彼の背に添えた手に緩く力を込めれば、肩口に埋められた鼻先が甘えるように擦り寄ったのが分かった。

（……大きな猫みたいだ）

いつかエミールに言われた「旦那様をかまってください」という言葉。あの時は、犬猫や子どもじゃあるまいしと思ったのだが、こうしている姿はどこかそれらを彷彿とさせ、愛らしさにゆるりと頬が緩んだ。

その後も、触れ合わなかった時間を補うように、長く長く抱き締め合った。互いの体温を分け合う心地良さに目を閉じれば、蕩《とろ》けるような夜の微睡《まどろ》みが、優しく二人を包み込んだ。

◇◇◇◇◇

エドワルドと一日だけベッドを分けた日以降は、それまでと変わらない平穏な日々が続いた。

共に食べる朝食も、見送りと出迎えのキスも、手を繋いで散歩をする休日も、肌を重ねて睦み合う夜も、すべてが日常へと変わり、自然なものとして染み込んでいく。

それはとても温かく、気づけば彼の隣にいることが当たり前になっていた。

そんな穏やかな日々が続いたある日、エドワルドから唐突な報せ《しら》を受けた。

「お前の妹からの手紙だ」

「……え」

珍しくエドワルドが屋敷を数日間空けて帰ってきた翌日、あまりにも唐突に切り出された話題に、一瞬頭が真っ白になった。

エドワルドの休日である今日、彼の自室に連れられ、促されるままソファーに腰を下ろした。いつもは隣に座るはずのエドワルドが立ったままなことを不思議に思いながら見上げれば、見覚えのある花柄の封筒を差し出され、心臓がドクンと大きく跳ねた。

封筒に書かれた『お兄様へ』という文字に息を呑むと、震える手でそれを受け取った。

「これは……どうして……?」

「お前が私に遠慮していたのは知っている。お前がどういう気持ちで、黙っていたのかも分かっているつもりだ。だがいくら強請《ねだ》れと言っても言い出さないからな。いい加減、痺れが切れた」

突き放すような言い方だが、自分から言い出すのを待っていてくれたことも、それでも言い出せなかった自分のために、エドワルドが動いてくれたことも明らかで、湧き上がる感情に顔が歪んだ。

「ありがとう、ございます……っ、ごめんなさ――」

「謝るな」

「……はい。ありがとうございます」

それ以上は口を噤み、エドワルドから差し出されたペーパーナイフを受け取ると、そっと手紙の封を切った。

もしも、この二年の間に、妹に何か起こっていたら？

不甲斐ない兄への怒りや失望が叩きつけられていたら？

ぬくぬくと公爵家の世話になり、妹のことを放っておいた薄情者と罵《のの》られたら――？

フローラがそんなことを言う子ではないと知っているのに、胸の奥には重く暗い影が落ち、中身を読むのが怖くて堪《たま》らなかった。それでも何度か深呼吸を繰り返すと、意を決して手紙を開いた。

『お兄様へ。お久しぶりです。フローラです。お元気でお過ごしでしょうか？

お兄様の無事を知り、こうしてお手紙を書ける日が訪れたことを嬉しく思うと共に、何気なく過ごしていた日常が、どれほど尊く、幸せだったかを思い知る日々です。

お兄様と別れてしまったあの日から、お怪我をされていないか、辛い思いをされていないか、心配で心配で、お兄様を犠牲にしてしまったことを悔やむばかりの毎日でした。

ごめんなさい、お兄様。私のせいで、たくさんの苦労を背負わせてしまって、ごめんなさい。お兄様の未来を奪うことになってしまって、ごめんなさい。

エドワルド様から、お兄様が穏やかに過ごされていることを聞き、心から嬉しく思いました。私もヴァシュフォード家の皆様に良くしていただき、何不自由なく過ごしております。

セバスもシンディも一緒です。私も二人も、変わらず元気に過ごしております。

どうかお兄様もお元気で。お兄様が幸せにお過ごしであることが、私にとっての幸せです。

いつかまた、お会いできる日が来ることを心から願っています。――大好きよ、お兄様』

春色の美しい花の絵が描かれた便箋の上、綺麗な字で書かれた文字が、途中からぼやけて見えた。

零《こぼ》れる涙を拭うこともできず、読み終わる頃には頬を伝った涙がポタポタと膝の上に落ちていた。

「ふっ……、っ……」

せっかくの手紙がぐしゃぐしゃになってしまう、そう思うのに手を離せず、涙は止まらなかった。

フローラが無事でいてくれた。元気でいてくれた。それが堪《たま》らなく嬉しい。そう安堵《あんど》し喜ぶ裏側で、どうしようもないほどの自己嫌悪に襲われた。

妹だけでも伯父一家から逃したい。その一心で、自分が奴隷となって借金を肩代わりすれば、苦労はさせるだろうけれど妹は安全だと、そう思っていた。

だが実際は、フローラに深い自責の念を植え付けてしまった。あの子のせいじゃないのに、『私のせいで』なんて言葉を言わせてしまった。それが悔しくて、情けなくて、自分がどれだけ不甲斐ない兄なのか、改めて思い知らされた。

（ごめん……！　ごめんね、フローラ……！）

謝罪の言葉を直接告げることすら、今は許されない。募る後悔に、あとからあとから涙が溢れ、喉の奥が痛んだ。体を丸めるように泣いていると、その背を包むようにエドワルドに抱き締められ、包み込むような温もりにまた涙が溢れた。

「ふっ……、ふ……っ」

「お前の妹は、伯爵家を追い出された一年後に、家令や侍女と共に保護した。そのあとは公爵領の別邸に連れていき、そこで生活してもらっている。今は家庭教師を付け、女学院に通う令嬢と遜色ない程度の作法や学問を身につけている最中だ」

自分が喋れないのを見越してだろう。フローラの現状について、エドワルドは淡々と語った。

どうしてエドワルドがフローラを保護してくれたのかは分からなかったが、理由はどうあれ、感謝することに変わりはなかった。

「あ、ありが……とっ、ございます……っ」

「喋るな。苦しいだろう」

背中に添えられた手と声が優しくて、頬がぐっしょり濡れるまで泣いた。

嬉しくて、苦しくて、泣いて泣いて泣いて――ようやく涙が止まった頃に、エドワルドの手が頬に触れた。

「お前の妹は無事だ。今も元気に過ごしている。これ以上泣くな」

「……はい」

しゃくり上げながら、彼の綺麗な瞳を見つめ返せば、柔らかな唇が目元や頬に落ちた。ぎこちないその動きはどこまでも優しくて、ほわりと胸に温かいものが宿る。だが、唇が離れた彼の表情は曇ったままで、何かあるのだろうかと身構えていると、もう一通の封筒を渡された。

「これは……？」

「……お前の家の家令からだ」

短い一言と共に渡された封筒に嫌な予感がしつつ、ゆっくりと中身を確認し——愕然とした。

セバスからの手紙には、ダニエルが学園に通っていた間、フローラが伯爵家で下女のような扱いを受けていたという内容が切々と書かれていた。小間使いのように働かされ、その上で、フローラの美しさを僻《ひが》んだジェイミーと義伯母からは、毎日嫌味を言われていた、と。

体罰があった訳でもなく、あくまで『家事手伝い』として働かされていたため、庇おうとすると余計にフローラへの当たりが強くなり、少しでも伯父一家の目から遠ざけることしかできなかったという悔恨《かいこん》の念が、インクの滲《にじ》みに表れていた。

フローラから口止めされていたとはいえ、ずっと黙っていたことに対する謝罪と、守ると言った約束を守れなかった謝罪。今になって伝えることになってしまった自分勝手を悔やむ謝罪が、懇々《こんこん》と綴られていた。

「お兄様が爵位を継ぐまでの辛抱だから」というフローラの懇願に負け、黙っていた。それなのに、二人が努力してきた日々は踏み躙られ、それが悔しくて、やるせなくて、それと同時に、黙って耐えてきたフローラのことを、兄であるダニエルが知らないままでいるのは、双方にとっても辛いことになるだろう、と……

事実を知ることで、ダニエルが悲しむことが分かっているのに、黙っていられなかったことに対する悲痛なまでの謝罪の言葉が、震える文字で延々と書かれていた。

やっとの思いで手紙を読み終えると、茫然としたまま手元の手紙を見つめた。

長期休暇で屋敷に帰るたび、フローラの手が荒れていることには気づいていた。気づいていたのに、彼女の優しい嘘に甘え、安心しきっていた。

今となっては遅すぎる後悔は絶望に似ていて、視界が崩れるように、グラリと世界が揺れた。

何も知らず、あの子のためと言いながら、自分だけが安全な場所に逃げ、のうのうと学園生活を送っていた。それがどれほど恥ずかしく、情けなく、滑稽か。先ほどまでとは違う感情で溢れた涙が、ポタリと瞳の縁から落ちた。

どれほど辛かっただろう。どれほど苦しかっただろう。あの子はどんな気持ちで、笑ってくれていたのだろう。何も分かっていなかった己への怒りと、積み重なっていく罪の意識に、堪《こら》えきれなかった嗚咽《おえつ》が漏れた。

「うあぁぁ……っ！」

瞬間、覆い被さるようにしてエドワルドに抱き締められ、彼の肩口に鼻先が埋まった。

「弱音ならいくらでも吐いていい。だから、頼むから、泣かないでくれ」

「ひっ……く、ううぅ……っ」

彼の柔らかな髪の毛が、頬を撫でる。泣きすぎてぼんやりとする意識の中、涙と共に後悔の念が止めどなく溢れ出た。

「……私は……っ、あの子を、苦しませただけだった……！」

「……お前を心配させまいとしたんだろう」

「そうだと、しても……っ、あの子は、私よりずっと、子どもだったのに……っ」

「……お前だって子どもだった。妹のために、いつも頑張っていただろう」

「頑張って……つもりだった、だけだ……っ、わたしが、あの子のために、できたことなんて……、一つも……！」

そこまで言って、また涙が溢れ返り、喉が詰まる。どうしようもない絶望感が胸を占めるも、痛いほどに締め付ける腕の力が、それを無理やり追い払った。

「どうしてお前達兄妹は、二人とも相手にとって、自分が悪いことをしたと思うんだ？　どちらも自分が相手を想うように、相手にも想われていると知っているだろう？　お前も妹も、兄のため、妹のため、互いに自分にできることを精一杯頑張ってきたはずだ。その努力を蔑《ないがし》ろにするな。気持ちを嘘にするな。……妹を想って過ごした日々を、貶《けな》すんじゃない」

過去の自分を無理やり救い上げるような力強い声は、ずっとずっと優しくて、苦しくて堪《たま》らなかった呼吸が、ふっと軽くなったように感じた。

「ダニエル、大丈夫。大丈夫だ。お前も、妹も、お前の大切なものは、全部私が守ってやる。だからもう、泣かないでくれ」

抱き締められたまま、こめかみや額に何度も何度も柔らかなキスが落ちる。

悲しみや苦しみを溶かすような口づけは温かくて、泣き疲れた体は温もりに身を任せるように、ゆるゆると強張りを解いていく。

エドワルドの腕の中、散々泣いて、弱音を吐いて、たくさんの後悔が生まれては消えていった。

あやすようなキスを受けながら、安心感に包まれた体は、ゆっくりと眠りに落ちていくように意識を手放した。

◇◇◇◇◇

（……眠ったか）

エドワルドは自身の腕の中、眠ってしまったダニエルの体を抱き上げると、ベッドの上に寝かせ、頬に残る涙の跡を指先でそっと拭った。幼い子どものように声を上げて泣く姿は痛々しくて、その泣き声を聞いているだけで悲しくて、奥歯を噛み締めて耐えるのがやっとだった。

ようやく泣き止み、落ち着いた寝息が聞こえてきたことに心底ホッとしたが、同時に込み上げてきた怒りに、血管が浮き出るほど強く拳を握り締めた。

穏やかに眠る愛しい者の前で怒りを撒き散らさぬよう、足早に部屋を出ると、執務室へと向かった。そこには既にエミールの姿があり、エドワルドの表情を見て眉を顰《ひそ》めた。

「ダニエル様は……」

「泣き疲れて眠った」

「……フローラ様へのお返事については、また日を改めてお伺いしましょう」

「そうしてくれ」

グツグツと煮え立つような怒りを飲み込み、無理やり気持ちを抑えると、エミールに視線を向けた。

「目障りなネズミ共の囲い込みは？」

「既に終えております。殿下からも、追い込みは最終段階とのご報告を受けております。あとは首を絞めるだけです」

「屑共が……私のものを泣かせた報いを骨の髄まで受けてもらうぞ」

ダニエルの泣き声と涙を思い出し、怒りが全身を巡る中、すべて片づけば今の生活も終わりを迎えるという寂しさに、エドワルドはキツく目を瞑った。

金盞花《きんせんか》の花言葉

エドワルドの人生は、生まれた時から決まっていた。正確に言えば、そのためだけに生まれてきた。

ヴァシュフォード家の次男として生を受けたその日から、両親に愛された記憶はない。両親の愛情はすべて長男である兄に注がれ、自分はその兄の『代用品』でしかなかった。

病弱な兄を案じ、同時に公爵家を兄が継ぐのは難しいと懸念した両親は、兄の代わりとして公爵家を継ぐためだけの存在を産んだ。それがエドワルドだった。

両親は体が弱く、爵位を継げない兄を憐れみ、過保護なまでに情を注ぎ、エドワルドには見向きもしなかった。赤ん坊の自分を育ててくれたのは乳母と使用人達で、五歳になるまで『兄』という存在がいることも知らなかった。

「お前はミシェルの代わりに公爵家を継ぐ人間だ。本当はあの子が手にするはずのものをお前にくれてやるんだから、感謝しなさい」

兄がいるという事実と同時に告げられた言葉は、幼かったエドワルドの心に鋭利なナイフとして刺さった。

自分は兄の代用品として生まれてきたのだ――物心がついたばかりの幼な子にとって、道具として生まれただけなのだという現実は残酷で、夢や希望というものを抱くこともなかった。

そんな中で救いだったのは、公爵家の領地に住む祖父母は自分にも情を向けてくれたことだった。厳しく強面だが情の深い祖父と、春の日差しのように優しく穏やかな祖母。たまに二人が王都まで遊びに来てくれることが、エドワルドにとっては数少ない嬉しい出来事だった。

八歳を迎えた頃から、第一王子であるフィルベルテと交流を持つようになった。特別交流を持ちたかった訳ではないが、同い年であったことと、曽祖母《そうそぼ》が王家から降嫁された王女であった繋がりから、なんとなく共に過ごすようになった。正直、人付き合いなど面倒でしかなく、フィルベルテも自分のようなつまらない人間からはすぐに離れていくだろうと思っていたが、意外にもその繋がりが途切れることはなく、気づけば幼馴染みと呼ぶような間柄になっていた。

「エドワルドはおべっかも言わないし、冷たいようで優しいから好きだぞ」

自分といて何か得があるのか、という質問に対して返ってきたフィルベルテの言葉が、ほんの少しだけ、エドワルドの中にあった何かを溶かしたような気がした。

それからも他人との付き合い方が劇的に変わることはなかったが、フィルベルテの従者であるジルドとも言葉を交わす仲になり、少しずつだが『代用品』ではない生を感じられるようになった。

そんな日々の終わりは、実に呆気なかった。

学園に入学する年、入学間近という時に流行病に罹り、ベッドから起き上がれなくなってしまった。高熱にうなされ、体力が削られるせいでなかなか完治せず、結局入学を取り止める事態になってしまった。

このことを知った両親は烈火の如く怒り、エドワルドを罵倒《ばとう》した。

「なんのためにお前を産んだと思ってるんだ！　まともに役目を果たすこともできないのか⁉」

「こんなことなら、もう一人産んでおくべきだったわ」

高熱で朦朧とする意識の中、息子に対して心配するでもなく、不良品と言わんばかりに責め立てる両親に、何かがプツリと切れた。

時を同じくして、祖母も流行病に罹り、元々少し体の弱かった祖母は病魔に耐え切れず、そのまま儚くなってしまった。祖母を心から愛していた祖父は、最愛の人を亡くしてしまったショックから塞ぎ込み、葬儀以降は領地から出ることもなくなった。

心の支えであった人達を失い、それからは何かが壊れたように無気力な日々が続いた。あらゆるものへの興味は削がれ落ち、病が治っても外に出ることは無くなった。学園への入学もどうでもよくなり、ただぼんやりと過ごす日々。気づけば両親の煩《うるさ》い声も止んでいた。

そんな無気力な毎日を過ごしていたある日、フィルベルテが公爵邸を訪ねてきた。

「随分と痩せてしまったな」

そう言って笑った顔は、会えなくなって久しいのに少しも変わらず、初めて懐かしいという感情を抱いた。だが返す言葉もなく、黙っていると、フィルベルテがとんでもないことを言い出した。

「私も今年は学園に入学しなかったぞ」

「……は？」

予想外の告白に、思わず声を漏らせば、フィルベルテは整った顔でニヤリと笑った。

「必ずしも十五歳で入学しなければいけない訳じゃないからな。エドワルドも来年入学したらいい。その時は私も一緒だ。王族である私が一緒なら、煩《わずら》わしいことを言う輩もいなくなるだろう？」

わざわざ自身の入学まで一年遅らせたフィルベルテに閉口しながら、その〝煩《わずら》わしい輩〟の中に両親も含まれているような響きに、胸がすく思いだった。

「なぜ、わざわざ……」

「僕達は親友だろう？　エドワルドが辛い時に、暢気《のんき》に学園なんて行っていられないさ」

いつの間に親友になっていたのか。そう思ったが、言葉を返す気も起きず、ただ言われるがまま、翌年の入学に向けて少しずつ体を動かすようになった。

幸いにも体力はすぐに戻り、入学に向けての勉学にも復帰できるようになった。ただ、壊れたままの何かが元に戻ることはなく、『代用品』として生きる以外の興味や他人に対する関心は、完全に失われていた。

生まれてきた意味のためだけに生きる。それ以外のことを望んでも、自分の手からすべり落ちていくだけだと思い知ったのだ。

そうして月日が流れ、改めて学園に入学する日を迎えた。広い屋敷が幸いし、両親とはあれ以降顔を合わせることもなく、黙って公爵邸をあとにした。

入学してからは、毎日が同じ一日だった。規則正しく流れていく時間は、昨日も今日も変わらず、明日は今日の繰り返しでしかない。授業は聞いているだけで十分で、必死になって勉強をすることもない。

通っている意味があるとは思えない学生生活だったが、当主となるための通過作業として、同じ毎日を淡々と消化していく日々だった。

――それに少しの異変が起きたのは、二年生に進級して間もなくのことだった。


「リンベルト、あまり無理をするなよ？」

「ありがとう。大丈夫だよ」

耳に届いた名と、答える主の声に、ふと視線がそちらへと向いた。見遣った先では、数人の生徒が一人の生徒を囲むようにして話しかけていた。

「なんて言ったらいいか分からないけれど……何かできることがあれば、いくらでも力になるからね！」

「私も、お話を聞くくらいしかできないかもしれませんが……」

「皆も心配してくれてありがとう。そう言ってくれるだけで嬉しいよ」

そう言って微笑む男子生徒に、目を留める。

ダニエル・リンベルト。リンベルト伯爵家の長男で、入学当初から学園内でも密かに注目を集める生徒だ。

リンベルト家は豊かな領地を有しており、裕福な家柄だが、夜会などの煌《きら》びやかな社交界に姿を見せることはほとんど無かった。たまに現れると、皆がそちらに視線を送るような一家だったが、珍しいという意味合いとは別に、リンベルト家は皆が目を惹く容姿をしていたのだ。

リンベルト伯爵は、平均的な成人男性よりも頭一つ分以上背が高く、屈強な騎士よりも更に逞しい体格の偉丈夫だった。妻である伯爵夫人は、ある日突然、リンベルト夫人として社交界に現れ、その鮮やかで艶《つや》やかな真紅の髪と、大輪の薔薇が霞むほどの美貌で、老若男女問わず視線を集めた。屈強な戦士のような夫と、薔薇の女神のような妻。見た目だけでも印象に残る夫妻だったが、二人とも性格は穏やかで、仲睦まじい姿がより人々の関心を引いていた。そしてその目を惹く容姿と穏やかな性格は、夫妻の子ども達にも引き継がれた。

(妹は確か、母親譲りの髪と顔立ちをしていたな)

幼い少女の頃の記憶しかないが、その容姿は薔薇の女神と呼ばれた母親によく似ていた。それを思い返しながら、級友達と会話を続けるダニエルに目を向けた。同級生よりも高い背は、体付きこそがっしりしてはいるものの手足は長く、父親ほど屈強な肉体になるようには見えない。容姿は両親の長所を混ぜ合わせたような凛とした整った顔立ちで、オリーヴグリーンの瞳やその体格は、父親譲りなのが見て取れた。

顔立ちが整っているだけなら学園内にもいくらでもいるが、ダニエルはその穏やかな性格が周囲の人間を惹きつけ、一層その存在を目立たせていた。

誰に対しても優しく接し、貴族男子にしては珍しいほど無邪気に笑い、駆け引きや打算ではなく真剣に相手を思い遣る姿は、自分には理解できない世界の生き物に見えた。

誠実で、穏やかで、優しくて、両親に愛された子ども。

自分とは真逆のような存在だからこそ、ふとした時に意識の縁に引っ掛かる人物として、目に留まるようになった。

「ダニエル君は頑張り屋さんだな。無理して笑うのもしんどいだろうに」

ある日の昼食の席、唐突にフィルベルテの口から出たその名に、フォークを持つ手が止まった。視線の先を辿れば、友人と和やかに食事を取るダニエルの姿があったが、その目元にはうっすらと隈ができているように見えた。

普段、フィルベルテはエドワルドやジルド以外の者とあまり関わろうとしない。それは己が王族であることを理解し、特定の人物に関わり過ぎることで、妙な派閥《はばつ》や取り巻きを作らぬようにという配慮からだった。だからこそ、今ここでその名が出たことには少しばかり驚いた。

「……気になるのか」

「彼は裏表がなくて、見ていて気持ちが良いからね。だからこそ、ああしている姿は少しばかり心配になるよ」

そう言ったフィルベルテの表情は、珍しく悲しげだった。

二年生に進級してすぐの頃、リンベルト夫妻が事故に遭い他界した。遺《のこ》されたのはまだ未成年の跡取りと、学園に入学する前の少女。突然両親を喪《うしな》った悲しみと喪失感も、それによって突然背負うことになった重圧と責任も、相当のものだろう。にも関わらず、両親の葬儀が終わるとダニエルはすぐに復学し、心配する級友達に対して、以前のように穏やかに笑《え》んでいた。そうやって今までと変わらない顔をしているのが、フィルベルテには気になるのだろう。

（……？）

その時、ふと胸におかしな引っ掛かりを感じたが、それが何か分からず眉を顰《ひそ》めた。

なんとも言えない不快感。そんな形の見えない靄《もや》を払うように、エドワルドはフィルベルテの視線の先を辿るのを止めた。


ただこの頃から、ふとした時にダニエルからの視線を感じるようになった。正確に言えば、視線よりももっと薄い意識のようなものだが、確実に自分に向けられているものだということが分かった。

それまでダニエルとの接点は、クラスメイトというただ一点のみだった。顔と名前を知っているだけの、知人以下の関係。それは他の生徒も変わらず、つまりは他の者達と変わらない、ただそこにいるだけの存在だった。

それなのになぜ、とそう思いを巡らせる頃には、自分自身がダニエルの姿を目で追い、意識するようになっていたのだと、この時のエドワルドはまるで気がついていなかった。

彼の意識の先に自分がいる。そこにある感情は分からなかったが、そうして意識を向けられることを、嫌だとも煩《わずら》わしいとも思っていないことに気づき、なぜだかとても落ち着かない気分になった。

持て余す感情に対して戸惑いが大きくなっていくのと比例するように、誰にでも分け隔てなく優しいダニエルを目にするたびに、少しずつ胸の内に靄《もや》が溜まっていくようになった。

整った容姿に、成熟する前の騎士のような体躯。凛とした姿に反して口調は柔らかく、穏やかな笑顔を浮かべるダニエルに想いを寄せる生徒は多かった。

傍目《はため》から見ていても分かりやすいほど好かれているのに、本人はそれらの好意にまったく気づいていない様子に、言葉にし難い感情が生まれた。

誰かに笑顔を向けている姿を見るとイライラして、誰かに触れている姿を見ると顔が歪んだ。

なぜ相手の好意を誘うようなことをわざわざするのか、と怒りにも似た感情を抱く自分が分からなくて、苛立ちは募るばかりだった。

そんな最中《さなか》、フィルベルテとダニエルがサロンで話している姿を遠い窓越しに見かけ、猛烈な焦りを覚えた。

（ジルドも付けずに、何を話して……）

なぜか生まれた焦燥感を抑え、ダニエルと別れたフィルベルテを捕まえて問えば、それまで知らなかった伯爵家の現状を耳にすることになった。

「学園にいる間、夜会やお茶会からも一時的に離れるからな。ダニエル君の事情に気づくのが遅くなってしまった」

そう言って悔やむフィルベルテの表情には、憤りの情が浮かんでいた。

当主代行を盾に乗っ取られた伯爵家、追い出された兄妹、逼迫《ひっぱく》した経済事情。頼れる親族もいない状況で、妹を女学院に進学させるため、スカラー制度を申請したというダニエル。同時にプレジデントを目指すことで、両親や妹が誇れるような兄になりたい——ダニエルがフィルベルテに対し赤裸々に語った内容には、亡き両親を偲ぶ想いと、妹への愛情が詰まっていた。

「なんとかしてあげたいけれど、他家の事情に無闇に関わるものではないのがもどかしいな。プレジデントを目指すことは応援するけど、僕らの学年だと、僕とジルドとお前で確実に三枠は埋まるからなぁ」

「ダニエル君の成績なら、このままいけば問題ないだろうけど」と続いた言葉に、気づきたくない事実に気づいてしまった。

ダニエルから向けられていた意識、あれは己の目指す先にいる壁や障害に対する類のものだったのだと気づき、愕然とする。いや、分かっていた。好意や興味ではないことには気づいていた。それなのに、どうしてか裏切られたような感情が胸に湧いた。

彼から向けられていた意識に、特別な感情など無かった。それに酷く落ち込み、ショックを受けている自分がいる。

——その反動は、他でもないダニエル本人へと向けられた。

「たかだかプレジデントになったところで、なんの自慢にもならないだろうに」

どうしてこんなに苛つくのか分からなかった。ただ彼が大事にしているのは家族で、見据えているのは妹の将来で、エドワルド自身を見ていた訳ではなかった。その事実を知った時、ただの義務として兄の代わりに生きているだけの自分が、堪《たま》らなく虚しい存在に思えた。

「大切な家族のために頑張って、何が悪いのですか？　見苦しいと思うのであれば、お目汚しをして大変申し訳ございませんでした。今後はなるべく公爵様の視界に入らぬよう努めますので、公爵様も私のことはいない者としてお考えください」

いくつもの言葉にし難い感情が絡み合い、吐き出した言葉。その結果がこれだった。

いつも穏やかな表情をしているダニエルの顔に浮かんでいたのは、エドワルドに対する怒りだった。必死に憤りを堪《こら》えようとしたのか、僅《わず》かに震えていた声に、波のように後悔が押し寄せた。

（違う……）

こんなことを言いたかった訳ではない。怒らせたかった訳ではない。……彼が、嫌いな訳ではない。寄せては返す後悔が足元を固め、ダニエルが立ち去ったあとも、その場から動くことができなかった。

この出来事以降、ダニエルの宣言通り彼を視界に映す機会は減り、意識を向けられることもなくなった。ただその変化は自分にしか分からないもので、傍《はた》から見れば誰にも気づかれないような些細な変化だった。

ただ一人の、幼馴染みを除いては。

「ダニエル君と何かあっただろう。というか、何かしただろう」

「……急になんだ」

呼び出されたフィルベルテの寮の自室。向かい合って座るや否や顰《しか》めっ面で尋問され、内心焦った。なぜ分かったんだと思いながら、はなからこちらに非があるとでも言わんばかりの物言いにムッとする。ただそれを態度に出したところで、目の前の男にはなんの効果もないことは知っていた。

「あの子がお前のことだけ避けてる。それも、私がダニエルくんの家庭の事情を話したあとからだ。何か余計なことを言ったんじゃないだろうな」

ああ、本当によく見ている。視野が広く、人間観察に長けているのは、上に立つ者としては素晴らしい素質だろうが、今はそれが憎たらしい。ダニエルのことを『あの子』と呼ぶのも、明らかに肩入れしている証拠で、その言い方が妙に癪《しゃく》に触った。

「お前に関係ないだろう」

「お前が他人に興味を持ったのが珍しくて、口をすべらせてしまった僕の責任だ。関係なくないだろう。何をした？」

「……何もしていない」

「じゃあ何を言った？」

すぐさま方向性を変えて的確に質問してくる辺り、本当に嫌になる。暫く黙っていたがそれで引くような男でもなく、積み重なっていた罪悪感を崩すように、ゆっくりと口を開いた。

「……あれの努力を否定するようなことを言った」

「なぜ？」

「……分からない」

「じゃあ何が嫌で、そんなことを言った？」

（……何が？）

――ダニエルが、自分を意識していなかったから。

フィルベルテの問いに対して浮かんだ考えに、ドキリと跳ねた心臓が気持ち悪くて、組んでいた手の指先に力を込めた。

「……妹や、両親のために努力しているのが、理解できなかった」

もっともらしい言葉で無理やり作った理由は、半分は本心だった。本当に理解し難いことだったのだ。我が家の事情を知っているフィルベルテはその答えで納得したのか、呆れたように息を吐いた。

「僕はお前の事情を知っているから、責めはしないよ。でも、それを正しいこととして容認するつもりもない。エドワルド、相手の大切なものを傷つけてしまってはいけないだろう？　それをきちんと学ばなければ、いつか本当に大事な人を傷つけてしまう日が来るかもしれないよ」

子どもに言い聞かせるような口調に眉を顰《ひそ》めたが、フィルベルテにこうして諭されるのは一度や二度ではない。そのたびに、自分にとって足りないものを学んできたこともあり、何かを言い返すこともできなかった。

「とりあえず、僕からもダニエル君に謝らないとな。言い訳として、お前の家の事情を話してもいいか？」

「隠していることでもない。好きにしたらいい」

「まぁそうだけど、多分あの子は知らないから」

（……その呼び方をやめろ）

そう思うも、なぜそう思うのかが分からず、ただ口を噤んだ。

その後、二人の間でどんな会話があったのかは不明だが、明らかにダニエルの態度は軟化した。正確には軟化と呼べるほどの変化ではなかったが、意図的に避けられることはなくなり、クラスメイト以上でも以下でもない、元の存在に落ち着いた。その状態は長い間変わらず、互いの関係性が変わることもなかった。

それから約一年後、最終学年への進級を間近に控えたある日、エドワルドはフィルベルテに呼び出された。

フィルベルテの自室へ向かえば、有無を言わさず寝室へと通され、当の本人はどこかへ行ってしまった。それも、わざわざ扉を半開きにしたままにするよう言い残して。呼び出しておいてなんなんだ、と思いながら待つこと十数分、帰ってきたフィルベルテに続くもう一つの足音に気づき、誰かを連れてきたのだと知る。

ジルドだろうか、と気にも留めずにいると、予想外の声が耳に届き、目を見開いた。

(この声は……)

思わず扉の側まで移動すると、耳を澄ました。隣室から聞こえてきた声は、間違いなくダニエルのものだった。

ここは王族が使用する部屋で、一般生徒が招かれることなど滅多にない。なぜ、どうして、と思考が巡る中、朗らかなフィルベルテの声が響いた。

「おめでとう、ダニエル君。今期のプレジデントに、共に選ばれたよ」

その言葉に、ようやくフィルベルテの意図に気づく。

（会話を聞かせるつもりで呼び出したな……）

戸惑っている様子が手に取るように分かるダニエルの声を聞きながら、眉間には皺《しわ》が寄った。

フィルベルテの意図は分かったが、何がしたいのかは分からない。それよりも、もしも自分がここにいなかったら、フィルベルテと二人きり、王族の生活圏として隔離された場所に引き込まれているることにまったく気づいていないダニエルに、一度は消えたはずの靄《もや》がまた溢れ出した。

自分の存在に気づかぬまま、フィルベルテと会話を続けるダニエル。目標だったプレジデントに選ばれたのに、なぜか反応が薄い様子を不思議に思っていると、続いて聞こえた言葉に息を呑んだ。

「……プレジデントに選ばれた方の中に、ヴァシュフォード様もいらっしゃいますよね？」

（――――！）

その声に滲《にじ》んだ困惑に、頭を殴られたようなショックを受けた。自身に向けられた拒絶を示すような反応に、ドクドクと心臓が嫌な音を立てる。

「そうだね。僕とジルドとエドワルド、それと君の四人だ。……まさか、エドワルドがいるから嫌だと？」

容赦のないフィルベルテの言葉に、耳を塞ぎたくなるのをなんとか堪《こら》えた。流れで自分もプレジデントに選ばれたことを知ったが、正直そんなことはどうでもよかった。

フィルベルテの問いに対し、ダニエルはすぐさま否定したが、その響きは安心できるものではなく、恐怖のようなものがじわじわと胸の内に広がった。

「君は本当に真面目さんだね。……確認だが、エドワルドが嫌いかい？」

何かを確かめるような一瞬の間。ドキリと跳ねた心臓は、その先を聞くのが怖いと震えていた。

「……いいえ。ですが、ヴァシュフォード様は、私をお嫌いかと思います」

躊躇《ためら》うように返されたその言葉に、カッと感情が昂った。

(嫌いなものか!!　私は——)

その瞬間、知らず知らずの内に溜め込み、募らせていた感情が一気に膨れ上がり、口走りそうになった言葉の意味に気づいてエドワルドは硬直した。

(私、は……)

気づいてしまったのだ。胸に痞《つか》えるような引っ掛かりも、突如生まれた靄《もや》も、彼が誰かと親しく気にしている姿に苛つくのも、ダニエルの意識の中に、自分がいないことにショックを受けた理由も——……

(……嫉妬だ)

自分は、彼が、誠実で、穏やかで、優しいダニエルが、好きなのだ。

不確かだった感情が、形を帯び、名前を持って、胸の奥にストンと落ちた。

生まれて初めて抱いた恋慕の情は、得体が知れなくて恐ろしいのに、決して手放したくはないと思えるほど愛しかった。

いつからだなんて分からない。ただ、己も彼に好意を寄せる多くの人間の内の一人でしかなかったことに、なんとも言えない悔しさが込み上げた。

(……嫌だ)

『その他大勢』にはなりたくない。初めて湧き上がった感情が独占欲だと、この時はまだ気づいていなかった。

次々と湧き出る感情に茫然としている間に、隣室の会話は緩やかに区切りを迎えようとしていた。

「妹君も、応援してくれたのだろう？　こんな小さなことで諦めたら、今まで頑張ってきた君自身と、妹君に対して失礼だよ」

諭すようなフィルベルテの言葉が、どうしてか頭の隅にこびり付いて離れなかった。


「お待たせ。気分はどうだ」

ダニエルが去ったあと、何食わぬ顔で寝室に現れたフィルベルテを睨《にら》んだが、当然のように流された。

「良かったな。嫌われていなくて」

「別に……」

「そんな態度でいると、本当に嫌われるぞ。好きな子に嫌われたいのなら何も言わんが」

「ッ……」

サラリと言われた言葉に目を剥《む》けば、フィルベルテが「やれやれ」と言いたげに肩を竦《すく》めた。

「何年の付き合いだと思ってるんだ。お前がダニエル君に興味を持った時点でおかしいと思ったけど、分かりやすいくらい目で追ってるんだ。気づくなというほうが無理だ」

そう言って深くソファーに座ると、フィルベルテの瞳が真っ直ぐこちらを見据えた。

「実らぬ恋のほうが多いんだ。悔いのないように過ごしたほうがいいぞ」

遠回しに背中を押す言葉には、だが決して希望を抱かせない、彼なりの気遣いが透けていた。

貴族同士の付き合いは、家同士の結び付きが大きい。そしてダニエルもエドワルドも、共に跡取りという立場だからこそ、この恋が決して実らないことは既に決まっていた。

(……そうでなくとも、自分を好いてもらえる可能性などないに等しいが)

ダニエルは「嫌いか?」という問いに対し、否定はしていた。だがそれをそのまま信じられるほど、馬鹿にはなれなかった。

初めて抱いた恋心は、花開いた瞬間に寿命を終えた花のように、実を付ける前に萎れていった。


とはいえ、人の感情というのは面倒なもので、実らぬ恋だと分かっていても、すぐに手放せてしまえるほど単純ではなかった。

共にプレジデントとして活動するようになって、多少言葉を交わす機会は増えたが、ダニエルとの関係が変わることはなかった。自分自身、それ以上を望めないと分かっていたし、これ以上近づいて、恋しさが募るのも嫌だった。

だが学園を卒業してしまったら、毎日顔を合わせることも、この距離感で接する機会もなくなる。

そう思うと寂しくて、離れることも、近寄ることもできず、結局は今までと変わらぬ距離を保つのが、自分にとっての精一杯だった。

それから程なくして、ダニエルはフィルベルテの側近候補として側に控えるようになった。

恋愛感情ではなく、純粋にダニエルの人柄を気に入っていたフィルベルテが、誘いの声を掛けるのはなんら不思議なことではない。そう頭では理解していても、これから先もフィルベルテの側に立つダニエルの姿を想像し、湧き上がるような嫉妬を覚えた。

リンベルト家の現状も、数年の間に皆がそれなりに知るところとなっていたが、それでもダニエルの交友関係は変わらず、今も尚想いを寄せる者が多いのは、やはり彼が魅力的だからだろう。

成人が近づくにつれ、更に伸びた身長と引き締まった体躯は、父親のそれとは異なるしなやかな筋肉で覆われ、母親のような色気を放つようになった。その上で、今はまだ危うい状態のリンベルト家だが、第一王子の側近に引き立てられたことで、今後は安泰かもしれないという打算的な考えと下心、欲望を混ぜた視線がダニエルに向けられた。欲を含んだ目でダニエルを見られるのが許せず、今すぐにでもフィルベルテの元から引き離したい焦燥に駆られた。

フィルベルテだけじゃない。他の誰の側にも置きたくない。他の誰かのものになってほしくない。だが自分の元に招くことも、引き留めることもできない。

それがもどかしくて、もどかしくて、苦しくて、嫌で嫌で堪《たま》らなかった。

「随分と上手くフィルベルテに取り入ったな」

残すは卒業式だけとなった学生生活最後の日、二人きりの廊下で、行き場を失った恋慕の情は、醜く歪んだ嫉妬として溢れ出た。

分かっている。こんなことが言いたかった訳じゃないと分かっている。嫌われるだけだと分かっていて、手を伸ばすこともできない存在に焦がれた感情は、彼を貶《けな》すだけの言葉を吐いた。

（違う！　こんなことが言いたかったんじゃない……！）

後悔したところで、口から出た言葉が帰ってくるはずもなく、返ってきたのは、険しい表情でこちらを見つめるオリーヴグリーンの輝きだけだった。

「恐れながら、殿下はそのような方ではございません。最後までお見苦しい姿を晒し、申し訳ありませんでした。今後も、私はなるべく公爵様と関わることがないよう気をつけます。失礼致します」

抑揚のない声で告げられた言葉は当然のもので、踵《きびす》を返し、いつかと同じように去っていくその背を黙って見送ることしかできない自分に心底嫌気が差した。

（いっそ嫌われてしまえば、諦めもつくだろうか……）

もしかしたらもう、十分すぎるほど嫌われているのかもしれないが……自業自得な考えに、乾いた笑いが漏れた。

（もう、やめよう）

一週間後の卒業式の日、共に過ごした日々に別れを告げると共に、この想いにも別れを告げよう。

ようやく覚悟を決めた恋慕の情との決別は、この日を境に、激情へと変わった。

◇◇◇◇◇

卒業式の日、姿を見せないダニエルに皆が顔を見合わせた。

フィルベルテやジルドはもちろん、一番親しくしていたカリオですら何も知らず、学園への連絡も入っていなかった。誰もが不審に思ったが、卒業式には国王夫妻も参加しており、一人の生徒のために卒業式を遅らせる訳にもいかない。結局、ダニエルがいないまま卒業式は始まり、呆気ないほど何事もなく終わった。

動くに動けない状態が続き、陽が暮れた頃にようやく学園の教員を捕まえ、状況を聞き出せることになったが、返ってきた答えは耳を疑うものだった。

「リンベルト家に使いを出したのですが、その者はもういないと言われたらしく……」

即座にフィルベルテに報告し、翌日には王家の名で使いを出した。だが返ってきた答えはのらくらりとしたもので埒が明かず、直接乗り込もうとしたところをフィルベルテに止められた。

「馬鹿！　お前が行って下手に相手を殺しでもしたらどうするんだ」

「そこまで馬鹿じゃない」

せいぜい拷問して吐かせるくらいだと思ったがそれも止められ、側近の話が出ていたということでフィルベルテがジルドを伴って伯爵邸へと向かった。先触れも出さず、即日で行って帰ってきたフィルベルテだが、その顔は綺麗に歪み、ジルドは能面のような表情になっていた。

王城内にあるフィルベルテの執務室に呼ばれ、ソファーに腰を下ろすや否や、大きな溜め息が室内に響いた。

「ダニエルが伯爵家を出て、もう一週間経っている。行き先は不明だ」

「は？」

(一週間……?)

つまりは学園の廊下で最後に会話をしたあの日の翌日にはもう、行方が分からなくなっていたということになる。

(あれが、最後?)

目が眩《くら》むほどの動揺に茫然としていると、ジルドがリンベルト家での出来事を話し始めた。

ダニエルの伯父曰く、前伯爵、つまりはダニエルの父親が残していた借金があり、返済期日が迫っていた。ダニエルは自分の父の負債だからと自身の財産を投げうって借金を返済しようとした。それでも間に合わなかった分は、伯父が肩代わりをしようと言ったところ、迷惑を掛けるばかりで申し訳ないと頭を下げ、爵位を伯父に譲り、妹を連れて出て行ったという。

どう聞いても作り話な馬鹿馬鹿しい内容に、膝の上に置いていた拳が怒りで震えた。

「そのくだらない作り話を聞くだけで、何もせずに帰ってきたのか……!」

「本当に馬鹿馬鹿しいな。だがダニエルがもうあの家にいないのは事実だ」

「縛り上げて問いただせばいいだろう!!」

「エドワルド、なんの罪状も無い者にそれを行えば、逆にこちらが罪に問われる。落ち着け」

「っ……!」

込み上げる怒りを抑えられず、目の前のテーブルに思い切り拳を叩きつければ、凄まじい音が響いた。

「殿下?　今のはなんの音で……」

「問題ない。気にするな」

部屋の外にいた護衛騎士が顔を覗《のぞ》かせたのを手で制したフィルベルテは、そちらには見向きもしないまま、エドワルドを見つめた。

「お前がそうやって怒るのを初めて見たよ」

「お前が追わないなら、私が追う」

「早まらないでくれ。このまま放っておく訳がないだろう。ダニエルとフローラ嬢の捜索はもちろん行うが、それと同時にリンベルト伯爵の周りも洗わなければいけない。色々と準備が必要だ」

「リンベルト伯爵……？」

「言っただろう？　爵位を譲られた、と。残念ながらそこは本当だ。ダニエルが爵位を放棄し、伯父であるカッシオに譲渡する書面が署名入りで提出され、五日前に受理されている。今のリンベルト伯爵は、カッシオとして既に登録されていた」

「なに……？」

「無理やり書かされたのかは分からないが、筆跡はダニエルのもので間違いなかった。ただ問題はそこじゃない。問題なのは、受理されるまでがあまりにも早すぎる点だ」

当主が代替わりする際、王城の管轄機関に代替わりした旨の書面を提出し、各機関に登録されている情報の更新が行われる。領地保有者や納税者としての名義変更や、貴族図鑑への登録、出生記録の再提出等、代替わりの手続きが完全に終わるまで、それなりの時間が掛かるはずだ。にも関わらず、今回は二日弱の間に全ての手続きが終わっていたことになる。

「恐らく最初から仕組まれていたことだ。だがあの男の残念な脳みそで、そこまで頭が回るとは思えない。確実に城内に協力者……欲に目が眩《くら》んだ頭の足りない駒を操って、利益を貪ろうとしている者がいるはずだ」

蔑《さげす》むような表情をしたフィルベルテに、少しだけ頭が冷える。冷静になった頭で、ダニエルの伯父について尋ねた。

「そんなに愚かしい男なのか？」

「娘も息子も、一家揃って皆愚かで汚らしい人間だったよ。ねぇ、ジルド？」

「ええ、大変素晴らしい教育をされたゴミでしたね。ダニエルが殿下の側近になったと聞くや否や『ならば私が代わりを務めます』と寝惚けたことを言うボンクラと、殿下に向かってずっと媚びを売り続けながら気色の悪い声を発する女と、その両方を指して『我が家の自慢の娘と息子です』と胸を張る能無し。どこを探してもなかなかお目にかかれないほど虫唾の走る一家でした」

丁寧な口調は変わらないが、ところどころ言葉が乱れている辺り、ジルドも相当な怒りが溜まっているらしい。自分と違い、静かに怒りを溜めている二人を前に深く息を吐き出すと、フィルベルテの青い瞳を見据えた。

「私はダニエルを最優先させるぞ」

「好きにしろ、と言いたいところだけれど、慎重に頼む。カッシオに罪状を出すだけなら簡単だが、それではトカゲの尻尾切りだ。気づかれぬようにやってくれ。私の大事な側近を奪ってくれたお礼に、全員を二度と私の視界に入らない遠い地へ送りたいからね」

「……必要なことがあれば言え。いくらでも協力しよう」

『私の』という響きに性懲りもなく嫉妬心が湧くも、気持ちは同じだ。

妹のため、家族のため、三年間ひたむきに努力してきたダニエルの姿を知っている。

愛しい者の努力を踏み躙り、泥を塗ってくれた礼は必ず返すと、怒れる激情に誓った。


その日から、ダニエルと妹の捜索を始めたが、状況は芳しくなかった。

一週間前ともなると完全に足取りが途絶えていることと、あまりにも兄妹を知る者が少なすぎた。現在のリンベルト邸にいる使用人は、カッシオが雇った者達で、兄妹との接点もなく、元々リンベルト邸で働いていた者達は既に一人もいなかった。唯一、元家令と侍女が一人、兄妹の世話をしていたようだが、その二人も兄妹がいなくなった日に共に屋敷を去ったらしい。

目立つ兄妹のはずだが、驚くほどに目撃情報も何もない。特に妹は真紅の髪で、一度目にすれば確実に記憶に残るはずだが、いくら王都が広いとはいえ、それらしい少女の姿すら足取りが掴めなかった。

（どこかに匿《かくま》われているか、変装しているか……最悪、どこかの貴族に囲われている可能性も……）

見目麗しい兄妹だ。その可能性がゼロとは言えなかった。もしも、あの美しい生き物が汚されているようなことがあれば――想像するだけで腑《はらわた》が煮え繰り返りそうになるのをなんとか宥め、捜索を続けた。

それから程なくして、王都の外れにある店で、随分前に真紅の美しい髪を売りに来た者がいたという情報を掴んだ。そこから騎士達を平民の中に紛れ込ませて捜索したが、兄妹を探し出すことはできず、それ以上の手掛かりがまったく出てこなかった。

（もう王都にはいないか……）

父方の祖父母は既に亡く、隣国出身らしい母方の実家とは没交渉だったとフィルベルテから聞いている。兄妹の頼る先の予想すらつかないまま、馬を走らせ、近隣の村や町まで捜索の範囲を広げた。

そうしている間も、エドワルドには次期公爵としての務めがあり、ダニエルの捜索と並行して通常の業務も行わなければいけなかった。学園を卒業したことで、嫌でも屋敷に帰らなければならなかったが、幸いだったのは王城で外交官としての勤めがあり、両親と顔を合わせることもなく、必要なやりとりはすべてエミールを通すことで済んでいた。ただでさえ気が立っている所に、煩《わずら》わしい両親の相手などしていられなかった。

来る縁談の話はすべて断り、そうしながらも夜会などの集まりには積極的に参加した。情報を集める目的と、次期公爵としての繋ぎを作り、交流を広め、父親からその権力を奪うため。そのためにできることはすべて行った。

（親の言いなりで、『代用品』としての公爵になるつもりはない）

なんとしてでもダニエルを見つけ出し、誰にも咎《とが》めを受けることなく、自分の手にした力で守りたい。そのために、生まれて初めて、為すべき義務ではなく、成したいことのために、寝る間も惜しんで努力した。

同時に権力だけでなく、見るからに頼りない肉体も鍛え、学園に入学する前、病に倒れてから細いままだった体も少しずつ筋力を付けた。流石にダニエルほど立派な体躯には届かないだろうが、せめて彼に少しでも近づけるように、と鍛錬を積み重ねた。

なかなか兄妹を見つけることができない不安も、焦りも、恐怖も、なんとか飲み込み、自分にできるすべてに打ち込んだ。

もどかしいほどの時間が流れ、ダニエルの行方が分からなくなってから約一年後、ようやくフローラらしき少女を見つけたという一報を受けた。

王都から離れた小さな町で、元家令と侍女と思しき男女と三人で暮らしているという少女。その髪は黒に近い茶色の短髪で、真紅の髪ではないそうだが、その町が共にいなくなった侍女と縁《ゆかり》のある地であることと、オリーヴグリーンの瞳をした美しい少女という点から、フローラである可能性が高いと目星を付けた。

大々的な捜索ができなかったことと、あまりにも情報が少なかったこと、兄妹で共に行動していると思い込んでいたことでかなり時間が掛かってしまったが、なんとかダニエルへと繋がる手掛かりを見つけた。

とはいえ、ダニエルが共に暮らしていない様子に不安が募る。せめて妹だけでも保護できれば、事情を聞けるだろう……そう祈るような気持ちで、フローラらしき少女がいるという町へと向かった。

小さな町で、針子として働いているという少女。その少女が毎日通っているという教会に向かえば、そこには熱心に祈りを捧げる少女の姿があった。寂れた教会には他の信者の姿はなく、シンと静まり返った室内に入ると、細い背に向けて声を掛けた。

「フローラ嬢」

弾かれたように振り返ったその面立ちは、聞いていた通りとても美しく、オリーヴグリーンの瞳は、間違いなくダニエルと同じ色彩を放っていた。

「……どなたでしょう」

警戒心を剥《む》き出しにした眼差しを正面から受け止めながら、ゆっくりと口を開いた。

「エドワルド・ヴァシュフォードという者だ。君の兄君とは、同じ学園に通っていた。兄君の行方を探しているんだが、どこにいるだろうか」

そう告げた瞬間、大きな瞳が更に大きく見開かれ、息を呑むような一拍の沈黙のあと、整った顔《かんばせ》がくしゃりと歪んだ。

「……っ、ごめんなさい……、ごめんなさい……！」

ボロボロと涙を零《こぼ》し、蹲《うずくま》って泣き出したフローラに嫌な予感が走る。大股で彼女に近づくと、自身のローブを脱ぎ、その細い肩に掛けた。話に聞いていた通り、その髪はダニエルに似た黒茶色で、平民の少女でもそういないほど短く切られていた。

貴族の娘であった子が、どんな思いで髪を切ったのか、それを思うと少しばかり胸が痛んだが、泣き止むのを待っていられるような余裕などなかった。

「ダニエルはどうした」

簡潔に問えば、しゃくり上げるように泣いていたフローラが、頭を下げるようにして丸まった。

「おにっ、さまは……ここには、いません……っ」

「どこにいる」

「……わかりません……っ」

「なぜだ！」

つい声を荒げてしまい即座に後悔するも、フローラは怯えた様子もなく、ゆっくりと顔を上げた。

「兄は……、奴隷になりました……」

「……なに……？」

「私を、守って……っ、お兄様は奴隷になりました……！」

「ごめんなさい」そう言って再び泣き出したフローラ。怒りや絶望を通り越した感情とも言えない何かがエドワルドの思考を奪い、体が芯から冷えていくような恐ろしい感覚を味わった。


フラフラになりながらも、フローラと元家令、元侍女の三人から改めて聞いた事の顚末《てんまつ》に、茫然自失としていた脳は、瞬く間に鮮明な怒りを吹き返した。

怒りで人が殺せるかもしれないほどの激情に握った拳が震えたが、自責の念で苦しむ少女を前に、暴れ狂う感情は必死に抑えた。

元家令によれば、借金は間違いなく捏造《ねつぞう》されたものか伯父本人の負債であり、恐らくだが借用書の偽装等、第三者が絡んでいる可能性が高いのでは、ということだった。

得た情報をフィルベルテと共有するべく頭に留めつつ、フローラは公爵領へと逃すことを伝えた。保護と療養が目的だったのだが、フローラは頑《かたく》なに労働者として雇ってほしいと言って聞かなかった。

「お兄様が辛い目に遭っているのに、私だけなんの苦労もせず生きていくなんてできません！」

長く美しい髪を切ったのは換金するためと、労働の邪魔にならないためだった。短く切った髪は目立たない色に染め、伸びるたびに切り捨て、平民の少女と変わらぬ生活を続けていたという。

その手は令嬢の手とは思えぬほどに荒れ、小さな傷がいくつもできていた。それでもその瞳には悲壮感ばかりでなく、兄と同じだけの苦労をしてでも生きようという強さが宿っていて、眩《まぶ》しいほどに綺麗だった。

（……よく似た兄妹だな）

見た目だけでなく、妹のため、兄のため、自分ではない誰かのために一生懸命になれるその内面の美しさが、少しばかり羨ましかった。

「分かった。但し、体に傷を作るような仕事は禁止だ。髪色は元に戻して伸ばせ。仕事を与えるのはダニエルを見つけるまでだ。いいな」

「はい！　ありがとうございます、ヴァシュフォード様……！」

一瞬、フローラの瞳が潤んだが、彼女はそれを堪《こら》えるように深々と頭を下げた。

（領地には兄上がいるが……問題ないだろう）

子どもの頃から本邸にいたことはなく、まったく交流のない兄だが、今も領地で静かに暮らしていると聞いている。フローラの保護は信頼できる者に任せ、次の日からはダニエルを買った奴隷商をしらみ潰しに探した。

当然だが、とっくにどこかに売られたあとだろう。ただ幸いにも、ある程度買われた奴隷商を絞ることはできた。王都には奴隷商がいくつか存在するが、ダニエルが買われた金額から、それなりの大店であることが予測できた。目ぼしい店は三軒。あとはその三軒に探りを入れるだけだが、顧客の情報などは当然教えてもらえない。慎重に、情報を引き出す必要があった。

いっそカッシオを捕らえ、罪状を作ってしまえば楽なのだが、それではダニエルを苦しめた輩の元の元まで根絶させることができない。奴隷としてどんな扱いを受けているのか、辱《はずかし》めを受けているのではないか、考えれば考えるほど焦燥感が募った。

それと同時に、不安とも未練とも取れない感情が、日に日に大きくなっていった。

奴隷となっているのであれば、ただ保護すれば済むという話ではない。そこに金銭が絡んでくる。金はどうとでもなるが、今はまだ〝次期〟公爵という立場であり、現公爵は父である。不干渉状態とはいえ、流石に奴隷を買ったとなれば、余計な口出しをしてくるだろう。そのせいでもしもダニエルを傷つけるようなことがあれば、自分が何をしでかすか分からない。

ならば奴隷契約を解除して、元同級生として保護すればいいのかもしれないが、その時の自分と彼の関係は、一体どういうものになるだろう?

友人ではない。彼の性格から、感謝されることはあっても、保護したところで同居人以上の仲になれるとは思えない。それどころか、フローラと共に領地で仕事をさせてほしいと言い出す可能性が高い。もしかしたらその過程で、少しは仲良くなれるかもしれないが、それでは足りないのだ。

（……ダニエルが欲しい）

側にいてほしい。隣にいてほしい。彼に触れたい。深く繋がりたい。自分の元で守りたい――好きで、好きで、堪《たま》らないほど焦がれた欲が、山のように膨れ上がっていた。

ダニエルが奴隷として売られたと知った時は、目の前が真っ暗になるほどのショックを受けたが、時間が経ち、様々な考えが巡るほど、奴隷として彼を自分の手元に繋ぎ止めることはできないだろうかという考えが大きくなり始めた。

（最低だな）

本当に、心底自分を軽蔑《けいべつ》する。だがその軽蔑《けいべつ》以上に、奴隷契約という歪な繋がりでもいいから、彼と共にいたいと願ってしまった。

きっと軽蔑《けいべつ》され、今度こそ徹底的に嫌われるだろうが、もう十分に嫌われているだろうに、という諦めもあった。

（……やめよう。今は見つけるのが先だ）

欲にまみれた仄暗い思考に飲まれそうになるのを振り払うと、奴隷商への調査を進めた。

少しずつ調査の手を広げ、狭め、そうして数週間後にようやくとある大店に買われていたことを突き止めた。

ダニエルが売られた先、そこが男娼専用娼館だと知り、堪《こら》えていた箍《たが》はいとも容易く外れた。

すぐにでも乗り込んで買い取ってしまいたいのを、エミールに必死に止められた。報告では、数ヶ月前に娼館に買われたのは間違いないが、男娼として店に出てはいないこと。恐らくは客の前に出すまでに時間が掛かること。高級娼館という、ある意味で守られた空間にいることで、外部にダニエルの存在が漏れる心配が少ないこと。それらを挙げられ、ダニエルを保護するつもりなら、そのための基盤を盤石にすべきだと諭《さと》された。

「すぐにでもお迎えしたいお気持ちは分かります。ですが今のエドワルド様のお立場でダニエル様を保護されても、口さがない言葉でダニエル様を傷つける者がいないとも限りません。ダニエル様が更にお辛い目に遭われる可能性もございます。どうか慎重に、確実にお守りになれる力を先に手にされるべきです。……『旦那様』」

幼少の頃から側に仕えているエミール。腹心だと思っている彼だからこそ、ダニエルへの想いもすべて包み隠さず伝えた。その上で彼は否定も反対もせず、ただ『旦那様』と背を押してくれた。

本当なら今すぐにでも奪いに行きたい気持ちを血の滲《にじ》むような自制心で抑え、世代交代を急いだ。フィルベルテにも報告を入れ、その上で保護したあとは自分の手元に置くと伝えた時には呆れたような顔をされたが、「傷つけるなよ」という言葉が返ってきただけだった。

幸いにも店の仕組みはすぐに把握《はあく》でき、ダニエルがいきなり客を取ることはないと分かった。それでも万が一に備え、店の周りには常に見張りを置き、何人かは客として出入りさせ、店内の構造も調べ上げた。

カッシオの周辺調査は、フィルベルテとジルドの補助をする程度だったが、確実に、着実に、包囲網を狭めていく中、残すは爵位を父から継ぐだけとなった。

当然渋るだろうと思っていたのだが、エミールを通して話をする場を設けてもらえば、拍子抜けするほど呆気なく、当主の代変わりを証明する書面にサインがされた。

「あとはお前の好きにしたらいい」

元々ほとんどの仕事に関わっていたこともあり、引き継ぎらしい引き継ぎもなく、二十一歳の誕生日を迎えてすぐに、エドワルドは公爵家の当主となった。あまりにも呆気ない両親の幕引きにエミールに心当たりがないか理由を聞けば、意外な人物の名前が出てきた。

「恐らくは、ミシェル様の介入があったのでしょう」

「兄上の？」

予想外の名が出たことに首を捻れば、自分の知らなかった兄の話をしてくれた。

兄は十代中頃には既に健康体で、爵位を継ぐのも問題ない体になっていた。だが弟であるエドワルドへの両親の態度から、下手に健康体であることを知られる訳にはいかないと、ずっと病弱なフリをしていたらしい。

そんな中、エドワルドが十五歳の頃に病で倒れた。その時の両親のあまりの態度に激昂した兄は、以降は両親の監視役をしていたのだそうだ。

「……初めて聞いたが？」

「ミシェル様に口止めされておりましたから。……エドワルド様から見れば、ミシェル様は旦那様と奥様に愛されているように見えたのかもしれませんが、実際はそんなに美しいものではございませんでしたよ」

エミールの寂しそうな声からも、その言葉が真実なのだろうと、不思議とすぐに信じられた。思い返せば、臥せっていた頃、ある日を境にパタリと両親からの罵声《ばせい》が止んだ。その後もいくら不干渉とはいえ、いくら屋敷が広いとはいえ、親子にも関わらず公式の場でしか顔を合わせないことを不自然だと思っていたが、こちらももしかしたら兄が絡んでいたのかもしれないと思い至る。

自分ばかりが苦しい思いをしていると思っていたその裏で、兄もまた苦労していたのだと知り、初めて兄と話がしてみたいと思った。

その後は本来なら、新たな当主のお披露目パーティーを行うものなのだが、そんなものの準備をしている余裕もなければ気分でもなく、その一切を省いた。義務であり、目標でもあった爵位を手に入れた達成感よりも、ダニエルを迎え入れることができるだけの力を手にできたことが、なにより嬉しかった。

両親は早々に公爵邸の領地にある第二邸に居《きょ》を移し、両親に付いていた執事や従者、侍女も皆そちらに移動した。但し、祖父母の代から公爵家に仕えてくれていた年嵩《としかさ》の使用人達には残ってもらい、その上でエミールが筆頭執事となり、屋敷内を回し始めた。

ダニエルを連れてきても問題がないよう、使用人達は徹底的に教育した。多少の反発は覚悟したが、エミールの采配のおかげか、不満らしいものは特に上がらず、平和的に準備は整っていった。

そうして正式に当主としての手続きが済み、陛下への謁見も済ませ、当主交代の旨を認《したた》めた手紙を各所に送った直後、娼館で動きがあった。

ダニエルを見せ物としてショーケースに飾っていると聞いた時は、憎悪と不快感を堪《こら》えるのに丸一日掛かったが、なんとか耐え抜いた。このまま進めば、男娼として客を取らされることになる。それを防ぐため、足を運んだのはダニエルを買った奴隷商だった。

王宮から送られた書面であることが一目で分かる蝋印鑑が押され、第一王子のサインが入った書状を手に向かえば、最速最短でオーナーと対面できた。

「お初にお目にかかります、公爵閣下。本日はどのようなご用向きでしょう」

突然の訪問にも関わらず、落ち着いた様子の男に対して嫌な感情はない。それなりに話の通じる者と判断して単刀直入に切り出した。

「一年半ほど前に、ダニエル・リンベルトという男を売ったな。その際の売り値を知りたい。ついでに、あの店の紹介状でも書いてもらおうか」

「……畏《かしこ》まりました」

こちらが既に調べ上げた上でここに来ていることを瞬時に察したのだろう。なぜ、という余計な質問もないことに好印象を抱いていると、男は更にもう一枚の書類を差し出してきた。

「こちらも、必要でしょうか」

「……ああ、感謝する」

オーナーの男から差し出されたそれは、ダニエルが奴隷商に売られた際の売買契約書だった。ご丁寧にカッシオのサインが入っている契約書と共に紹介状を受け取ると、席を立った。

「ないとは思うが、このことは他言無用だ」

「承知しております」

カッシオが奴隷商にダニエルを売った証拠も手に入れ、ダニエルを迎えるための屋敷の準備も整った。

(あとは、私がどうしたいかだけだ……)

エドワルドは、この時になってもまだ、ダニエルとの今後の関係について悩んでいた。

奴隷として縛り付けるなんて、最低だ。そう思う反面、最低と罵《ののし》られてもいいから側にいたいという感情が鬩《せめ》ぎ合い、答えが出ないまま、その瞬間を迎えた。


「……ヴァシュフォード、様……？」

直前まで揺れていた迷いは、ベッドの上、ポカンとした表情でこちらを見つめるダニエルを見た瞬間、それまで悩んでいたのが嘘のように消え、彼を連れて帰ることしか考えられなくなった。

(ああっ、やっと……やっと見つけた……！)

一年半ぶりに再会できた喜びと安堵《あんど》に、胸が震えた。表情が崩れそうになるのを奥歯を噛み締めて耐えるも、腹の底から瞬く間に溢れ出した独占欲は、一秒でも早くこの場からダニエルを連れ帰りたいと叫んだ。

今すぐにでも抱き締めたい。そう切に願うも、怯えるダニエルを前に現実を思い出し、昂っていた感情は、そのまま行き場を無くした。

――私は彼に嫌われている。

ダニエルに対する好意ばかりが先走って、そもそもこの感情が一方通行であり、交わらないものだということを思い出す。

嫌われる原因を作ったのも自分で、彼からしてみれば、エドワルドが今ここにいること自体、疑問でしかないだろう。そしてその疑問に対して、自分は答えられない。

どの口で好きだと言える？　好きだから側にいてほしいと言える？　恩着せがましく、迎えに来たと言える？　ただ自分が、そうしたかっただけなのに……

（……言えない）

胸を焦がすような恋慕があっても、想いを告白したところで結果は火を見るより明らかで、意味が無いことだ。

熱に浮かされていた激情が、高い熱を帯びたまま、急速に冷めていくような不思議な感覚を味わった。

（……嫌われてもいいから、側にいたい）

結局のところ、自分は相手の気持ちを無視した自己満足な愛情しか抱けないのだと、深く自覚する。一時的な繋がりでいい。借金を背負わせるつもりもない。むしろ彼に側にいてもらうため、奴隷という鎖で縛り付け、その身を犯す慰謝料として、こちらが支払うべきだろう。

愛しい者と過ごす時間とその肉体を、金で買ったのだ――自分自身にその虚しさと自己嫌悪を突きつけ、何か言いたそうにしている彼の声を奪うと、覚悟を決めた。

「……私の、ご主人様は、エドワルド様で……、私は、エドワルド様のもので……私は、ご主人様にお仕えする、奴隷です……」

娼館から連れ帰ったその足で向かったベッドの上、目が眩《くら》むほどの裸体を押し倒しながら言わせた言葉に、軋《きし》む心が悲鳴を上げた。泣きたくなるほどの寂しさと諦念《ていねん》、それ以上の関係は望まないという戒めを自身の胸に刻みつけると、愛しい者の体を抱いた。

すべらかな肌を纏った肢体はしなやかな筋肉で覆われ、盛り上がった胸と綺麗に割れた腹筋、引き締まった腰はひたすらに美しかった。ぷくりと膨れた乳頭はいやらしく、それでいて立派なペニスの先端からは愛らしく蜜を垂らすだけの対比に、頭がどうにかなりそうなほど興奮した。

自分がダニエルにとっての初めてであることに喜びと安堵《あんど》を感じ、必死に理性を保とうとしたが、彼の愛らしい嬌声《きょうせい》と仕草、真っ赤な顔を蕩《とろ》けさせて「気持ちいい」と鳴く声に、我慢の糸は簡単に千切れた。

「ご主人さま……ごめ、なさ……」

「……！　おい！　ダニエル！」

熱く柔らかな腹の中に精を吐き出した直後、カクンと力の抜けた体に、慌てて呼び掛けるも反応はなく、代わりに聞こえてきたのは静かな吐息だけだった。

無理をさせてしまったことを反省しながら、くったりとしたままの肉体から性器を抜き、意識のない体を抱き締めた。

「すまない……すまない、ダニエル。……愛してる」

伝えるつもりのない言葉が、静かな部屋の中に溶けるように消える。眠る彼の耳にその言葉が届かないことが、エドワルドにとっての救いだった。


そうして始まった共に生活する時間は、自己満足だと分かっていても嬉しかった。

手を繋ぎ、キスをして、肌を重ねる。擬似的にでもいいから恋人同士のような真似事がしたいという欲望も、ダニエルは付き合うしかないと分かっていて強要した。自己嫌悪が募っていくも、それでも止められなかった。

稚拙《ちせつ》な独占欲で行動を制限しながら、せめて少しでも過ごし易いようにと、矛盾した考えで与えた自由な時間。それに対し純粋な感謝の言葉を告げられ、どうしてそんなに清らかなのだと、自分の性根の醜さと彼が味わった悲しみが混じり合い、苦しくなった。

だが次の瞬間、ダニエルが、ほんの少しだけ微笑んでくれた。その表情に歓喜で胸は震え、いくつもの感情が複雑に混じり合った勢いのまま、その体を抱き締めた。

（……初めてだ）

学生時代、誰に対しても穏やかに微笑んでいたダニエルだが、その笑顔が自分に向けられたことは一度も無かった。その微笑みを、初めて自分にも向けてくれた。それが堪《たま》らなく嬉しくて、もっと喜んでほしい、もっと笑ってほしいと、馬鹿みたいに願うようになった。

好みの味を聞き出し、ダニエルの好きな料理をテーブルに並べた。何か欲しい物はないか、いつでも尋ねた。慎ましい彼でも受け取ってくれるような小さな贈り物をたくさん贈った。そうやって少しずつ、会話と交流を増やしていく内に、徐々に笑いかけてくれる回数が増えた。

気づけば、いつからか自然と微笑んでくれるようになったダニエルに、愛しさは増すばかりだった。そうして愛しい日々が積もるほど、重なる幸福に鼻の奥がツンとして、堪《たま》らなく嬉しいのに、胸は苦しいと泣いていていた。

（この時間も、いつか呆気なく終わる……）

ただあの頃とは違い、今はこの幸福が最初から期間限定だと知っていた。

だから、その時が来ても大丈夫――そう毎日自分に言い聞かせていた夢の終わりは、フィルベルテからの報《しら》せで告げられた。

フィルベルテからの一報を受け取り、すぐさま領地に向かうと、フローラにダニエルに渡す手紙を書いてほしいと頼んだ。本当はわざわざ来なくても良かったのだが、一応フローラの現状を確認しておくべきだろうと、ダニエルと過ごす残り僅《わず》かな貴重な時間を削り、馬を走らせた。

「ありがとうございます、エドワルド様。すぐにご用意致します」

領地の別邸で出迎えてくれたフローラは、一年前とは異なり、令嬢らしいドレスを身に纏い、美しい淑女の礼を取った。染めるのをやめた髪は鮮やかな真紅色を取り戻し、短かった髪もだいぶ伸びた。ダニエルを見つけてすぐ、領地に向けて彼の無事を告げる手紙を送り、フローラから仕事を取り上げた。代わりに家庭教師と淑女教育を与えたのだが、真面目に取り組んでいるのだろう。

その様子に安心しながら応接室で待っていると、ここに来たもう一つの目的となる人物が、静かに部屋に入ってきた。

「久しぶり、と言っていいのかな？　ほとんど、はじめましてのようなものだけど……」

「……いえ、お久しぶりです。兄上」

緊張した面持ちで現れたスラリとした体躯の男性、兄であるミシェルに、深く頭を下げた。

「私の勝手で、ご迷惑をお掛けしております。事前のご報告もなく、今頃のご挨拶となり、大変申し訳ございません」

「勝手も何も、ここはもうエドワルドの領地だよ。僕も今までと変わらず居ついていて申し訳ない。邪魔ならいつでも出ていくから、遠慮なく言ってくれ」

「その必要はございません。目の届かぬ領地を守っていただき、感謝しております」

会話がぎこちないのは仕方ない。何せ二十一年間生きてきて、言葉を交わしたのはこれが二回目なのだ。

「今日は、兄上にお礼を申し上げるために参りました」

少しだけ上擦った声で一言前置きをすると、一度だけ深呼吸をした。

「爵位の件で、父を説得してくれたのは兄上だと聞きました。それと、私が流行病に倒れた時、両親を遠ざけてくださったのも……今まで何も知らず、お礼を申し上げることもできず、大変失礼致しました。……ありがとうございます、兄上」

今更なのは承知で感謝の気持ちを伝えれば、兄の瞳が大きく見開かれ、ゆっくりと相好を崩した。

その表情が亡き祖母にそっくりで、ドキリとした。

「礼を言ってもらえるような大したことはしてないよ。僕こそ、今までずっとエドワルドに辛い役目を押し付けていて悪かった。僕は何もできなかったけれど、こうして立派な当主になってくれて、とても嬉しいし、誇らしいよ」

五つしか違わない兄のその言葉は、まるで親が子に対して掛けるそれのようで、初めて褒めてもらえた感覚に、言葉にし難い感情が胸に込み上げた。

「未熟な身で、まだまだお恥ずかしい限りですが、一層努力していきたいと思います」

「もう十分頑張ったよ。これからはほどほどにね。僕にできることがあれば、頼っておくれ」

そう言って柔らかに微笑む兄を見つめると、一度視線を逸らしたあと、思い切って口を開いた。

「……では、一つだけ、お願いがございます」

「うん、何かな？」

「私は結婚しません。跡継ぎは望めないでしょう。ですので兄上が結婚され、子が生まれましたら、その子を私の養子として跡継ぎにするか、兄上が当主となり、その子を跡継ぎにしてください」

突然の告白に驚いたのか、目を丸くした兄が首を傾げた。

「また……すごいお願いだね。どうしたんだい？　エドワルドはまだ若いだろう？　結婚を急ぐ年じゃないし、どうしてそんな考えになったんだい？」

「……愛する者がおります。ですが、その者との結婚は望めません。子も生《な》せません。私はその者以外を愛することもできません。政略結婚をして、子が生まれたとしても、愛の無い家庭で育てたくはありません。ですので、本来当主を継ぐ予定だった兄上に……」

「エドワルド、その言い方はやめなさい。本来も何も、長子が家を継ぐという決まりはこの国には無いよ」

「……はい。申し訳ございません」

知らず知らずの内に両親の言葉に毒されていたことを苦々しく思いながら、ピシャリと叱られたことに安堵《あんど》を覚えた。

「う～ん、そうだねぇ……エドワルドの頼みは叶えてあげたいけど、それには相手の意向もあるしねぇ」

何かを思案し始めた兄に、ふと引っ掛かるものを感じ、口を開きかけた時だった。コンコン、と響いた控えめなノックの音に返事をすれば、フローラが入ってきた。

「失礼します。お待たせ致しました、エドワルド様」

「もう書けたのか？」

「はい。いつかお兄様にお手紙が書ければと、書きたいことは以前から纏めていましたから」

茶器の載ったトレーを持って入ってきたフローラが、そのままテーブルの脇で紅茶を淹《い》れ始める。その手つきにダニエルを思い出し、それまでの会話の内容のせいか、余計に恋しさが募った。

兄と自分の前にカップを置き、その場を去ろうとするフローラ。そんな彼女を兄が引き留め、エドワルドもフローラも首を傾げた。その後、フローラも交じえて三人で話し合ったのだが、この時の会話が、後々のエドワルドにとって、大きな心の支えとなった。

領地から帰ると、すぐさまダニエルにフローラからの手紙を渡した。驚き、硬直し、震える手で手紙を受け取った姿に、自分まで緊張した。

読み終えると同時に泣き出したダニエルに、胸が締め付けられる。抱き締めることしかできないもどかしさに苛まれるも、問題のもう一通を渡したあとの蒼白になった顔に、今度こそ胸が痛んだ。

本当は渡したくなかった。辛い思いをさせるだけだと分かっていた。だがダニエルが努力した影で、フローラもまた辛い日々に耐えていたことを知る義務が、彼にはあると兄に諭《さと》され、それ以上何も言えなかった。

嗚咽《おえつ》を漏らしながら泣き続けるダニエルの体を抱き締め、泣き止んでほしい一心で目尻や頬に口づけを落とした。

泣いてほしくない。苦しんでほしくない。もうこれ以上、悲しい思いはさせたくない。

そう願う思考の片隅で、こんなにも想ってもらえるフローラを、ほんの少しだけ羨ましいと思ってしまう自分が嫌で、その気持ちを隠すように、抱き締める腕に力を込めた。

(あと少しの辛抱だ……そうしたら、この生活も終わりだ)

言えない言葉を奥歯で噛み殺し、愛しい気持ちを込めてキスを贈った。

ダニエルの努力と尊厳を踏み躙り、悲しませ、兄妹を傷つけたカッシオ一家とその他諸々を一掃するための手筈は整った。

カッシオが裁きを受ければ、爵位は剥奪されるが、リンベルト家そのものがお取潰しになる訳ではない。目障りな者達がいなくなれば、正当な後継者であったダニエルが新たに当主となり、エドワルドとの奴隷契約もそこで終了となる。

（この歪んだ関係も、じきに終いか……）

長くて短い夢の終わりが、すぐ目の前まで近づいていた。それを嫌だと叫んだところで、離れたくないと嘆いたところで、最初から『奴隷契約』で繋がっただけの関係に、未来など無かった。

愛しい者を金で買い、無理やり犯し、自己満足だけで縛り付けた男が、それ以上を望めなくて当然だろう。それでも、短い間だけでも、愛する者と毎日共に過ごせただけで満足すべきだと、必死に自分に言い聞かせた。

（もしかしたら、嫌われてはいないのかもしれないが……もう、友にもなれない）

最初から覚悟していたことだった。この関係が終わったら、本当に全部が終わりだ、と。

込み上げる慟哭《どうこく》を喉の奥で殺し、目を閉じると、望まぬ別れの日に思いを馳せた。

せめて最後の思い出に、ダニエルを飾り立てるくらいは許されるだろう。

やがて訪れる別れの日に相応しい衣装を用意しよう——そう心に決め、募る未練は心の奥底に無理やり閉じ込めた。

めた。

紫水晶《アメジスト》の愛言葉

フローラからの手紙を受け取った翌日、ダニエルは昨日の失態からくる羞恥に悶えながら目が覚

(やってしまった……)

真っ先に胸を満たした感情は、フローラが無事でいてくれたという喜びと安堵だ。後悔の念が消えた訳ではないが、今は彼女が元気でいてくれたことがなにより嬉しく、エドワルドにはいくら感謝してもしきれないほどだ。そうして気が緩むのと同時に、恐らくずっと胸の奥で芽を出そうと疼いていた感情が一気に芽吹き、赤面した。

昨日は様々な感情が振り切れていたせいか、エドワルドにきちんと感謝の言葉も伝えられなかった。今もまだ揺れる感情を必死に抑え、改めて感謝の気持ちと共に昨日の失礼を詫びれば、彼から返ってきたのは「こちらも急にすまなかった」という労《いた》わりを込めた言葉だった。その声が信じられないほど優しくて、羞恥とは異なる熱に顔が火照った。

その熱はなかなか引かず、見送りの抱擁では「まだ顔が赤いな」と体調不良を心配される始末で、居た堪《たま》れなさに拍車を掛けた。

そして今、出かけることを渋るエドワルドをなんとか見送り、心配するエミールに無事を告げ、

与えられた自室まで這《ほ》う這《ほ》うの体《てい》で戻ってくると、ベッドの上に突っ伏した。

(……どうしよう)

今もまだドキドキと脈打つ心臓を押さえながら、芽生えてはいけなかった感情を自覚し、ダニエルは小さく唸った。

昨日、背を撫でられている間、優しくあやすようなエドワルドの声がずっと鼓膜《こまく》を揺らしていた。大丈夫だ、守ってやる、泣かないでくれ——その言葉に詰まった彼の優しさと、力強い腕に包まれる安心感。どこまでも離れがたい温もりを思い出し、キュウキュウと胸が鳴いた。

今までだってそうだ。酷い扱いを受けたこともなければ、辛いと思ったことも一度もない。性行為中であってもそれは変わらず、いつだって気遣うような優しい手に、目一杯甘やかされてきた。それはエドワルドに買われ、初めて体を重ねたあの日からずっと変わらない。

一方的だが乱暴ではなく、少しずつ熱で体を溶かすように、ゆっくり、ゆっくりと体を暴かれた。これまで共に過ごしてきたいくつもの夜と、抱えきれないほど与えられてきた多くの熱が蘇り、胸の臓器が激しく鼓動した。

(どうしよう……)

いつからだろう。何度もキスを繰り返し、抱き締められ、溢れるほどの温もりに胸が高鳴るようになったのは。

いつからだろう。肌を合わせることを心地良いと感じるようになり、たまに浮かべる淡い微笑みに、嬉しさを感じるようになったのは。

いつからだろう。会えない時間を、恋しく思うようになったのは……

（……好きだ）

自覚した感情を胸の内で呟いた瞬間、上昇した体温に、突っ伏したまま熱くなった顔を隠した。

（エドワルド様が、好きだ……）

生まれて初めて抱いた恋心は恥ずかしくて、擽ったくて——同時に、どうしようもない現実に眉を下げた。

エドワルドが優しいのも、情を注いでもらっていることも分かっている。それでも『主人』と『奴隷』という立場は変わらず、なによりエドワルドの自分に対する優しさを、本当に『愛情』だと思って受け取っていいのか、まるで自信がなかった。

（そうじゃなくても、エドワルド様は公爵家の当主だ……）

いつまでも奴隷に構っていられるはずもないだろう。

じわじわと実感する現実に、苦しさから唇を喰んだ。

（……もう、十分過ぎるほどいただいたじゃないか）

彼が好きだと自覚してしまった。愛しい、恋しいと思ってしまった。だがそれだけだ。それ以上を、求めようとは思えなかった。

例え主人と奴隷という関係でも、側にいられる、繋がっていられる。

それだけで十分だと、自覚したばかりの感情は、そっと心の内に秘めた。

◇◇◇◇◇

「新しい服、ですか？」

「ああ」

フローラへ返事の手紙を認《したた》め、エドワルドに預けた数日後、突然「新しい服を仕立てるから付き合え」と言われ、困惑から首を傾げた。

「えっと、仕立てるのは、ご主人様のお洋服でしょうか？」

「私とお前の分だ」

当然のように言われて更に困惑が広がる。用意してもらった分の服ですら余っているのに、なぜわざわざ仕立てるのか、その疑問をそのまま告げた。

「あの、お洋服であれば既にたくさんご用意いただいておりますので……」

「あれは屋敷で過ごす用の服だろう。仕立てるのは夜会用の物だ」

「夜会用？」

思わず怪訝な顔をすれば、エドワルドが一枚の招待状を広げてみせた。

「王城でフィルベルテの生誕パーティーが開かれる。同伴しろ」

「へ？」

あまりにも斜め上過ぎる発言に、「何を言っているんだ？」という気持ちから間抜けな声が出た。

「お、お待ちください。私はそのような場所に参加できるような身分ではございません」

「護衛としてなら問題ないだろう」

「護衛と言えど奴隷は……」

「問題ないだろう？」

「な……いかもしれませんが、ですが私を連れて行かれるのは……」

「フィルベルテを祝うのは嫌か？」

「まさか！　そのようなことはございません！」

「ならいいだろう」

話は終わりだ、とばかりに言い切られ、それ以上何も言えなかった。

ダニエルが伯爵家を追い出されたことは、既に伯父達によって悪意ある形で社交界に知れ渡っているはずだ。自分自身も居心地が悪いだろうが、エドワルドもそんな自分を連れ歩いてどうするのか、悪い噂が流れないだろうか、とそちらのほうがよほど心配だった。

（何も起こらないといいけれど……）

妙に胸が騒つくも、仕立て屋が到着したことで屋敷内は途端に慌ただしくなり、怒涛の採寸作業に、不安はあっという間に押し流された。


それから一ヶ月後、気づけば殿下の生誕パーティーの日を迎えていた。

その日の昼過ぎには湯浴みをするようにとエミールに指示され、その後は見覚えのあるエステティシャンによって頭の天辺から足の爪の先まで徹底的に磨かれた。訳も分からず、されるがままになっている内に時間は過ぎ、ようやく解放された頃には全身すべすべになっていた。

(令嬢でもあるまいに、どうしてここまで身綺麗にするんだ?)

疑問符を浮かべている間に日が暮れ、用意されていた服をエミールとメイド長の手によって着付けてもらうことになったのだが、内心冷や汗が止まらなかった。

(この服、いくらしたんだろう……)

仕立て屋が採寸のために屋敷を訪れたあの日、エドワルドに「こちらでお前に合う物を仕立てる」と言われ、そもそも口を出す権利も自分にはないだろう、と大人しくすべてを任せた。……任せたのだが、今になって選択を間違えたかもしれない、と遠くを見つめた。

黒に近い紫紺色《しこんいろ》の生地は、手触りからして一級品で、襟や袖口、裾には鈍い金色の糸で華やかな刺繍があしらわれていた。眩《まぶ》しいほど艶《つや》のある靴を履き、胸元には蜂蜜のように濃い金色の薔薇のコサージュが添えられた。花弁には朝露の如く輝く小さな水晶が散りばめられ、その輝きに怯んでいる間に、コサージュに香水を一吹き。薔薇のように色づいた芳香がほんのりと香ったところで、着付けが完了した。

「とてもよくお似合いですよ、ダニエル様」

「ええ、本当に! 旦那様と並んだお姿に、皆釘付けになることでしょう!」

「……ありがとうございます」

やりきったような満面の笑顔の二人に、感謝の言葉を伝える以外、ダニエルにできることはなかった。着替えだけでいっぱいいっぱいになりながら、落ち着かない気分でエントランスホールへと向かえば、そこには既にエドワルドの姿があった。

「ごしゅ……、お、お待たせ致しました、エドワルド様」

いつものように「ご主人様」と言おうとして、周囲にメイドや侍従達が並んでいることに気づき、慌てて言い直す。今まで見送りの場にはエミールしかいなかったのに、と不思議に思いながらエドワルドの側に寄り、目を見張った。

その装いは、生地の色と胸元を飾る生花の白い薔薇という違いはあれど、施された刺繍も形もそっくりそのまま一緒で、完全にお揃いだった。と同時に、自分の纏っている色がエドワルドの髪と瞳の色を模していることにようやく気づき、頬に朱が差した。

(まっ……まて！　この格好で王城に行くのか⁉)

揃いの服を着て、その上で自分はエドワルドの色を纏っている。恋仲か夫婦でしかしないような装いに口をぱくぱくするも、当のエドワルドはこちらを見つめたまま固まっていた。

「あの……？」

「……よく似合っている」

「うえっ⁉　あっ、ありがとう、ございます。……エドワルド様も、とても素敵でいらっしゃいますね」

「……ありがとう」

ようやく口を開いたかと思えば、深い声で褒められ、変な声が出た。恥ずかしさを誤魔化すように、だが本心からエドワルドの正装姿を褒めれば、彼にしては珍しいほど素直な返事が返ってきた。

「旦那様、そろそろお時間です」

「分かった。ダニエル、手を」

当然のように差し出されたエスコートの手。正直、その手を取っていいものか迷うも、メイドや侍従達に囲まれた中でエドワルドに恥をかかせる訳にもいかない。言いたい言葉をぐっと飲み込むと、彼の手に自身の手を重ねた。

「行ってくる」

「いってらっしゃいませ。旦那様、ダニエル様」

「い、行って参ります……」

エミールを始め、その場にいた全員から、恐ろしいほど揃った礼で見送られ、完全に気後れしたまま、ダニエルはエドワルドと共に馬車に乗り込んだ。

「あの、どうして今日は、皆さんでお見送りされていたんですか？」

「知らん。それより、首輪はどうした」

走り出した馬車の中、壮観とも言える光景に圧倒され、混乱する頭のまま尋ねたが、エドワルドは興味がないのか、話題はすぐに切り替えられた。

「服の下にございます」

「外せ」

チョーカーを着け始めて半年。初めて外すように言われ驚いたものの、素直に彼の言葉に従った。

服の下で見えないとはいえ、高価な物だ。エドワルドに預けておくのだろう、と外したそれを差し出せば、チョーカーから宝石だけが外された。同時に自身の身につけていたフリルタイと、エドワルドの黒いリボンタイを交換させせられる。何をするのかと戸惑っている間に、リボンタイに留め具で宝石を取り付けられ、目を剥《む》いた。

「ご、ご主人様っ？　隠さないのですか？」

「なぜ隠す。見せつけるに決まっているだろう」

「見せるって、誰に……んっ」

不思議な発言に口を開くも、エドワルドの唇に塞がれ、疑問が声になることはなかった。

突然の口づけに驚くも、咥内《こうない》を撫でられる感覚に抗うことを知らない体は、長く深い口づけを従順に受け続けた。

「ん……っ、ぷはっ……はぁ……」

咥内《こうない》に溜まった唾液を飲み下し、ようやくエドワルドの唇が離れていく。何事かと問おうにも、そのまま抱き締められ、恥ずかしさと気持ちよさと酸欠でクラクラする体はされるがままだった。

「ご主人様……？」

「……」

（最近様子がおかしいけれど、どうしたんだろう？）

正確にはフローラからの手紙を受け取ったあとから、エドワルドの様子が少しだけおかしいのだ。元気がないようにも見えるのだが、元から温度感が低く、表情の変化に乏しいため、なかなか気づけなかった。ただ触れ合っている時間は格段に長くなり、今まで以上に口数が少なくなった。なによりの変化は、今までは数日に一度だった性行為の頻度が、あの日を境にほぼ毎日になったことだ。

（自分の気持ちがバレた訳ではないみたいだけれど……）

エドワルドへの好意は自覚したが、それでも性行為は恥ずかしくて慣れない。嫌ではないのだ。素直に気持ちいいと思うし、好きな相手と繋がれるのは嬉しい。

だが気持ちを隠したい今、ずっと繋がっていると気持ちが溢れてしまいそうで怖いのだ。

今とて心臓が激しく鼓動していて、その音がエドワルドの耳に届かないか、じりじりとした焦りが生まれていた。

「今日は、髪型も変えていらっしゃるのですね。お似合いですよ」

「……ん」

なんとも言えない沈黙を誤魔化すように話題を振る。いつものエドワルドはハーフアップだが、今日は黒いリボンで緩やかに一纏めにしていた。リボンタイとお揃いだったのに、装いを変えてしまって良かったのだろうかと気を逸らしていると、エドワルドがポツリと呟いた。

「……王城に行くのは、怖いか？」

「え？」

「心臓がうるさい」

「ッ……！」

その一言で、また心臓がドクンと跳ねる。とはいえエドワルドの言も半分は正解で、なんとか平静を装った。

「怖くないと言えば、嘘になります。でも、どちらかといえば緊張のほうが大きいです。夜会に参加するのなんて、六年ぶりですから……」

両親が亡くなって以降、社交界からは離れていた。そうでなくても、元々リンベルト家は社交の場に出ることがほとんど無かったので慣れていない。ましてや今回は、伯父一家も参加しているだろう。憤りの念が消えた訳ではないが、もし伯父達に妙な因縁をつけられ、そのせいでエドワルドが嫌な思いをしたら、と今はそのことばかりが心配だった。

「安心しろ。おかしな輩をお前に近づけさせるつもりはない。王城では決して私から離れるな。『命令』だ」

「……はい、ご主人様」

優しい『命令』に、じわりと愛しさが滲《にじ》む。勝手に緩んでしまう頬を引き締めると、気持ちを落ち着かせるように、ゆっくりと深呼吸を繰り返した。

お願いだから、そんなに優しくしないでほしい。期待に弾んでしまいそうになる胸を抑えながら、堪《こら》えきれなかった指先が、彼の服の端をほんの少しだけ摘んだ。

王城へと到着すると、幾人もの騎士が並ぶ広いエントランスホールを通り、高い天井とどこまでも続く長い廊下を進んで大ホールへと向かった。

互いに無言のまま、不思議と人気のない広い廊下をエドワルドと並んで歩く。静かな空間に二人分の足音だけが響き、ホールが近づくほどに緊張感が増した。

「大丈夫か？」

「だ、大丈夫です」

嘘だ。あまり大丈夫ではない。が、そんな弱音は吐いていられない。気合いで顔を作れば、エドワルドの眉間に薄く皺《しわ》が寄った。

「ホールに入ったら、不安そうな顔はするな。胸を張って、背筋を伸ばせ。……私が側にいる。安心しろ」

「はい。ありがとうございます、エドワルド様」

「多くの者がお前に視線を送るだろうが、気にするな。お前の美しさに、見惚れているだけだ」

「へ？」

心強い言葉にほわりと喜びが生まれたが、直後のおかしな単語に呆ける。エドワルドが美しいと言われるなら理解できるが……と気が緩んだタイミングで、ホールの前まで辿り着いた。

気持ちを落ち着ける暇もなく、エドワルドに手を引かれ、解放されたままの扉から、ホールの中へと足を踏み入れる。

瞬間、さざなみのように広がった騒つきと、四方八方から突き刺さるような視線を一斉に浴び、胃が迫り上がるような恐怖に襲われた。

「ッ……！」

無遠慮に向けられる視線に体が硬直するが、それを和らげるように繋がった手を強く握られ、気合を入れ直す。

（大丈夫。大丈夫だ。エドワルド様がいてくださる）

握り締められた手に応えるように、隣に向かって微笑みかければ、僅《わず》かに目を見開いた彼が、ふっと淡く微笑み返してくれた。そのままゆっくりとホールの中を進む間、決して俯かず、背筋を伸ばし、前を向いた。

流石に周囲を見回すような度胸はなかったが、聞こえる囁《ささや》きに嫌な響きはなく、少しだけホッとする。

（エドワルド様と一緒にいるからかな？）

公爵家当主であり、殿下の幼馴染みでもあるエドワルドに向けて、礼儀も弁《わきま》えず喧嘩を売る者はいないのだろう。つくづく彼に守られていることを実感していると、流れていた音楽が止み、皆が一様に口を閉じた。

「国王陛下、ならびに王妃殿下、第一王子殿下のご入場です」

ホールに響き渡った声に、その場にいた全員が恭《うやうや》しく腰を折った。

「皆、楽にせよ。今宵は第一王子を祝うため、多くの者が集《つど》ってくれたこと、大変嬉しく思う」

朗々とした陛下の声を聞きながら、ホールの正面、陛下と共に立つ殿下を見つめた。

久方ぶりに目にした元気なお姿に嬉しくなると同時に、幾分凛々しくなった面差しに、なぜか自分が誇らしい気持ちになった。

「皆様、今宵は私の生誕パーティーにお集まりいただき、ありがとうございます」

陛下に続いて、殿下のよく通る涼やかな声がホールに響く。大勢の貴族達の影に隠れ、恐らく殿下から自分の姿は見えないだろう。それでも、遠目にでもそのお姿を拝見できたことが、今はただ嬉しかった。

「今宵はどうか、素敵な夜をお楽しみください」

殿下の明るい声に、ワッと拍手が起こり、楽団が音楽を奏で始める。パーティーが始まった合図に、少しだけ緊張が解けるのと同時に、あることを思い出し、エドワルドにそっと声を掛けた。

「あの、生誕パーティーの時って、殿下にお祝いのお言葉を言いに行きますよね？」

「そうだな」

「……行かなくていいんですか？」

殿下達が現れた時に気づいたが、ダニエル達がホールに入った直後に王族が入場した。こういったパーティーの場合、基本は爵位の低い者から順に入場し、最後に王族が現れる。

ということは、この会場内で恐らく王族に次いで身分が高いのはエドワルドということになり、本日の主役である殿下に最初の言祝《ことほ》ぎを贈るのも、エドワルドの役目ということになる。夜会に参加することで頭がいっぱいで、そういったイベントがあることを完全に失念していた。

エドワルドが殿下の元に向かわないせいか、先ほどからチラチラとこちらを見る視線が増えてきている気がする。それに落ち着かない気持ちになりながら、そっと彼に寄るも、エドワルドは平然としていた。

「フィルベルテには、今日王城で会った時に祝いの言葉はもう言った。二度も言う必要はない」

「でも……」

「お前が皆の前でフィルベルテと話せるというのなら、このまま連れていくが？」

「……お心遣いに感謝します」

どうやら彼がこの場で殿下に近づかないのは自分のためらしい。貴族という資格を失った今、自分はおいそれと殿下に近づけない。エドワルドの同伴という形でなければ、王城など絶対に入れない場所であり、なによりどんな顔をして話せばいいのかも分からない。今はもう、それほどまでに遠い存在なのだ。

本当ならエドワルドだけでも殿下の元へ行くべきなのだが、自分を一人にさせないためか、エドワルドにそのつもりはないようだ。

(甘えてばかりだ……)

そう思うのに、「エドワルド様だけでもご挨拶に行ってください」の一言が言えず、思っていた以上に自分が弱く、彼の庇護の下で生きているのだと思い知る。

「ごめんなさい。私のせいで、ご迷惑を……」

「謝るな。私も畏《かしこ》まってあれに挨拶をするのは好きじゃないからちょうどいい」

「……ありがとうございます。ですが、『あれ』という言い方は怒られてしまいますよ？」

コソコソと会話を続けながら、集まる視線を振り切るように、少しだけ殿下から距離を取った。

こうすれば、エドワルドにはそちらに向かう意思がないと、それとなく伝わるだろう。

相変わらずこちらに向けられる視線は多いが、幸いにも話しかけてくる者はなく、嫌な視線も感じない。中には学生時代の同級生の姿もあり、懐かしさが湧いたが、皆一様に驚いたような困ったような、表現し難い顔をしていた。

そこでふと、学生時代のエドワルドとの関係を思い出し、こうして彼の隣に立っている今を、改めて不思議に思った。

(あの頃の自分が見たら驚くだろうな)

揃いの服を着て、彼の手を取り、寄り添っている。それだけでも信じられないのに、奴隷商に売られ、娼館に買われ、奴隷としてエドワルドの元に来て——その彼に恋をしてしまった。

きっと二年前の自分には想像すらできないだろう未来を生きていることがなんだかおかしくて、少しだけ笑ってしまう。

その時ふと、数人の令嬢がチラチラとエドワルドに視線を送っていることに気づき、思わず「あ」と声が漏れた。

「どうした?」

「い、いえ、その、ご令嬢方がエドワルド様を見ていらっしゃるので……ダンスにお誘いしたいのかもしれませんね」

「知らん。構うな、見るな」

「……あの、私はお邪魔ではないでしょうか?」

「何を言っている?」

途端に低くなった声に怯むも、別段おかしなことは言っていない。

エドワルドはとても見目麗しい顔立ちだ。スラリとした長身と、程よく鍛えられた体躯。若くして公爵となった彼に、令嬢達が色めき立つのは自然なことで、彼がその中の誰かをダンスに誘ったとしても、それはおかしいことではないはずだ。

（もしかしたら、その子が未来の公爵夫人になるかもしれないし……）

そう考えて、当然のように落ち込む己に唇を喰んだ。キュウキュウと切なく鳴く胸に目を瞑ると、エドワルドからほんの少しだけ離れた。

「甘えてばかりで、申し訳ございませんでした。せっかくのパーティーですから、エドワルド様も楽しんできてくださいませ」

「離れるなと言ったはずだぞ」

「ですが、それではエドワルド様のお邪魔になってしまいます。ご安心ください。端に寄って、そこから動かないと誓います」

「……なんのつもりだ。誰がいつ、お前を邪魔だと言った」

徐々に表情の険しくなっていくエドワルドに、内心焦る。いつかエドワルドを怒らせてしまった時のことを思い出し、つい怯みそうになるが、今よりもっと彼を好きになってしまいそうな自分が怖くて、逃げるように視線を逸らした。

「だって……、私がいては、誰もダンスにお誘いできません」

「誘うつもりはない。余計なことを考えるな」

「でも……！」

「ダニエル、私を怒らせたいのか？」

（……なんで）

なんであなたが、そんな傷ついた顔をするんだ。

エドワルドの表情に、瞬時に言ってはいけないことを言ってしまったのだと悟り、謝らなければと口を開きかけた時だった。

「おいおい、なんでこんな所に〝奴隷〟がいるんだ？」

「！」

嫌味なほど通った声に、周囲の声がピタリと止んだ。

声のしたほうを振り返れば、ニヤニヤと嫌な笑みを浮かべるファブリチオと、身の丈に合っていないドレスを纏ったジェイミーが立っていて、思わず顔を顰《しか》めた。

（まずいな）

自分のことを貶《けな》されるのは正直もうどうでもいい。だが隣にいるエドワルドが、それによって辱《はずかし》めを受けるのは耐え難いのだ。どう言葉を返すべきか、どう反応すべきか迷っているのを動揺と受け取ったのか、二人は更に声を大きくし、嘲笑った。

「卑《いや》しい男娼風情がなんでここにいる？　股でも開いて、男に取り入ったのか？」

「嫌だわ、汚らしい。さっさと衛兵に摘み出してもらいましょう」

「っ……」

二人の言葉に、周囲が騒つき始める。

ああ、やっぱり来るべきじゃなかった。二年前の感情を引き継ぐように、フツフツとした怒りが湧いたが、今はこの不愉快な出来事を最小限の被害に抑えたかった。

相手にすれば、余計に騒ぎは大きくなる。幸いにも今はエドワルドの手を離れている。このまま素知らぬ顔をして会場を出てしまえば……そう思い、足を動かそうとした瞬間、従兄妹達の視線を遮るように、エドワルドが一歩前に出た。

「!? エド――」

「黙っていろ」

「っ……!」

立ち昇るような静かな怒気を滲《にじ》ませた声に、咄嗟《とっさ》に口を噤んだ。その場を離れるどころか、声すら発せられなくなった状況に狼狽えるも、目の前の二人はそんなエドワルドの様子に気づかないのか、ペラペラと喋り出した。

「これはヴァシュフォード公爵様！　お初にお目にかかります。私はファブリチオ・リンベルトと申します。いつかご挨拶をと思っておりましたが、なかなか機会がなく……今日はお会いできて光栄です」

「妹のジェイミー・リンベルトですわ。エドワルド様にお会いできて、とても光栄です！」

なぜそんなふうに嬉々として挨拶ができるのか。ファブリチオとジェイミーがリンベルトの姓を名乗っていることへの不快感よりも、無言のまま冷たい視線を二人に送るエドワルドに対する恐怖のほうが大きく、硬直したまま動けなかった。

「不愉快な輩だ。妄言狂《もうげんきょう》の上に礼儀も知らないのか」

「は？」

「え？」

地を這うような低い声に、間抜けな返事が返ってくる。ホールには楽団の奏でる音楽が響いているはずなのに、その音はとても遠く、周囲の話し声は完全に止んでいた。ふと気づけば、多くの者が遠巻きにこちらの様子を伺っていた。

「いつ私が名乗れと言った？　名を呼ぶことを許した？　子どもでも知っている礼儀を知らないとは、平民が紛《まぎ》れ込んだのか？」

「っ……！」

明らかに馬鹿にしたエドワルドの口調に、ファブリチオは顔を顰《しか》めるが『挨拶は高位貴族の許しを待ってから返すもの』というのは貴族の常識で、当然の礼儀だ。なぜそんな表情ができるのか、そちらのほうがよほど不思議だった。

「し、失礼しました。ですが、こうしてお会いできる機会も滅多にありませんし、ご挨拶くらいしても……」

「そうですわ！　少しくらいお話してくださってもよろしいではございませんか！」

もはや従兄妹であることが恥ずかしくなってくる頓珍漢《とんちんかん》な理屈に、エドワルドの機嫌が順調に悪くなっているのが、その背中から伝わった。

「コリン・ポートマン」

「は、はい⁉」

突然、エドワルドが人の名を呼んだ。直後、遠巻きに眺めていた内の一人の子息が、跳び上がらんばかりの勢いで返事をした。

「私は今、なんと言っただろうか？　よほど伝わりにくいことを言ったかな？」

「！　いいえ。恐れながら、私の耳には『黙れ』と仰っているように聞こえました」

「なっ……」

「素晴らしい答えをありがとう」

「恐れ入ります」

「ハイディ・ジュベニア嬢」

「はい、閣下」

「聞きたいのだが、高貴な令嬢は、このように馴れ馴れしく異性の名を呼ぶものだろうか？」

「いいえ。ございません。恐れながら、そのように品のない者が、私達と同じ貴族子女として一括《ひとくく》りにされること自体、憤りを感じます」

「はぁっ⁉」

「そうか。失礼なことを聞いたな。すまなかった」

「いいえ。発言の機会をいただき、感謝申し上げます」

（わぁ……）

エドワルドから声を掛けられた二人が、蔑《さげす》むような視線をファブリチオとジェイミーに送る。見れば、周囲の者達も同じような視線を二人に向けていることに気づき、強張っていた体から力が抜けた。

「なんだよお前ら、その目は！　僕達が非常識みたいに！　だったらそこにいる奴隷はなんなんだよ！」

「そうよ！　卑《いや》しい奴隷が王城にいることを咎《とが》めなさいよ！」

ファブリチオの指が、無遠慮に自分を指差す。大きな声に更に多くの者がこちらを振り返り、視線が突き刺さるも、その瞬間を狙っていたかのようにエドワルドに腰を抱き寄せられ、突然の事態にヒュッと喉が鳴った。

「口を開くなと教えられても理解できないとは、本当に脳が無いのだな。仮に、もしもダニエルが本当に奴隷なのだとして、それがなんだ？」

「なんだって……え？」

そこでようやく、自分とエドワルドが揃いの服を着ていることに気づいたのだろう。

色違いで揃えた最高級の正装と、身に纏ったエドワルドの色。大粒の紫水晶《アメジスト》と金色のコサージュは、シャンデリアの光を反射して眩《まばゆ》いほどに煌《きら》めき、全身磨かれた体は、漂う香りすらエドワルドと同じで、もしも自分が奴隷であるならば、誰が所有者であるかなんて一目瞭然だった。

「お前らの言う通り、この者が奴隷ならば、これは私のものだ。これが身に着けている物も含めてすべて、公爵家に帰属する。お前らは、私の所有物を貶《けな》せるほど偉いのか？」

その言葉に、ファブリチオもジェイミーも真っ青になっていく。ダニエルを貶《けな》すことが公爵家を貶《けな》すことに繋がると思っていなかったのだろう。

「そ、そのようなつもりはございません！　僕、いえ、私は……」

「ファブリチオ！　ジェイミー！　なんの騒ぎだ！」

慌てて弁明しようとするファブリチオの声を遮り、集まった人々の間から伯父が現れた。自分の存在に気づいた瞬間、忌々しそうに顔を歪めたが、隣に立つエドワルドと周囲の視線に気づき、言いたい言葉を飲み込んだように見えた。

「……お初にお目にかかります、公爵閣下。失礼ですが、この騒ぎはなんでしょうか？」

「卿の目は節穴か？　どう見ても礼儀を知らぬこの愚か者どもが、騒ぎを起こしたに決まっているだろう。この無礼な平民は卿の知り合いか？」

「っ……！」

『平民』という発言に伯父の顔が赤くなった。エドワルドは平民だからと相手を見下すような選民意識はない。恐らくは、伯父が言われて一番癪《しゃく》に障るような言葉を選んだのだろう。

「当家の息子と娘です。恐れながら、どのような経緯があったにせよ、そのように言われるのは心外ですな」

「ほう、身内の無礼を謝罪する頭も持ち合わせていないとは、流石だな」

明らかに怒っている格上の相手に対し、なぜいきなり食ってかかるのか。心底理解し難い状況に、怒りを通り越して呆れていると、不意に背後で小さな騒めきが起き、つられるように後ろを振り返ったダニエルは目を見開いた。

「……殿下」

「やぁ、久しぶりだね、ダニエル。元気にしていたかな？」

そこには、穏やかな笑みを浮かべた殿下と、その後ろに付き従ったジルドの姿があった。

二年ぶりの再会にも関わらず、まるで昨日まで共に過ごしていたかのような、あの頃と変わらない声音に、震えるほどの懐かしさで瞳が潤んだ。が、殿下の後ろ、ジルドと並んで立つ見知った顔に、驚きから感動の涙が引っ込んだ。

「カリオ……？」

赤茶色の髪をした友人は、騎士の姿をしていて、その立ち位置から殿下の護衛騎士であることが分かった。予想外の友の出現にポカンとしていると、目が合ったカリオは、ニッと明るい笑顔を返してくれた。

「フィルベルテ様！　助けてください！　エドワルド様が私達に酷いことを仰るんです！」

カリオの笑顔に安堵《あんど》が広がったのも束の間、ジェイミーの甲高い声が響き、場の空気が凍った。

特にご令嬢達は扇で顔を隠していてもすごい形相になっているのが丸分かりで、流石に怖くなった。

（なんで次から次へと……）

この一家は一体どうなっているんだ。あまりの非常識さにクラリとしていると、殿下が隣に並び立ち、エドワルドにそっくりな冷えた目で伯父一家を見つめた。

「その耳障りな声を発する口を閉じろ」

「え？」

今まで聞いたことがないほど無機質で冷淡な声に驚いていると、殿下が伯父を睨《にら》むように見据えた。

「相変わらず躾がなっていないな。恥ずかしいと思わないのか？　ああ、自分も同じようなものだから分からないのか？」

「ぐっ……！」

流石に王族相手に歯向かう気はないらしいが、ジェイミーの無礼に対し、謝罪すらないところに、もはや閉口する他ない。ヒソヒソ、ザワザワと広がる非難のさざめきが、伯父達を取り囲んだ。

「まぁ、それはもうどうでもいい。それよりも、さっきのダニエルに対する発言はなんだ？」

「……発言とは？」

「おや、聞いていなかったのか？　ご自慢の娘と息子が、声高々に彼を『奴隷』と言って罵《ののし》っていたが？」

「罵《ののし》るも何も事実で――」

「おかしいな。私の聞いた話では、ダニエルは君に善意で爵位を譲渡し、君が借金を肩代わりしたと聞いていたんだが？　二年前の作り話だから忘れてしまったのかな？」

「い、いえ、それは……へ、平民になったあと、奴隷になったと知りまして……」

伯父の顔色がサッと変わる。しどろもどろと言い訳をしようとするも、そんなものが殿下に通じるはずもない。

「ならば私への報告はどうした。ダニエルとフローラ嬢を見つけ次第、報告しろと命じていたはずだ。お前の所から届くのは、下品な女からの茶会の誘いと、能無しからの自分語りが綴られた汚い手紙だけだったが？」

容赦のない言葉に、伯父も従兄妹も顔を青くしたり赤くしたりと忙しい。事の成り行きを見届けようという周囲の興味と視線は、完全にダニエルから伯父一家へと切り替わっていた。

「どうやら色々と報告に虚偽があるようだな。その話は別室でゆっくり聞こうか。誰か、この者を連れていけ」

「何を……！　言い掛かりです！　それが奴隷落ちしようが私には無関係だ！　たかだか奴隷一人で伯爵である私を――！」

叫ぶように抗議する伯父がこちらを睨《にら》んだ瞬間、腰に回された腕の締め付けが一層強くなった。

「黙れ」

体が重くなるほど冷え切ったエドワルドの一言に、それを向けられた伯父だけでなく、隣にいたダニエルまで震え上がった。

「その汚い声と忌々しい目で、私のものを汚すな。見るな。今すぐにでも、その目と喉を潰してやってもいいんだぞ」

「エ、エドワルド様……！」

過激な発言を止めようとするも、間近に見えたアメジストには燃えるような怒りが揺らめいていて、息を呑んだ。

「私の大事な者を傷つけ、泣かせた罪は償ってもらうぞ」

――刹那、心臓がドクリと高鳴り、胸の奥に秘めていた感情が全身に溢れ返った。

「う～ん、予定とは違うけど、仕方ないな。カッシオ・ドドリエド、そなたを公文書偽装、及び公務職権濫用《らんよう》罪への加担、ならびに違法売買による脱税の罪により捕らえる」

殿下の凛とした声が響き、それと共に右手が軽く上げられた。

いつの間にか止んでいた楽団の演奏。静まり返っていたホールに殿下の声が響き渡った瞬間、あちらこちらで何かが倒れる音や、騎士の鎧《よろい》がぶつかる音、怒号や悲鳴が聞こえ、数人の騎士達が瞬く間に伯父一家を取り巻いた。

「きゃあっ！　何すんのよ！」

「離せ！　なんなんだよ一体！」

「触るな無礼者!!」

カリオが伯父を拘束し、どこからともなく現れた騎士に引き渡す。少し離れたところでは伯母らしき女性の声も聞こえたが、捕物劇《とりものげき》はほんの一、二分で終わり、騒ぐ一行は騎士達によってあっという間にホールから連れ出された。

誰もが呆気に取られ、そちらに意識を向ける中、恐らく渦中にいるはずのダニエルはそれどころではなく、エドワルドの腕の中で俯いた。

（大事な者……）

エドワルドが伯父に向かって放った一言が、耳の奥で木霊し、じわじわと喜びが広がる。

彼はずっと、自分のために怒ってくれていた。

伯父や従兄妹達を遠ざけるように自分の前に立ち、庇護者としての証を見せつけてくれた。

身が震えるほどの情を孕み、『大事な者』と言ってくれた。

そう想われていたことが嬉しくて、嬉しくて、嬉しくて、恋慕の情は完全に花開き、花弁から蜜が零《こぼ》れ落ちるように、胸の内に溢れ出した。

溢れた感情は顔面を熱し、見なくても自分の顔が真っ赤に染まっていることが分かった。

(あ、わ、ど、どうしようっ)

熱い、恥ずかしい、嬉しい——馬鹿みたいに溢れ返る感情を少しでも抑えようと、密着したままのエドワルドから離れようとするのだが、それを彼が許してくれるはずがない。

「おい、離れるな」

「あっ、や……！」

腰を強く抱き寄せられるのと同時に、体の向きを無理やり変えられ、エドワルドと向き合うような形になってしまった。互いの視線が間近で絡んだ瞬間、彼の目が大きく見開かれ、今まで見たことがないほどあどけない表情で見つめ返された。

「ま、待ってくださいっ、見ないで……！」

恥ずかしい顔を見られたことで羞恥が上塗りされ、視界にうっすらと水の膜が張った。本当は、こうしてくっついていることすら限界なのだ。

必死に火照った顔を隠そうとした次の瞬間、足が床から離れ、それどころではなくなった。

「ちょっ!?　ちょっとまっ……!!」

人生二度目の横抱き。それも王城のパーティーで、大勢の目の前でのまさかの事態に、頭は羞恥と混乱でパニックになっていたが、エドワルドはお構いなしだ。

「フィルベルテ」

「一応聞くけど、何かな?」

「私達は帰る」

「うん。だろうなと思った。でも、これからパーティーを仕切り直す予定――」

「帰る」

「分かった。気をつけて。ダニエルを落とすなよ」

「エ、エドワルド様!　降ろしてください!」

「黙っていろ」

こうしている間も周囲の視線が痛いほど突き刺さっているというのに、のほほんと会話を繰り返すエドワルドと殿下が信じられなかった。殿下の背後ではジルドが肩を竦《すく》め、カリオは苦笑いだ。

友に痴態を見られた恥ずかしさからエドワルドを睨《にら》むが、肩を抱く手の力が強くなっただけだった。

「ダニエル」

「は、はい!　殿下、このたびは、大変なご迷惑を……っ」

半泣きになりながら殿下に返事をすれば、そこにはいつもと変わらず、柔和な表情を浮かべた彼がいた。

「助けるのが遅くなってごめんよ。あとのことは私達に任せて、また日を改めて話そう。ああ、そうだ。その宝石《ビジュー》、君によく似合っているよ」

トントン、と首元を指差しながら、にこやかに笑う殿下と共に、ジルドとカリオも笑ってくれた。

それに返事をする間もなく、エドワルドは踵《きびす》を返し、ホールの出口に向かって歩き出す。

「ま、待って……！　降ろしてください！　自分で歩きます！」

「黙っていろと言っただろう。恥ずかしいならしがみついていろ」

「そんな……」

「大人しくしがみついていろ。……『命令』だ」

「うぅっ」

小声で紡がれた一言に、自由を奪われる。周りにはたくさんの人がいて、見られていることも、抱き上げられていることも、恥ずかしくて堪《たま》らない。

それなのに、恋慕で茹だった頭は堂々としがみつく権利を手に入れたことを喜び、甘えて抱きつくように、その首に腕を回した。

◇◇◇◇◇

「さっきの顔はなんだ」

「な、なにって……」

先ほどの捕物劇《とりものげき》で、多くの騎士やメイド達がバタバタと行き交う王城の中、エドワルドに抱き上げられた状態で進むのは、顔から火が出そうなほど恥ずかしかった。

多くの者にポカンとした顔で見送られながら、公爵家の馬車に乗り込むと、二人きりになった密室で、いきなりエドワルドに詰め寄られた。

「答えろ。『命令』だ」

「あれは、その、自分のことで、怒ってくれたのが、嬉しくて……」

「……嬉しいだけで、あんな顔をするのか？」

「っ……！」

「あんな顔」と言って頬を撫でる指先は、声の強さとは異なり、ずっとずっと優しくて、また頬に熱が篭る。その触れ方も、静かにこちらを見つめる眼差しも、もう自分の気持ちを見抜いていて、その上で言葉にさせようとしているのが目に見えていて、込み上げる恥ずかしさから小さく唸った。

「なんで……ずるい！　私から言わせるんですか……っ⁉　ぐっ……！」

「ッ！　いい‼　やめろ！　言わなくていい！」

反射的にエドワルドの言葉に抗《あらが》えば、直後に心臓を物理的に締め付けるような衝撃に襲われ、胸元を押さえた。痛みにも似た苦しみに息が詰まったが、エドワルドが即座に命令を解除したことで、痛みはすぐに引いた。初めての契約違反による苦痛に、心臓はまだ驚いていたが、今にも泣き出しそうな表情のエドワルドに抱き締められ、残っていた僅《わず》かな痛みも溶けるように消えていった。

「すまない！　傷つけたい訳じゃないんだ……！」

「ご主人様……」

声を震わせるエドワルドに、自分までつられて泣きそうになる。

互いを慰めるようにその背に腕を回せば、彼の鼻先が甘えるように肩口に擦り寄った。

「……縛り付けていないと、お前は私の側にいてくれないだろう……？」

小さく呟かれた声は、いつもの彼からは想像もできないほど弱々しかった。

「嫌われてもいいから、私のものでいてほしかった。無理やり繋げた関係でもいいから、共にいてほしかった。……お前が離れていくのが、怖くて堪《たま》らないんだ」

懺悔のような告白に、目頭が熱くなる。ああ、自分はこんなにも彼に想われていた。

絶えず注がれていたエドワルドからの愛情に自信が持てず、きちんと受け取れなかった己を悔やみつつ、もう二度と取り零《こぼ》してしまわないようにと、悔やむ気持ちを愛しさに変えると、彼の耳元でそっと囁《ささや》いた。

「ご主人様。言ってもらえないと、私から……奴隷の私からは、言えません。ご主人様に望んでもらえないと、私は何も言えません」

「……望んでいいのか？」

ゆっくりと顔を上げたその顔は不安げで、でも瞳には期待に満ちたような輝きが宿っていて、なんだか自分を見ているようで、思わず笑ってしまった。

「言ってください、ご主人様。……ちゃんと、あなたのものにしてください」

言葉にすれば、なんて恥ずかしい言葉だろう。

それでも、それ以上に、こちらを見つめる愛しい人の喜ぶ顔が見たかったのだ。

「……愛してる」

エドワルドの唇から、ポツリと一言、花の蜜のように甘い囁《ささや》きが零《こぼ》れた。

「愛してる……愛してる、愛してる、愛してる。ダニエル、お前が好きで堪《たま》らないんだ。お願いだから、離れていかないでくれ。どこかに行かないでくれ。ずっと、ずっと私の側にいてくれ」

予想していたよりも遥かに甘く、情熱的な告白を受け、全身から汗が吹き出るような熱に襲われる。けれど、嬉しい、嬉しいと高鳴る胸は正直で、頬は自然と綻《ほころ》んでいた。

「……私も、大好きです。ご主人様」

そう告げた瞬間、エドワルドの表情が、泣き笑いのような形にくしゃりと歪んだ。

「いっぱい愛してくださって、ありがとうございます。私も、ご主人様が大好きです。どうか、これからもずっと、たくさん愛してくださいませ」

生まれて初めての告白は、信じられないほど緊張して、ちょっとだけ声が震えた。それでも、自分の気持ちを隠さず告げれば、今まで見てきた中で一番美しい微笑みが返ってきた。

好きな人が笑ってくれている。ただそれだけで嬉しくて、目一杯の情を込め、『主人』と『奴隷』ではない二人の初めてのキスを、愛しい人に贈った。

公爵邸に着くと、エミールの出迎えもそこそこに、エドワルドに手を引かれ、寝室へと一直線に連れて行かれた。

向かう途中、他の使用人達もいる中で堂々と「明日の昼まで部屋に近づくな」と宣言され、それはもうこのあと何をするのか言っているのと同じでは、と羞恥から絶句する。そうこうしている内に寝室へと辿り着き、そのままベッドに押し倒され、深い口づけを受けた。

「んぅ……っ、あっ、まって！　ふ、服をっ、脱がせてください！」

「脱げばいいだろう」

「このままだと皺《しわ》になります！」

どれだけ高価な服だと思っているのか。脱ぎ散らかすのが嫌で抗議するも、エドワルドにはムッとした顔をされてしまった。

「服くらい気にするな」

「いけません！　せっかく用意していただいた物なのに……」

「……はぁ」

「わっ」

唐突に腕を引っ張られ、上体を起こされると、エドワルドの手によって上着やシャツを次々と剥《は》ぎ取られていった。

「じ、自分で……」

「これ以上の『待て』はいらない」

「……はい」

性急に、だが丁寧な手つきで靴下や下着まで全部脱がされるも、首のリボンタイと宝石だけは残され、なぜだか妙に恥ずかしい。エドワルドは脱いだ服を持ってソファーまで行くと、その上に無造作に放り投げた。

（……ベッドや床の上で、ぐちゃぐちゃになるよりはいいか）

エドワルドもその場で服を脱ぎ捨てると、下着だけを身につけた状態でベッドの上に乗り上げた。

広いベッドの上、再び押し倒され、ぎゅうっと抱き締められる。もう何十回と肌を重ねてきたのに、素肌が触れ合う感触と体温が気持ち良くて、甘えるように彼の背に手を回した。

「怒りましたか？」

「怒ってはいない。だがあまり焦らすな」

「ごめんなさい。でも、とても素敵なお洋服でしたから、んっ……」

「服のことはもういい。こちらに集中しろ」

「ふ……」

首筋や頬をエドワルドの唇が撫でるように這い、啄《ついば》むようなキスにリップ音が響く。今までされたことのない類の愛撫が擽ったくて、でも気持ち良くて、うっとりと目を細めるも、穏やかな愛撫の時間はすぐに終わった。

「もう固くなってるな」

「あ、ん……っ」

エドワルドの指先が、ツンと立った乳首の先を突《つつ》いた。この半年間で数えきれないほど愛された胸は、乳輪ごと膨れ、乳頭は少しだけ大きくなっていた。そこで気持ち良くなれることを知ってしまった体は従順で、「早く弄って」と言わんばかりに色付いていた。

「お前のここは、いつも愛らしいな」

「そ、そういうことは言わないでいいです！」

「断る。今まで言えなかった分、全部言うぞ」

「そん、にゃ……っ、あっ……」

胸元に落ちていた唇がそのまま移動し、膨れた乳輪ごと乳首を口に含んだ。熱い舌でねっとりと舐め上げられ、ゆっくりと舌の上で転がされる快感に、堪《たま》らず声が漏れる。

ぬるりとした舌で、固くなった粒をゆっくりと舐め回される感覚は脳が溶けてしまいそうなほど気持ち良くて、ふるりと肌が震えた。

「は……ぁ……っ」

「こうして舐められるのが好きだろう？」

「っ……」

恥ずかしい問いに耳が熱くなるも、キュッと唇を結ぶと、込み上げる羞恥を飲み込んだ。

「好き、です」

「ふ、良い子だ。お前の好きなように、たくさん弄ってやるからな」

「あっ、ひぅ……っ」

言葉と共に、胸への愛撫が再開され、快感の波が大きくなる。

「あ、あ、きもちっ、きもちいい……っ」

気持ち良くなるためだけに膨れた粒を舌で愛撫され、反対側は指先で撫でられ、ゾクゾクとした快感が背筋を駆け抜ける。小さな突起を弄られているだけなのに、堪《たま》らないほど気持ち良くて、口からは嬌声《きょうせい》が溢れ続けた。

「きもち……っ、好き……、あっ、きもちいいです……っ」

「可愛らしく鳴くようになったな」

「あっ、ダメ……っ、イッちゃう、イッちゃ……！」

「好きなだけイっていいぞ」

「はっ、はっ、あっ……、んん……っ！」

ひくん、ひくんと喉が鳴り、甘い絶頂を迎える。胸への愛撫だけで達せるのは初めてエドワルドと繋がった日から変わらないが、どんどん敏感になっているのは確実だった。

「はぁ……あ、あっ、ダメ……ッ」

達したあともゆるゆると乳首に口づけを受け、慌ててエドワルドの肩を押した。

「なぜだ？　もっと好きなことをしてやるぞ？」

「だ、だって、これから、いっぱい……」

「……ああ、そうだな。これからいっぱい、いやらしいことをするのに、乳首だけで何度もイッていたら、体が保たないな」

「うぅ」

クスクスと笑うエドワルドは楽しそうで、恥ずかしいことを言わないでくれと言い辛い。それでも、されっぱなしでいるのも癪《しゃく》で、のそりと上体を起こすと、彼と向かい合って座った。

「どうした？」

「私にも、ご、ご奉仕、させてください……！」

そう告げれば、エドワルドの目がまん丸になり、こちらを見つめた。今までは、頑《かたく》なに口での奉仕はさせてもらえなかった。その理由は分からないが、想いが通じ合った今なら、させてもらえるのではないだろうか。

期待にも似た思いで彼の瞳を見つめ返せば、その瞳が楽しげに細められた。

「そんなに私のが舐めたいのか？」

「うえっ⁉」

あまりにも直球な物言いに、変な声が出た。けれど、自分の発言はつまりはそういうことだ。顔面が真っ赤に染まるような羞恥を必死に堪《こら》えると、コクリと小さく頷いた。

「な、舐めたい、です……っ」

「っ……！　はぁ、お前は本当に……頼むから他で無防備なことを言ってくれるなよ」

「？」

「なんでもない。やりたいのなら、好きにしたらいい」

そう言って、エドワルドがクッションを背に座る。そのあとを追うように座ったエドワルドの股の間にしゃがみ込むと、おずおずと彼の股間に手を伸ばした。

羞恥と緊張でドキドキしながら下着の前を寛げば、中から屹立した性器が飛び出し、目の前に現れたそれに思わず固まってしまった。

「っ……!!」

「ダニエル、無理をしなくていいぞ？」

「むっ、無理じゃない、です!」

「……そうか。なら、お前の可愛らしい口で、気持ち良くしてくれ」

「は、はい」

正直もういっぱいいっぱいだが、大きく息を吸い込むと、ぽってりとした性器の先端をゆっくりと口に含んだ。

「ふっ……」

ローザの店で奉仕の練習はしたが、実践するのは初めてだ。口の中に広がる独特な香りと、人肌の感触に、つい眉間に皺《しわ》が寄るも、懸命に吸い付き、舌を動かした。

「んくっ、ん……っ」

「ダニエル、無理に咥えようとしなくていい。口から出して、舌だけ使うんだ」

「ふは……あ……」

言われるがまま口を離し、舌先だけで性器を舐め上げるが、目の前にある状態だと余計にペニスを舐めているのだと意識してしまう。

視界から得る情報と咥内《こうない》に広がる淫靡《いんび》な味に、次第に頭がクラクラしてくるが、奉仕したいという気持ちで頭がいっぱいで、一心不乱に性器を舐めていることに気づけないでいた。

「気持ちいいぞ、ダニエル」

「ん……んむ……」

「自分が舐められて、気持ちいい所はどこだ？　ダニエルの好きな所を舐めてごらん」

「はぁ、ふっ……」

良い子、と頭を撫でるように、長い指先で耳を擽られ、全身がふるりと粟立つ。

自分から奉仕するのは初めてだが、エドワルドからは何度か口で愛撫をされたことがある。ぼぅっとした意識のまま、彼の唇と舌で愛された時のことを思い出し、鈴口の先端や裏筋に夢中で舌を這わせ、吸い付いた。

「もういいぞ」

「ふあ？」

唐突にエドワルドに肩を掴まれ、強制的に体を起こされる。まだ達せていない性器を見つめ、やはり自分の口淫ではダメか、と少しばかり落ち込んでいると、トン、と体を後ろに倒された。と同時にエドワルドの姿が見えなくなり、次に来る衝撃を察して慌てた。

「あっ、ま、待って！　お待ちくださ――あぁぁっ！」

乳首での甘イキと口淫で興奮した性器からは、トロリとした先走りが滲《にじ》んでいた。その肉を躊躇《ちゅうちょ》なく咥え込まれ、あまりの快感に背が仰け反った。

「ひきゅっ!?　あっ、嘘、ダメ……ッ、ダメ、ダメ、まってぇ……っ！」

エドワルドの舌が、先ほど自分で教えてしまった気持ちいい箇所だけを舐め回し、一瞬で射精欲が限界まで引き上げられる。唾液でぬるつく舌は、弱い箇所から少しも離れてくれず、ガクガクと腰が震えた。

「でちゃうっ、もう出ちゃうからっ、ご主人様……！」

口を離してほしいのに、ガッチリと掴まれた腰は動かせず、エドワルドの口淫は止まらない。

必死に彼の頭部を押し返し、金糸のような髪の毛に指先を絡めるも、舌の動きは止まらず、足の爪先が空《くう》を掻いた。

「ダメッ、離して……！　イクッ、ご主人様っ、イッちゃ……っ、あぁぁっ！」

大きく体が跳ね、エドワルドの熱い咥内《こうない》に自身の熱が飛び散った。堪《たま》らなく気持ち良くて、でも信じられないほど恥ずかしくて、滲《にじ》む視界でエドワルドを睨《にら》んだ。

「なんで、離してって、言ったのに……っ」

「私が飲みたかったから、そうしただけだ」

「飲み……て、え？　嘘……まっ、ひやっ」

聞き捨てならない発言に、一瞬呆けたのも束の間、後孔に深く指を差し込まれ、少しずつ広げるように指を増やされた。

「んあっ、あ、んんっ……」

毎晩のように抱かれ、柔らかくなっていた肉は、少しの湿りでいとも簡単に数本の指を飲み込んだ。そのままゆっくりと解すように抜き差しされれば、緩やかな快感が生まれる。

指先から伝わる彼の体温すら気持ち良く、甘い快楽に身を委ねるも、ある一点を強く押された瞬間、痺れるような熱が走った。

「ひんっ!?　ご主人様……っ、そこは、アッ、アッ、ダメ、まって……！」

腹の中にあるしこりをクンッと指で押されるたび、我慢できないほどの快楽が腹の中で生まれ、嬌声《きょうせい》を抑えることができない。エドワルドに抱かれるようになってから少しずつ覚えた悦びは、少しだけ怖くて、勝手に腰が逃げてしまう。

「まって、ダメ……！　ご主人様……！」

イヤイヤと首を振れば、エドワルドの唇が柔く首筋に吸い付いた。

「……エディと」

「ンッ……う……？」

「ご主人様でなく、エディと呼んでくれ」

「エディ……？　んっ」

請われるままに「エディ」と呼べば、それと同時に後孔から指が抜かれ、唇を塞がれた。

口づけを交わしながら足を割り開かれ、腰を引き寄せられる。直後に後孔に触れた温かな肉の感触に、それが繋がるための合図だと覚えた体は、キスをするように吸い付いた。

「愛してる、ダニエル。私の可愛い人《ニーノ》」

「私も、大好きです、エディ……ッ、あっ、あぁ……！」

彼の告白に応えるように言葉を返せば、それと同時に、腹の中に熱い肉の塊を挿入された。

割り開かれる瞬間は何度体を交えても慣れなくて、勝手に涙が零《こぼ》れるが、エドワルドはいつも自分の呼吸が落ち着くまで待ってくれるのだ。

ただ体を繋げているだけのこの時間が、今は堪《たま》らなく気持ち良くて、嬉しくて、愛しかった。

「ふぅ……ん」

「気持ちいいか？」

「ん……きもちいい……」

「そうだろうな。ナカがうねってる」

「やっ、言わない、うあっ」

ゆさゆさと、ゆっくりと体を揺さぶるように浅い抜き差しが始まる。静かに腸内を擦るような動きは徐々に大きくなり、少しずつ深く、激しい抜き差しへと変わっていく。

繋がった部位から漏れる水音と、互いの荒い息遣い、自身の口から漏れる嬌声《きょうせい》が、部屋の中いっぱいに響いているような錯覚に、体温がみるみる内に上がっていく。

「んあっ、アッ、ア……ッ、きもち……ッ、きもちいい……っ」

エドワルドの規則的な律動に合わせて体が揺れ、奥まで届く熱に腰が跳ねる。気持ちいいのに逃げたくて、逃げたいのにもっと深くまで繋がりたくて、奥を突かれるたびに洪水のように溢れ出す快感に、泣きながらエドワルドの体に足を巻きつけた。

「ひっ……、イクッ……！　きもひっ、やだ……っ、やぁぁっ！」

「ダニエル……ッ、ニーノ……！　愛してる、愛してる……！」

「うあっ……、しゅき……！　好きです、好き……っ、エディ……！」

「愛してる、ニーノ……！　これからもずっと、私の側にいてくれるか……？」

愛を紡ぐ言葉と、甘く優しい声が脳を溶かす。体を穿《うが》つ熱は情熱的なのに、その声も表情も不安げで、それがなんだか可愛くて、自然と笑みを返していた。

「うん……っ、ずっと、一緒……アッ、いっしょに、いたいです……！」

「……！　ニーノ……！　ニーノ、愛してる、愛してる、愛してる……っ！」

「あっ、あっ、ダメッ、まっひぇ……！　んん～～……っ!!」

腰が痙攣するほど強く突かれ、背筋を走る悪寒が止まらない。無意識の内に逃げようとする体を押さえるように抱き込まれ、溢れる嬌声《きょうせい》を飲み込むような深い口づけを受けた。

苦しくて、気持ち良くて、愛しくて——全身を愛しい人に満たされるような幸福に、自らもエドワルドの体に抱きつくと、共に絶頂を迎えた。

その後、心地良い余韻に浸る暇もなく、何度も何度も交わり、最後は泣いて許しを乞うまで抱き潰され、きっちり翌日の昼まで離してもらえなかった。

ダニエルはそれから足腰が立たず、二日間寝込み、エドワルドはと言えば、エミールやメイド長、果てはアランにまでこってりと叱られていた。

◇◇◇◇◇

「ニーノ、大丈夫か？」

「大丈夫ですよ、エディ。そんなに心配しないでください」

殿下の生誕パーティーから一週間後、ダニエルはフローラに会うため、エドワルドと共に実家である伯爵邸へと向かっていた。

フローラに会えるのはとても嬉しい。だがそれと同時に、今まで彼女が辛い目に遭ってきたことへの罪悪感や後悔、今後の伯爵家について話し合わなければいけないという緊張と不安から、夜も眠れなかった。

他にも、屋敷のこと、伯爵家の資産のこと、領地のこと、考えだしたらキリがない心配事が山のようで、食事も喉を通らず、エドワルドにも随分と心配をさせてしまった。

伯爵邸へと向かう馬車の中でも心配されっぱなしだったが、「何かあっても私がなんとかする。だから安心しろ」と言われ、精神の安寧《あんねい》のため、今はその言葉に素直に甘えた。

門を通り過ぎ、アプローチを進めば、懐かしい屋敷が見えてくる。と、玄関前にペールグリーンのドレスを身に纏った人影が見え、堪《たま》らず立ち上がりそうになるが、逸る気持ちを抑え、馬車が停まるのを今か今かと待った。

間もなく馬車が停まると、従者が扉を開けるのも待たずに飛び降り、彼女の元へと駆け寄った。

「フローラ!!」

「お兄様!!」

同じように駆け寄ってきたフローラを力一杯抱き締めれば、彼女の細い腕が苦しくなるほど強く首に巻き付いた。

「フローラ……!! 無事で良かった……!」

「お兄様……っ、お兄様も、ご無事で……っ!」

それまでの不安や緊張が嘘みたいに、フローラの姿を目にした瞬間、安堵《あんど》と喜びで胸がいっぱいになった。元気な姿でまた会えた。それが嬉しくて嬉しくて、気づけば兄妹揃って、泣きながら抱き合っていた。

「ごめんな……! いっぱい辛い思いをさせて、本当にごめん……!」

「やめてお兄様! 謝らないで! わたしのせいで、お兄様がたくさん、嫌な目に遭ったのに……っ」

「違う! フローラのせいじゃない! お願いだから、そんな風に謝らないでくれ……!」

互いに泣きながら謝り、ほんの少しも離れることなく、相手を抱き締め続けた。

泣いて泣いて、謝って、謝り返して……ようやく落ち着いたところで互いに顔を見合わせ、へにゃりと笑い合った。

「元気そうで、安心した」

「お兄様も、お元気そうで嬉しいわ」

「……髪の毛、切らせてしまったね」

「髪くらいなんともないから、気にしないで。すぐに伸びるもの。それに、短い髪型も似合ってたのよ?」

「お兄様に見せてあげられなくて残念だわ」そう言って笑う顔は、二年の間にずっと大人っぽくなったのに、記憶に残る少女のままあどけなくて、一層懐かしさが込み上げた。

「……ニーノ、そろそろいいだろうか」

「……フローラ、もういいかな？」

エドワルドと重なった男の声。思わぬその音に、声がしたほうを見れば、フローラの背後に見知らぬ男性が立っていることに気づいた。

「えっと……？」

「はじめまして、お兄様。ミシェル・ヴァシュフォードです」

柔らかな微笑みと共に告げられた名に、一瞬思考が停止するも、即座に再起動させた。

「ヴァシュフォードって……エディ、いえ、エドワルド様の……」

「兄だね」

「はっ、はじめまして、ヴァシュフォード様……！　ダニエル・リンベルトと申します。このたびは、妹が大変お世話になり、心より感謝申し上げます」

「挨拶をありがとう。僕は大したことはしてないんだけれど、君達兄妹がこうして笑って再会できたことを心から嬉しく思うよ」

「ありがとうございます」

深々と頭を下げながら、改めてミシェルの姿を確認する。白に近い淡い金の髪に、紫が混じったような深い藍色の瞳。スラリとした体躯は細身だが痩せている風ではなく、血色のいい肌は健康体そのものに見えた。エドワルドよりもやや垂れ目気味の瞳は同じく長い睫毛《まつげ》に覆われ、二人で並んだ姿は絵画のように美しいだろうと安易に想像できるほど整った顔立ちだ。

(表情が違うせいで似てないように見えるけど、顔立ちは似てる気がする)

無表情が標準のエドワルドに対し、先ほどから微笑みを崩さないミシェル。似てるけど似てない兄弟だな、というのが第一印象だった。

そこまで考え、なぜここにミシェルがいるのだろう、という疑問が湧く。平然としているエドワルドとフローラの様子を見るに、不思議に思っているのはどうやら自分だけらしい。

「フローラ、中に入って、落ち着いて話したらどうだい？」

「あ、そうですね。お兄様も、エドワルド様も、立ちっぱなしでごめんなさい」

「いや、大丈夫……」

そこでふと、ダニエルは引っ掛かるものを感じた。ミシェルの『フローラ』呼びもだが、まるで自宅に招き入れるような口ぶりに、思わず首を傾げる。

(あれ？　ミシェル様は、いつからここにいたんだろう？)

何かが噛み合わない感覚に首を捻っていると、エドワルドにそっと背中を押された。

「行くぞ」

「あ、はい」

まぁ、あとで聞けばいいか、と深く考えずに流した疑問の答えは、このあとすぐに知ることとなった。

フローラとミシェルに続き、久々に足を踏み入れた屋敷のサロンは懐かしく、それでいて家具のほとんどが入れ替えられている様子に、寂しさが募った。

「色々、変わってるね」

「うん……私が来た時にはもう、お父様とお母様が使っていた物はほとんど無くて……その、ここにある物は全部、ミシェル様が新しく揃えてくださったの」

「え？」

「ご両親との思い出の品以外は、例の犯罪者一家が使っていた物だろう？　そんな物を使わせる訳にはいかないからね、新しく揃えさせてもらったんだ。ああ、残っていたご両親の品は綺麗に磨いて空き部屋に保管してあるから、あとで確認しておくれ」

「ありがとう、ございます……？」

いや、これは礼を言うべきところなのだろうか？　なんだかとんでもないことを言われた気がして、チラリとフローラを見れば、そっと目を逸らされてしまった。

その態度に若干の嫌な予感がしつつ、真新しいアイボリーのソファーに四人で腰掛けた。当然のようにエドワルドが隣に座り、向かい側にはフローラとミシェルが座る。落ち着かない並びの中、先ほどまでどこかに出かけていた緊張が帰ってきた。

(フローラは、どんな反応をするだろう……)

自分はエドワルドと共に生きていきたい。だがそのためには、あらゆるものを手離さなければいけない。

両親の残してくれた伯爵家を離れたい訳じゃない。リンベルト家の当主になりたくない訳じゃない。ただ、エドワルドの側にいたいという願いとは、両立しない願いなのだ。

エドワルドと結ばれた日の翌日、彼に改めて告白された。

『ニーノ、愛してる。私と結婚してほしい』

そう言われ、嬉しくて堪《たま》らなかったのに、どうしてもすぐに返事ができなかった。

ダニエルがいなくなれば、伯爵家にはフローラしか残らなくなり、自動的にフローラが爵位を継ぐことになる。もしもそれが彼女にとって苦痛や重荷になるのなら、自分はエドワルドと共にはなれない——そう、彼に正直に伝えた。

エドワルドのことを愛してる。大好きだ。叶うならば、ずっと一緒にいたい。だが貴族という身分と、継ぐべき爵位と、守るべきものがあるのなら、己の感情ばかりを優先させることはできないと知っていた。

エドワルドもそれは理解してくれているのか、返事はフローラと再会するまで保留にしてくれた。

今日はどちらかを選択し、掬い上げられなかったどちらかを、諦めなければいけない日なのだ。

(大丈夫。覚悟はできてる)

緊張で浅くなっていた呼吸を、深呼吸で無理やり整えると、向かいのソファーに座るフローラを見つめた。

「フローラ、実は、話したいことがあるんだ」

「お兄様。その前に、私のお話を聞いて」

「うん？　なにかな？」

フローラの明るい声音に、何か良い報告でもあるのだろうかと聞き返せば、彼女も同じように深く息を吸った。その隣でミシェルがフローラの手を握ったのが見え、瞬時にその先を察する。

(もしや、ミシェル様と……?)

瞬間、鉛を飲み込んだかのように、ズシリと胃の辺りが重くなった。どうやら、自分の気持ちを口にする前に、この想いは諦めなければいけないらしい。

それでも、フローラが幸せになるならば祝福したい。気持ちに反して崩れそうになる表情を取り繕うと、俯きそうになる顔を上げ、彼女の言葉を待った。

「あのね、お兄様。私、リンベルト家を継ぎたいんです」

「………え?」

「リンベルト家の当主になりたいんです」

身構え、覚悟していた報告とは異なる告白に、完全に思考が停止する。思いがけないフローラの発言に混乱していると、更に追い討ちがきた。

「女伯爵になって、ミシェル様を伴侶としてお迎えしたいの」

「ちょっ、ちょっと待って、フローラ! 急に、どうして……!」

一応身構えていたことではあるのだが、まさかの『お嫁さんになる』ではなく『お婿さんになってもらう』の衝撃がすごい。

なによりどうしていきなり「女伯爵になる」という考えになったのか。慌てて問い掛ければ、自身と同じオリーヴグリーンの瞳が、真っ直ぐにこちらを見つめ返した。

「お兄様は、エドワルド様と一緒になりたいのでしょう？」

突然、自分の胸の内を暴かれ、驚愕に目を見開く。フローラがエドワルドとの関係を知っているのはおかしい。ハッとしてエドワルドを見れば、しれっとした返事が返ってきた。

「私は私がニーノを愛しているから、共に生きたいとしか言っていない」

「なっ……」

「言っただけだ。伯爵家を継ぎたいと願ったのは、フローラ嬢の意思だ。私の願いとは別だぞ」

エドワルドの発言に、彼はフローラの気持ちを知っていたのだと知る。いつ、なぜ、と戸惑いつつもフローラを見れば、彼女は母によく似た面差しで、優しげに瞳を細めた。

「お兄様も、エドワルド様がお好きなのでしょう？」

確信を持った響きと、そこに含まれた意味に気づき、眉が下がった。

フローラは、自分がエドワルドと添い遂げたいという気持ちに気づいているのだ。その上で、また笑って無理をしようとしている。それが堪《たま》らなく切なくて、胸が痛んだ。

「……好きだよ。でも、そのためにフローラに無理をさせるつもりは……」

「違うわ、お兄様。自己犠牲で伯爵家の当主になりたいなんて言えない」

力強く言い切った声に顔を上げれば、凛とした表情でこちらを見つめるフローラと目が合った。

「勿論、私が爵位を継げば、お兄様がエドワルド様と一緒になれるって、考えなかった訳じゃないの。私がリンベルト家を継ぐことが、お兄様とエドワルド様への恩返しになるとも思ったわ。でも、それが理由じゃない。私は、私の意思で、お父様とお母様、お兄様との思い出が残るこのお屋敷と、リンベルト家を守っていきたいって思ったの」

「フローラ……」

「お兄様も同じでしょう？　お父様とお母様がいなくなって、二人の代わりに私を……、私とリンベルト家を守ろうと、たくさん、頑張ってくださったのでしょう？」

話しながら声を震わせるフローラの姿に、瞳から感情の雫がポタリと落ちた。

「私も一緒。お父様とお母様が残してくれたものも、大好きなお兄様も、守るために頑張りたいって、ずっと思ってた。だから……お兄様が、たくさん頑張ってくださったのを知っているけれど、私も、いっぱい頑張ったから……、だから、私にも、ご褒美をくださいな？」

そう言って、フローラの瞳から、はたはたと綺麗な雫が零《こぼ》れ落ちた。

もしかしたら、また彼女の優しい嘘かもしれない。また泣かせてしまうかもしれない。

そう思うのに、両親が亡くなってから、ただの一度も何かを欲しがったことのなかった妹が、初めて欲しいと強請《ねだ》った『ご褒美』に、気持ちはゆっくりと固まっていった。

「……大変だよ？」

「分かってる。でも、頑張りたいの」

「無理をしているんじゃないね？」

「してないわ。私がそう在《あ》りたいの。お兄様、お兄様のお気持ちを聞かせて？」

「……私、は……」

そこでようやく、自分の『話したいこと』をまだ話していなかったことを思い出す。言葉を探すように口籠れば、包みこむような温もりが片手に重なった。隣を見れば、エドワルドが淡く笑《え》んでいて、それだけで、複雑に絡んだ感情はするりと解けていった。

「私は……この先もずっと、エドワルド様と一緒にいたい。だから、リンベルト家は継げない」

「私は、このお屋敷でミシェル様と一緒に生きていきたい。だから、リンベルト家を継ぎたい」

互いに想いを告げ、それが相手の望むことで、願うことなのだと理解し合うと、同時にほぅっと息を吐いた。

「ありがとう、フローラ」

「私こそ、ありがとう、お兄様」

緊張の糸が切れたように、自分もフローラもソファーの背にぐったりと凭《もた》れ掛かると、ふにゃりと笑い合った。

「でも、フローラはまだ未成年だから、それまでは私が中継ぎの当主になるよ」

「それは、お願いします。でも心配しないで！　お兄様とエドワルド様のお邪魔をしないように頑張るから！」

「私のことはいいから……それより、まずは女学院に入学しなきゃ……」

「えーと、兄妹でお話し中にごめんね？」

「はい？」

割って入った声にそちらを向けば、ミシェルがなんとも言えない顔をしていた。

「サラッと流されちゃってるけど、僕がフローラのお婿さんになるのは、お兄様的には問題ないのかな？」

「問題、ですか？」

なんの心配をされているのか分からず、首を傾げた。

「えっと、お互い想い合って、納得しているのであれば、私はいいと思います。うちは両親が亡くなってから、他家との交流も途切れてしまいましたから、家同士の婚約というものもありませんし、ミシェル様でしたら、エディの兄君ですから信用できますし……」

「初めて会った僕を信用してくれるのかい？」

「お会いしたのは初めてですが、フローラもエディも、ミシェル様を信頼されていますから」

「……なんというか、そっくりだね、君達は」

「？　それより、ミシェル様はよろしいのですか？　うちは伯爵位ですし、なにより今は評判が……」

公爵家の長男が伯爵家に婿入りというだけでも話題になるだろうに、その婿入り先がリンベルト家では、色々と苦労もするだろう。そう心配するも、彼の返答は実にあっけらかんとしていた。

「心配いらないよ。フローラと一緒にいたい気持ちは僕も同じだし、そのために彼女を支えたい。社交界に出たことのない幽霊貴族で、何か言われるほどの話題性も無いしね。それに、元々領地ではエドワルドの補佐となる仕事をしてきたから、当主を補佐する能力は申し分ないはずだよ。年若い当主を支えるにも、歳上の伴侶なら若輩者と侮《あなど》られることもないだろう。ああ、口うるさいのを黙らせるのも得意だよ」

「……頼もしい限りです」

最後の一言に不穏なものを感じたが、あえて気づかぬフリをした。今まで社交界に出てこなかった公爵家の美貌の長男が突然現れたら、それはそれで話題性は抜群では……と考えていると、不意にエドワルドに抱き寄せられた。

「わっ⁉　え、なに、ですか？」

「返事を聞かせてもらうぞ」

その一言だけで、彼の求める『返事』が何か分かってしまい、カァッと頬が熱くなった。

「さ、さっき言ったじゃないですか……！」

「あれはフローラ嬢への返答だろう。私への返事は別だ」

そう言って距離を縮めてくるエドワルドから、逃げられるはずもない。チラリと向かいの席に視線を向ければ、フローラはキラキラした瞳でこちらを見つめ、ミシェルは微笑ましいものでも見るような眼差しをしていた。

「ニーノ、私と結婚しよう」

「〜〜ッ！」

「結婚してくれ」から「結婚しよう」に変わった言い方が、こんなにも嬉しくて愛しい。

こんな時でも、エドワルドはいつもと変わらぬ表情で、自分ばかりが真っ赤になっているのが恨めしいが、きっとこれから先も、こんな風に彼と過ごしていくのだろう未来を思い描けば、喜びが胸を満たした。

「……はい。旦那様」

擽ったい気持ちでそう呼べば、彼が大きく息を呑み――勢いのままキスをされ、言うべきタイミングを間違えたと、猛省することになるのだった。


その後、セバスとシンディが紅茶と菓子を持って顔を見せに来てくれた。彼らも元気でいてくれた喜びと、今までずっとフローラを守ってきてくれたことへの感謝の気持ちが溢れ、思わず泣きながら抱擁してしまった。二人とも当主を目指すフローラをこれからも支えていくと言ってくれ、案ずる気持ちは安心に変わった。

「ダニエル様、お手紙の件では……」

「セバス、お願いだから、もう謝らないでくれ。知らなかったこと、言いにくかったことを教えてくれてありがとう。まだまだ兄妹揃って世話になるし、心配をかけるかもしれないけれど、フローラも私も頑張るから、どうかもう少しだけ、見守ってほしい」

「過分なお言葉をありがとうございます。私めはこれから先も、坊っちゃまとお嬢様の成長を、お側で見届けたいと思っております」

「ありがとう。そう言ってくれて嬉しいよ」

「お嫁に行っても、私にとって坊っちゃまは坊っちゃまですからね」

「セバス……！」

セバスの一言に恥ずかしさが湧くも、彼の言葉は純粋に嬉しくて、どうしてか少しだけ、父と母を思い出させた。

それからは時間の許す限り四人で会話を楽しみ、最後に父と母の墓前で、フローラがリンベルト家を継ぐこと、自分はエドワルドの元へと嫁ぐことを報告し、帰路についた。

フローラとミシェルが並んで見送ってくれる姿は微笑ましくて、でも少しだけ寂しくて、離れていく屋敷を見つめていると、指先にエドワルドの指が絡んだ。

「お前の帰る家は、これから向かう場所だろう」

「ええ、そうですね」

「帰る家は変わっても、あそこはお前の大切な場所だ。それは変わらない」

「……はい。ありがとうございます、エディ」

少しだけ不貞腐れているように聞こえるのは、甘えたがりの裏返しだと最近気づいた。

寂しがり屋な猫のようなエドワルドに、クスリと笑みを零《こぼ》すと、首筋を擽る柔らかな金色の毛に、そっと唇を寄せた。

◇◇◇◇◇

ダニエルとフローラの再会を見届けた翌日、エドワルドは休日を返上して王城へと出向いていた。

生誕パーティーでの一件で捕らえた者達への罰と処遇に関して、フィルベルテと最終打ち合わせをするためだ。

「ああ、エドワルド、休みなのに悪いな。来てくれて助かるよ」

「お疲れ様です」

「すぐ終わらせて私は帰るぞ」

「ダニエルが恋しいのは分かるが、来てすぐ帰ろうとするなよ」

向かった先、フィルベルテの執務室にはジルドとカリオも揃っており、四人で手分けして事後処理を進めていく。

今回の公文書偽装の首謀者となる役人は、財務部に属しているのをいいことに横領を繰り返し、国の金庫を荒らすような犯罪を行っていた。カッシオはそれに共謀《きょうぼう》し、借金の借用書を捏造《ねつぞう》、いくらかの見返りを受け取りながら、爵位の譲渡に関する口利きもしてもらっていた。

首謀者となる伯爵家はお家取り潰しの上、当主と嫡男は犯罪奴隷落ち。協力者のいた男爵家、子爵家の計五家も同じくお家取り潰しの上、加担した者は同罪、無関係の者は平民になるか修道院行きとなった。同じく協力者だった公爵家の嫡男は、貴族籍を剥奪された上で犯罪奴隷に。公爵家自体は伯爵家に降格、その上で領地の三分の一を王家に返還し、多額の罰金を支払った。他にもいくつかの商家や商会が違法売買に加担していたため、かなりの規模の捕物《とりもの》となった。

ドドリエド一家は全員貴族籍を剥奪した上で、それぞれに異なった罰を与えた。

カッシオは重犯罪奴隷が集まる中でも更に過酷な地で、文字通り死ぬまで苦役《くえき》を強いられる地獄行きだ。妻のマリエッタは国の端、辺境の地にある下位貴族の元での労働刑に。ファブリチオとジェイミーは、ダニエルに課した借金の他にも作っていた借金があり、借金返済のため、犯罪奴隷とした上で、それぞれ下級娼館での無償奉仕を刑罰とした。愚かな一家が、自由と安寧《あんねい》を得る日は二度と訪れないだろう。

それでもダニエルを傷つけ、蔑《さげす》み、泣かせた罪を償ってもらうには足りないが、ダニエルの知らない所で、記憶から消えたあとも永遠に苦しんでくれるのなら、多少は溜飲《りゅういん》が下がるというものだ。

「ビエル・ローザのオーナーとも話がつきました。『ダニエルという名の男娼の世話役はいたが、男娼はいなかった』ということです」

これについては半分は事実だが、念のため話を仕込んでおく必要があった。ダニエルのいた娼館には貴族の出入りもあり、探りを入れるような者がいないとも限らない。万が一、ダニエルが娼館にいたことがバレても、ただの下働きということにしておけば、下世話な想像をする者は減らせる。幸い、ダニエルの顔も客にはバレていない。他人の空似で片づけ、探りを入れてきた者はこちらで締め上げれば、その内その事実を知る者すらいなくなる。

万が一にでも、ダニエルを傷つけるような噂を耳に入れる訳にはいかない。やはり当分は屋敷の外に出さないでおこう、と考えながら、フィルベルテ達に釘を刺した。

「フィルベルテ、ダニエルにあの一家の罰については教えるな」

「一応聞くけど、なぜだ？」

「耳が汚れる」

「あのな、エドワルド。ダニエルも成人した貴族男子なんだし、これくらい大丈――」

「汚れる」

「分かった。ジルドもカリオも、うっかり喋ったらこの過保護な魔物が暴れ狂うから気をつけてくれ」

「重々気をつけます」

「知らぬ存ぜぬを通します」

三人の返事に満足すると、残りの作業も手早く片づけ、一秒でも早くダニエルの待つ屋敷に帰るため、エドワルドはさっさと王城をあとにした。

あなたとわたしの幸福論

フローラとの再会を果たした数日後、ダニエルは殿下に会うため、王城を訪れていた。

エドワルドの登城する時間に合わせ、同じ馬車に乗ってきたのだが、挨拶を終えたらすぐに帰るつもりが「仕事が終わったら迎えに行く。それまで出歩くな」と言われ、強制的に殿下の執務室に居座ることになってしまった。

「誠に申し訳ございません」

「あれがダニエル大好きな過保護な魔物なのはもう十分知ってるから、気にしないでいいよ。ゆっくりしていっておくれ」

「ありがとうございます……」

熱くなる頬を押さえながら、目の前に座る殿下とジルド、そしてカリオを見つめ、改めて頭を下げた。

「このたびは、長きに渡り多大なご迷惑をお掛けして、大変申し訳ございませんでした。私も、妹も、リンベルト家ごと守っていただき、言葉にできないほど感謝しております。本当に、ありがとうございました」

「無事でなによりだったよ。私も、今回のことで王太子としての箔が付いたというものさ」

殿下は今回の一連の騒動に関する功績を持って、王太子に即位することが決まった。元々、学園を卒業したら王太子になることは決まっていたのだが、殿下なりのこだわりがあったのだろう。

「私も、こうしてまたお会いできて嬉しいですよ」

「ありがとうございます、ジルド。私も嬉しいです。カリオも、ありがとう」

「おう！　ヴァシュフォード様とお幸せにな！」

「ちょっ……！　というか、カリオは領地に帰らなかったのか？　その格好、殿下の護衛騎士、だよね？」

「お前がいなくなって、心配で王都を離れられなかったんだよ！　そこを殿下が拾って下さったんだ」

「ダニエルがいなくなって、また側近がジルドだけになってしまったからね。これはまずいと思って彼に声を掛けたんだ。執務補佐もこなせる優秀な護衛騎士だよ」

「……心配させて、ごめん。ありがとう、カリオ」

「心配すんのは当然だろ。謝んなくていいから、再会祝いに酒でも奢ってくれ」

「ふふ、分かった」

「あ、いいなぁ。僕も誘ってよ」

「私も是非、お誘いいただきたいですね」

ワイワイと弾む会話は、学生の頃に戻ったようでひどく懐かしい。久しぶりの再会にも関わらず、二年間のことについて触れないのは、彼らの優しさだろう。思い遣りに胸を温めていると、何かを思い出したように殿下が席を立ち、すぐに戻ってきた。

「忘れるところだった。これをダニエルに渡さなきゃいけないんだった」

「これは……」

殿下から手渡されたのは、学園の卒業証書だった。

「卒業式には参加できなかったけれど、ダニエルは確かにあの学園を修了しているよ。再会できた時のためにと思って、僕が預かっていたんだ」

「……ありがとうございます」

色々なことが起こりすぎて、すっかり頭から抜け落ちていた四年間の努力の証。最終目標には手が届かなかったが、父と母なら、きっとそれまでの努力を笑って褒めてくれるだろう気がして、思い描いた姿に、僅《わず》かに目頭が熱くなった。

「あの、殿下」

「なんだい？」

「もしも、私が殿下の側近としてお役目をいただきたいと言ったら、どう思われますか？」

「勿論嬉しいけれど、どうしたんだい？」

「殿下からいただいた御恩を返すのなら、殿下の元で働くのが一番だと思ったのですが……」

「気持ちはすごく嬉しいし、できることなら僕もダニエルに戻ってきてほしいけれど、この話はエドワルドは知っているのかな？」

「……いえ、まだ話していません」

「だよね。一番の難関を突破してから、もう一度おいで」

「はい……」

幼な子の我が儘を宥めるような言い方に、少しばかり恥ずかしくなりつつ引き下がる。

正直、自由に屋敷の外に出ることすらままならない今の状況で、エドワルドを説得するのは至難の業だろう。ガックリと項垂れていると、ジルドが口を開いた。

「リンベルト家は、フローラ嬢が継ぐのですね」

「あ、はい。ただ妹はまだ未成年なので、成人するまでは私が中継ぎの当主になります」

今日は殿下の所へ来るついでに、そちらの申請と手続きに来たのだ。

そこでふと、あることを思い出し、殿下に尋ねた。

「そういえば、伯父達はどうなったのですか？　エディはなんにも教えてくれなくて……」

言いつつ三人の様子を窺えば、揃って微妙な顔で黙ってしまった。それだけで、色々と察せるというものだ。

「まぁ、罰は与えたよ。勿論。あとはエドワルドに聞いておくれ」

言葉を濁す殿下に、遠くを見つめるジルド、視線を合わせようとしないカリオに閉口していると、殿下の笑うような声が聞こえた。

「エドワルドのことを、〝エディ〟と呼んでるんだね」

「え……あっ」

「いや、いいんだ。そのままでいいよ」

相好を崩した殿下はどこか嬉しそうで、首を傾げれば、優しい色に染まった瞳を向けられた。

「子どもの頃からずっと、エドワルドはこのままで大丈夫なんだろうかと心配だった。何に対しても関心がなくて、何にも執着しない。このままでどうやって生きていくんだって思う時もあったよ。でもアイツも、ようやく人並みに誰かを愛せることを知った。それがとても嬉しいんだ。……僕の子守りもここまでだ。友を、よろしく頼むよ」

「……はい。殿下」

エドワルドの両親との確執は、確かに悲しいものかもしれない。でも彼の周りには、寄り添ってくれる友と、幼い次期当主を見守り、支え続けた屋敷の者達と、大人になってようやく通じ合えた兄がいた。それがとても嬉しくて、熱いものが込み上げた。

それから数時間、今後のリンベルト家の方針などについて話し合っている内にエドワルドが迎えに来たのだが、挨拶もそこそこに、引きずられるようにして殿下の執務室から連れ去られた。

去り際に聞こえた「人並み以上だったなぁ」という殿下の声が、ひどく身に沁みた。

「エドワルドお義兄様から、お兄様には聞かせるなって言われているの」

すべての手続きが滞りなく終わり、名ばかりの当主になって数日後、伯父達の残した負の遺産を片づけるため、ダニエルは実家を訪れていた。傾いた伯爵家を立て直すのは容易なことではなく、エドワルドが勤めでいない日はずっとこちらに入り浸っていた。

「フローラは知っているの？」

「勿論。次期当主の私が知らない訳にいかないでしょう？」

伯父一家の刑罰について、エドワルドは頑《かたく》なに教えてくれないのだ。聞いたところでどうとも思わないのに、と言えば「ならば終わったことだ。忘れろ」と流されてしまう。

「皆、私に対して過保護すぎないか？　中継ぎとはいえ、私も当主なのに……」

「お屋敷の外に自由に出られるようになるまでは無理ね」

「……どうしてフローラがそれを知ってるんだ」

現在、ダニエルは実家に帰る以外の外出を許されていない。正直今までの生活と変わらないので、外に出られないことへの不満はない。ただエドワルドの「外に出て何かあったらどうする」という発言だけはどうかと思う。

実家に帰る時ですらエドワルドの送迎付きで、各所に公爵家の騎士が見張りでいるという過保護っぷりに、何かを言うことは諦めた。

「フローラ、こっちはもういいから、学院の勉強をしなさい」

「大丈夫！　そっちは問題ないわ」

フローラは二年遅れで女学院に入学した。本来なら一年生からの入学なのだが、一、二年生の課題は既に修学済みということで、特別に三年生からの編入となった。短い期間だが、フローラが学院に通えるようになったのは喜ばしく、そのために家庭教師を付け、必要な教養を施してくれたエドワルドやミシェルには、感謝してもしきれないほどだ。

「頑張って、エディやミシェル様に、恩返しできるようにならないとな」

「うん。借りたお金もちゃんと返したいし、頑張るわ！」

伯爵家の財政は、伯父達の散財のせいでかなり危うい状況だった。加害者側から支払われた罰金の内のいくらかが見舞金という形で国から支給されたが、それも微々たるもので、かなりの額の援助を公爵家から受けたのだ。救いだったのは、両親が大切にしてきた領民達が、自分達兄妹を受け入れ、領地回復のため、協力的でいてくれることだろう。

伯父の雇っていた使用人は全員解雇し、少ない使用人で新たに再出発しようということになったのだが、幸いにも五年前、伯父に追い出された使用人の内、何人かが戻ってきてくれた。顔馴染みの使用人達の存在は心強く、大変な状況ではあるが、周りの人達に恵まれている、と心底そう思った。

「そういえば、養子の話はエドワルドお義兄様から聞いた？」

「ああ、聞いてるよ」

公爵家の跡継ぎ問題は、フローラとミシェルの子を養子にすることで決まっていた。養子と言っても両親の元から離すつもりはなく、本人の意思を確認した上で書類上の養子縁組をして、公爵家を継いでもらおうという話だ。勿論、自分とエドワルドも伯父と叔父として、定期的に交流を重ねていく予定だが、エドワルドは早くも「子どもの扱い方など知らん」と逃げ腰だった。

「それにしても、フローラの子か……なんだか想像できないな」

「ふふ、私だってできないわ」

クスクスと笑うフローラの表情は、少女らしい無邪気さを残しつつも、大人の女性のそれに近づいていた。一年後には成人だと思うと、両親の棺に縋りついて泣きじゃくっていたあの日が、随分と遠い昔のことのように思えた。

「でも、子どもは二人は欲しいなって思ってるの」

「……エディと、ミシェル様みたいな？」

「ええ、お兄様と私みたいな」

そう言って、二人で笑い合った。


「エミール、旦那様は忙しそうかな？」

「今ほどお茶をお持ちしましたので、休憩をなさっていると思いますよ」

「ありがとう」

フローラとミシェルの婚約と同時に、ダニエルとエドワルドも婚約を交わした。と言っても、関係は変わらず、生活自体にも大きな変化はない。ただ『お客様』という立場から、『エドワルドの伴侶』という立場に変わったことで、使用人に対する言葉遣いは徹底的に直された。

最初の内は慣れず、戸惑うことも多かったが、自分も公爵家の一員として、なによりエドワルドの『家族』として認めてもらえたことが嬉しくて、彼らの気持ちに応えるべく、必死になって立居振る舞いを改めた。

歩き慣れた長い廊下を進み、執務室の扉をノックすれば、中からすぐに声が返ってきた。

「失礼します。旦那様、今お時間よろしいでしょうか？」

「ああ、こちらへ」

「お忙しくないですか？」

「お前以上に優先させるものはない」

さっさと席を立ち、ソファーに移動するエドワルドに苦笑しつつ、彼の隣に腰を下ろす。

「フローラとミシェル様、それと旦那様と私が婚約したことで、お茶会やパーティーの招待状がたくさん届いているのですが……」

「全部断っていい」

「殿下からもお茶会のお誘いが来ていますよ？」

「……私が同席するならいい」

「最初から旦那様と私の連名でのお誘いですよ」

クスリと笑いながら、殿下から届いた招待状を渡す。顰《しか》めっ面でそれを受け取る彼を見つめながら、ゆっくりと話を切り出した。

「エディ、お願いがあります」

「なんだ」

「殿下の側近として、王城でお勤めがしたいんです」

「……」

明らかに不機嫌な表情になったエドワルドだが、即座に「ダメだ」と言わないのは意外だった。

最近は彼の表情の違いを見分けられるようになってきたので、怒っている訳ではないのは分かったが、それでも言外に「嫌だ」と言っているのは伝わった。

「……なぜだ？」

「元々、お誘いいただいていたということもありますし、これまでの恩返しがしたいということもあります。あとは、自分でお金が稼ぎたいです。今更ですが、私を買ってくださった時のお代をお返し――」

「それについて受け取る気はない。それ以上は口にするな」

「……はい」

この件に関して、エドワルドは特に触れられたくないのか、ほんの少しも話題に出すことができない。

（仕方ない。これについては、少しずつ勝手にお返ししていこう）

即座に頭を切り替えると、再びエドワルドに向き直った。

「お屋敷のお仕事が嫌な訳じゃありません。ただ、少しでも殿下のお役に立ちたいんです」

「……」

「エディがお休みの日は、一緒にお休みします」

「……王城で変な輩に絡まれたらどうする」

「殿下と共に行動するのがほとんどでしょうから、エディが心配するようなことは起こりませんよ。実家のこともありますし、もしお勤めができるようになったとしても、半年は先のお話になるはずです」

「……」

「……私が登城するようになれば、行きと帰りの馬車の移動中も一緒ですよ？」

「……半年後に考える」

「ありがとうございます！」

一考してくれるだけでも、エドワルドのこれまでを考えれば目覚ましい一歩だ。心の中で「よし！」と快哉《かいさい》を上げるも、直後にぎゅうっと抱き締められ、エドワルドがポツリと不満を漏らした。

「結婚すれば、ヴァシュフォードの名でお前を守れるのに、なぜ今すぐ結婚できないんだ……」

「エディ、それは仕方のないことだと、あれほどお話したでしょう？」

中継ぎとはいえ、今はダニエルがリンベルト家の当主だ。当主と言っても住んでいるのは公爵邸で、執務のほとんどはフローラとミシェルに割り振っているので、本当に名ばかりの当主だが、それでも一応は〝当主〟なのだ。

自分が当主である限り、同じく公爵家の当主であるエドワルドとの婚姻は認められない。自分達が結婚できるのは、フローラが成人後、爵位を継ぐまでおあずけなのだ。

「エディの婚約者として既に知られていますし、もう十分にヴァシュフォードの名で守っていただいています。首の飾りだって、とても目立つのですから」

そう言って、首元を飾る紫水晶《アメジスト》に触れた。首に巻いていたチョーカーは、服の上から身に着ける物として調整され、今も自分からは見えない視界の端で輝いている。

「そんなに心配しないでください」

「……」

それでもまだむくれた様子で、顔を伏せたままのエドワルドの頭を優しく撫でる。

際限なく生まれる彼の不安と独占欲。その証がまだ残っていることについて、きちんと話さなければ、とゆっくりと口を開いた。

「ねぇ、エディ」

「なんだ」

「奴隷契約、解消しなくていいですよ」

「っ⁉」

瞬間、弾かれたように顔を上げたエドワルドだが、その顔は今にも泣きそうで、でも悔しそうに唇を結んでいて、彼の複雑な感情が透けて見えていた。

エドワルドと結ばれた日から今日に至るまで、エドワルドは奴隷契約について一言も口にしてこなかった。時たま何か言いたそうにして、また口を噤む。そんなことが何度もあった。

その理由はなんとなくだが分かっている。きっとエドワルドは、今もまだ不安なのだ。

『……縛り付けていないと、お前は私の側にいてくれないだろう……？』

あの日の言葉が、今もまだ彼の中に残っている。

何度好意を伝えても、共に生きていこうと誓っても、最初の『嫌われている』という焦燥が彼の中で燻《くすぶ》り続け、不安が消え去ってくれないのだろう。

（もしかしたら、幼少期の問題もあるのかもしれないけど……）

自分にはそこまでは分からない。無理やり聞き出そうとも思わない。その代わり、彼のためにできる自分の一番を、差し出すのだ。

「エディが安心してくれるなら、このままでいいですよ」

「ニーノ……、ダメだ！　それは……私はお前を縛り付けたいんじゃない……！」

「でも、ご不安なのでしょう？」

「……対等な関係でいられない」

「確かに、守ってもらうばかりで、対等な関係ではないですね」

「私がニーノを守りたいだけだ」

「私も、エディに安心してもらいたいだけです」

「……」

俯き、口を噤んでしまったエドワルドの頭をゆるゆると撫でれば、腰に回された腕の力が一層強くなった。

「エディはもう、私に命令しないでしょう？　嫌だと思うことは口にしても、無理強いをすることはありません。お話だってちゃんと聞いてくれます。お互いに話し合って、譲歩し合えるのなら、この関係は対等であるはずですよ。縛り付けられたなんて思っていません。私がエディを好きだから、あなたの側にいたいんです」

本心のまま気持ちを言葉にすれば、長い沈黙のあと、エドワルドが躊躇《ためら》いがちに喋り始めた。

「……一生、私に縛られるんだぞ？」

「縛られるのではなく、私がエディの隣にいたいからいるんです」

「……嫌なことをしたらどうするんだ」

「するんですか？」

「しない。したくない」

「ならいいじゃないですか」

「……お前を束縛してしまう」

「ふっ、今更ですね」

本当に今更すぎて、それがなんだかおかしくて、つい笑ってしまった。

それに返ってきたムッとした表情は、彼にとっての照れ隠しで、抱き着いている状態も相まってどうにも愛らしく見えてしまう。

「……本当に、いいのか？」

「はい。皆には内緒の、エディと私だけの秘密ですよ」

「……何か、お前からの望みはないのか？」

「そうですね……じゃあ、もう少しだけ外出できる機会が欲しいです」

「……護衛を付けて、どこで誰と何をするのか、先に報告してからならいい」

「ふふ、子どもが遊びに行く時みたいですね」

「その分、私とも遊んでもらうからな」

「ええ、喜んで。旦那様」

安心からか、仄かに表情を明るくしたエドワルドの頬に口づければ、そのままゆっくりと互いの唇が重なった。

後日、秘密裏に呼んだ魔術師の手によって、奴隷契約の一部が変更、緩和され、命令違反に対して苦痛を伴うような罰は無くなった。まるで『夫婦としての決まり事』のような内容に変わった契約書に苦笑しつつ、新たに契《ちぎ》りを結べば、胸の奴隷紋は薔薇の花のような模様に変わった。

淡く色付いた赤い花は、誰にも内緒の秘密の花として、いつまでも胸に咲き誇り続けた。

公爵邸に来てから一年。

まだまだ実家は大変だが、フローラとミシェルの頑張りにより、少しずつだが経済的にも立て直し始めた。

更には次期女伯爵の元に婿入り予定の公爵家の長男と、公爵家の当主に嫁入り予定の現伯爵家当主の婚約。同じ家の兄弟同士の婚約というだけでも社交界では話題になったのだが、ヴァシュフォード兄弟の溺愛ぶりがたちまち有名になり、伯父のせいで評判の落ちていたリンベルト家の名は、思わぬ形で回復した。

忙しくも賑やかに過ぎる日々の中、エドワルドと過ごす穏やかな時間も変わることなく続いている。奴隷時代から始まったエドワルドの朝の見送りは、今では門の前に馬車を待たせ、長いアプローチを二人で手を繫ぎながら歩くのが日課になっていた。

馴染んだ道を、他愛もない会話をしながら、愛しい人と手を繫いで歩く。なんてことのない今が、繋がった温もりが、堪《たま》らなく幸せだった。

馬車の前、毎朝「行きたくない」と言って駄々をこねるエドワルドを宥め、唇が触れるだけのキスを贈る。

「いってらっしゃいませ、旦那様。お帰りをお待ちしていますね」

「早く帰る。愛してるよ、ニーノ」

「私も、愛しています。エディ」

見つめ合い、もう一度互いの唇を重ねると、エドワルドを乗せて走り出した馬車が見えなくなるまで見送った。

そうして元来た道を戻り、屋敷へと帰る。本当は、こうして一人で屋敷まで歩く時間が少しだけ寂しいのだが、この気持ちは、今はまだエドワルドには内緒だ。

隣にいなくても募る愛しさに頬を綻《ほころ》ばせながら、朝の柔らかな日差しが降り注ぐアプローチをゆっくりと歩いた。

首に巻かれた黒いチョーカー。そこに揺れる彼の瞳と同じ色の宝石が、その存在を主張するように、キラキラと輝いていた。